中国古代诗歌赏析教程
——诗歌也可以这样读

韩秋月 著

南开大学出版社
天 津

图书在版编目(CIP)数据

中国古代诗歌赏析教程：诗歌也可以这样读/韩秋月著．—天津：南开大学出版社，2012.9（2019.2重印）
ISBN 978-7-310-03942-5

Ⅰ．①中… Ⅱ．①韩… Ⅲ．①古典诗歌—诗歌欣赏—中国—教材 Ⅳ．①I.207.22

中国版本图书馆 CIP 数据核字(2012)第 129491 号

版权所有　侵权必究

南开大学出版社出版发行
出版人：刘运峰
地址：天津市南开区卫津路94号　邮政编码：300071
营销部电话：(022)23508339　23500755
营销部传真：(022)23508542　邮购部电话：(022)23502200

*

天津泰宇印务有限公司印刷
全国各地新华书店经销

*

2012年9月第1版　2019年2月第3次印刷
230×155毫米　16开本　16.25印张　230千字
定价：35.00元

如遇图书印装质量问题，请与本社营销部联系调换，电话：(022)23507125

前言——诗歌应该这样读

一、何来中国诗歌多？

我们总说，中国是诗的国度，这样说是有道理的。

撇开汉魏六朝和元明清的诗歌不看，单说唐诗和宋词，《全唐诗》收录的诗歌将近 43000 首，《全宋词》收录的词作是 20000 多首。世界上没有一个国家像中国一样，在它的历史上产生过这么多的韵文作品，所以我们可以骄傲而自豪地说，"诗的国度"这一美称，非中国莫属。

准确地说，唐诗宋词，包括之前的汉魏六朝诗歌和之后的元明清诗歌，都属于广义范围的"诗歌"，诗歌不同于小说和剧本，它属于韵文文学的范畴。那么，为什么中国的韵文文学这么发达呢？这要从汉语言文字的特征说起。

我们知道，诗歌是一种语言文字的最高艺术形式，一种语言文字的特点，决定了采用这种语言文字的诗歌的特点。中国诗歌是用汉字写成的，所以首先应该关注的，是汉字的特点。汉字是具有图画性质的方块字，一个字写出来，无论笔画多少，大小应该一样，比如"乙"字，一划；"齉"字，三十六划。但是写在纸面上应该是大小一致的。这与字母构成单词的西文很不相同，以英语举例，一个单词可以是一个字母，比如"I"，也可以是很多个字母组成，比如"Revolution"。这样的文字写出来，不可能大小一致。汉字大小一致的方块字型的这一特点，决定了用汉字写出来的诗歌，容易产生一种视觉上的"整齐美"，这是西文不具备的，比如：

鸡　声　茅　店　月
人　迹　板　桥　霜

视觉上的美感是第一位的,但又是次要的;因为诗歌终究不是"看"的,而是要朗诵出来的,所以,音韵美才是关键,而汉语之所以适合写诗,关键还在于音韵。

首先,汉字是一个字一个音节,没有多音节的汉字。关于这一点,我们对比英语就可以看出来,英语单词"Re-vo-lu-tion",是四个音节;而汉字中的任何一个字,都是一个音节。如果说大小一致的方块字决定了汉语诗歌在视觉上的"整齐美"的话,那么汉语单音节的特点就决定了汉语诗歌在听觉上的"整齐美"。

其次是汉语音具有四声现象。古语音的四声是平上去入,其中的平又叫"平音",上、去、入音又叫"仄音";随着语音的发展,入音在北方方言中基本消失了,但是平音又分出了阴平和阳平,所以还是四声。由四声归入的平仄两大类音,构成了最基本的音调声律。

最后一点,也是最关键的,汉字没有以辅音收尾的现象。所谓的"以辅音收尾",是指收尾音不是"a"、"o"、"e"等这样的元音,而是"d"、"t"、"g"这样的辅音。还是以英语举例,比如"black"这个单词,它的收尾音是"k",这种情况在汉语中根本没有;那么也就是说,每一个汉字的收尾音一定是元音,也叫韵母。我们知道,韵母实际上是很少的,汉语的韵母一共才24个,它们是:a、o、e、i、u、ü、ai、ei、ui、ao、ou、iu、ie、üe、er、an、en、in、un、ün、ang、eng、ing、ong。就是说,无论汉字有多少个(汉字库显示汉字有将近8万个,其中常用字3500-7000个),按照收尾音来划分,不过是24大类。这个明显的特点,决定汉语适合作诗,因为最广义的诗歌(包括民谣、顺口溜)都是要求押韵的,和辅音收尾的西文相比,汉字实在是太容易押韵了。

汉字的这一特点,我们的老祖先早就发现了。古代虽然没有汉语拼音,但是,汉字韵母收尾这个特点,祖先们做了非常概括、又非常准确的总结,那就是"汉字十三辙"。

所谓的"辙",实际就是用于收尾的大致相似的韵母,与现代汉语拼音的对应关系如下:

辙的名称	对应韵母	举例
一七辙	i ü	人生到处知何似，应似飞鸿踏雪泥。泥上偶然留指爪，鸿飞那复计东西。（苏轼《和子由渑池怀旧》）
发花辙	a	远上寒山石径斜，白云生处有人家。（杜牧《山行》）
江洋辙	ang	马穿山径菊初黄，信马悠悠野兴长。万壑有声含晚籁，数峰无语立斜阳。（王禹偁《村行》）
坡梭辙	o e	枫岸纷纷落叶多，洞听秋水晚来波。乘兴轻舟无远近，白云明月吊湘娥（贾至《初至巴陵与李十二白裴九同泛洞庭湖三首·其二》）
怀来辙	ai	风急天高猿啸哀，渚清沙白鸟飞回。（杜甫《登高》）
乜斜辙	ie ue	怒发冲冠，凭栏处、潇潇雨歇。抬望眼、仰天长啸，壮怀激烈。（岳飞《满江红》）
姑苏辙	u	绿蚁新醅酒，红泥小火炉。晚来天欲雪，能饮一杯无？（白居易《问刘十九》）
言前辙	an	日照香炉生紫烟，遥望瀑布挂前川。（李白《望庐山瀑布》）
灰堆辙	ui ei	九嶷山上白云飞，帝子乘风下翠微。（毛泽东《七律·答友人》）
遥条辙	ao	碧玉妆成一树高，万条垂下绿丝绦。（贺知章《咏柳》）
由求辙	iu ou	空山新雨后，天气晚来秋。（王维《山居秋暝》）
人辰辙	en in un	国破山河在，城春草木深。感时花溅泪，恨别鸟惊心（杜甫《春望》）
中东辙	ong eng ing	死去原知万事空，但悲不见九州同。（陆游《示儿》）

说到底，汉语之所以适合作诗，是由汉字的字型和汉语的字音两大特点决定的。

二、什么是诗歌赏析？

诗歌赏析也可以叫做诗歌赏读，这是因为，诗歌首先是用来"读"的，古人叫做"吟诵"。从美学的范畴上讲，诗歌赏析跟任何文学作品、艺术作品的赏析是一样的，属于接受美学的范畴。那么什么叫赏析呢？**赏析是赏析的主体对赏析的客体进行分析、观赏、玩味、体悟、揣摩等一系列的心理感受过程。**在这个有些枯燥的概念中，包含着三个信息点，一个是赏析的主体，一个是赏析的客体，一个是赏析的过程。

先说赏析的主体。所谓的赏析主体，实际就是赏析者，就是我们每一个人。作为赏析的主体，他应该具备赏析的能力，这个能力包括语言文字知识、文学历史知识、审美知识、人生阅历和生命感悟，等等；如果不具备这些知识，那么也就不具备赏析的能力，他也就不能成为一个赏析者。比如我们总说王安石的"春风又绿江南岸"写得好，实际上王安石当初写过"春风又到江南岸"，"春风又过江南岸"，都觉得不能把春风的勃勃生机写出来，后来改成"春风又绿江南岸"，这句话的妙处就在于这个"绿"字。从语法现象说，"绿"是个使动词，翻译为"春风使得江南两岸又绿了起来"；从艺术修辞上上，"绿"是个拟人的手法，作者把春风赋予了人性，是她，把江南两岸给"弄"得又一次绿了起来。这样写不仅节省了词汇，而且把春风吹拂之下江南两岸的盎然生机生动的描述了出来；再比如"红杏枝头春意闹"，大家都说这个"闹"字用得好，实际这个"闹"字也是拟人的手法，把红杏比拟为一群调皮的孩子，在枝头"闹腾"，生动的写出了红杏密密匝匝的样子，也写出了春天的到来。作为诗歌阅读者，如果没有基本的文字知识和艺术修养，就没有办法看出这两句诗的妙处来。更不要说其他更为深奥的作品了。有一个说来较为粗鄙的笑话，说某人爬长城，终于爬上了至高点八达岭，气喘吁吁地说："啊！长城啊……"周围人屏声敛气，以为此人要抒情作诗赞美长城，不想这个人却说："……你是真 TM 的长！"周围一片大笑。这个笑话有杜撰的可能，但是道理是明确的：没有赏析能力的人，是成为不了赏析的主体的。

面对长城,具有历史知识人的可能联想到它抵御外敌的作用;具有建筑知识的人可能联想到它随坡就势的走向;具有天文地理常识的人可能会想到长城的走向与中国400毫米降水线的吻合;而具有文学常识的人可能会想到有关长城的千古诗文,比如"饮马长城窟,水寒伤马骨"等。如果你不具备其中任何一种知识,你就不可能对长城进行任何一个角度的欣赏,你也就只能发出"长城啊你真TM的长"这样的感叹了。

所以说,具有赏析的能力,是成为赏析主体的要件;而只有有了赏析的主体,赏析的审美行为才有了得以完成的依附条件。

其次是赏析的客体。所谓赏析的客体就是被赏析的作品,它可以是一幅绘画,也可以是一部电影或戏剧,也可以是一首诗歌作品。如果说作为赏析的主体必须具有赏析的能力的话,那么作为被赏析的客体,它就必须具有审美价值。就是说,它应该是美的,是值得鉴赏的,是配得起赏析主体的玩味的。在这里我个人强调,赏析客体的审美价值应该有两个"不因为":不因为时代的久远而产生变异,不因为阶级和阶层的不同而产生疏隔。

什么是美的东西?美的东西应该具有普世价值,具有永恒的主题。这个普世价值或者说永恒的主题,是千百年来整个人类共有的主题,是人类共同关注、足以引起共鸣的主题,比如说爱情、比如说生死、比如说善良、比如说亲情,等等等等。三千年之前黄河边小伙子那深情的一瞥,足以感动到今天,所以才有"关关雎鸠,在河之洲"的吟唱,才有"窈窕淑女,君子好逑"的求爱观点;"在天愿作比翼鸟,在地愿为连理枝"的动人之处,不在于恋爱者李隆基杨玉环是帝王贵妃,而在于祈求爱情天长地久是人类的共同盼望;"前不见古人,后不见来者"的慨叹,不是因为吟唱者陈子昂的地位高低,而是生不逢时和人生不永是人类的最大遗憾;"安能摧眉折腰事权贵,使我不得开心颜",不在于它的发出者是诗仙李白,而在于它道出了知识分子的底线——人格尊严。好的诗歌作品,是能够穿越千年打动人心的,与时代、与作者地位没有关系。过去曾经有一个观点,主张什么"劳动人民的爱情"云云,这是站不住脚的。艺术学认为,作品和它的主题有四种关系：等同关系、大于关系、小于关系、游离关系；我个人认为，如果作品和它的主题产生了游离关系，那么这部作品从一开始就有站不脚的缺陷，所以才会使这部作品因为时代的变化而产生了主题上的游离，比如文革期间一些为了政治目的而编写的作品。

是不是具有了赏析者和被赏析作品，就完成了赏析的活动呢？还不是的，必须让赏析的主体和赏析的客体有直接面对、交流的机会，如果没有这样的机会，赏析活动仍然没有办法完成。一个目不识丁的人面对唐诗宋词的尴尬，和学富五车的教授面对文革大字报的感觉，估计应该是一样的；在一个不具备历史文物知识的老农的眼里，汉代出土的瓦罐可能还没有自家腌咸菜的缸子好使。

最后是赏析过程，这是一个分析、观赏、玩味、体悟、揣摩等一系列的心理感受过程，这个过程实际又包括了两个方面，一个是分析，一个是鉴赏，合为"赏析"。它们之间的关系是，分析是鉴赏的基础，鉴赏是分析的升华；没有了分析，鉴赏就成了无源之水；没有了鉴赏，分析也就无的放矢；分析是为了鉴赏服务的，而鉴赏是建立在分析之上的。

分析是指对一首诗歌作品的时代背景、作者背景、作者风格和艺术理念的分析和阐述。诗歌属于文学艺术，而所有的文学艺术包括小说、戏剧在内，都是为了反映社会的，只不过反映社会的方式不一样。小说以故事情节来反映社会，戏剧以强烈的舞台冲突来反映社会，而诗歌——尤其是中国诗歌——它长于抒情而拙于叙事，所以中国的古典诗歌是以感情来反映社会的。那么关注诗歌和作者所反映的当时的社会背景，就是研究、赏析诗歌的第一步；反过来，当时的社会背景又对诗歌的形式和诗歌的作者产生着作用。比如说《古诗十九首》这样成熟的五言诗，就不可能出现在《诗经》那个年代，因为社会的发展决定汉语没有成熟、浑圆到如此程度；再比如说李白这样浪漫主义的诗人只可能出现在盛唐，不可能出现在文字狱大兴的明清，甚至都不可能出现在精致的、封建文化彻底成熟的北宋；读曹操的诗，能够深切地感受到东汉末年"白骨露于野，千里无鸡鸣"的那种民不聊生。时代背景的分析，是赏析诗歌必须的。一上来急惶惶说"老师您告诉我这首诗怎么个好法"——这是没有道理的，也是不可能的。

除了时代背景外，作者本身的分析更是必不可少。不同的时代产生不同的作者，但是同处一个时代，为什么作者的风格也可以大不相同？这是因为作者的家庭背景和个人性格注定而成的。同是盛唐时候的诗人，李白和杜甫不过相差11岁，但是李白浪漫，性格放任无羁；杜甫严谨，性格沉郁。这是因为俩人的出身完全不同，李白的出身是富商，而且他的父亲李客有可能是一个被通缉的富商。李白祖籍陇西成纪，就是现在甘肃天水一带，出生于西域的碎叶，即现在的巴尔克什湖一带，5岁时回到了四川江油青莲乡。也就是说，李白在他幼年的时代就随着家人漂泊了中国大半个西北、西南，这样的家庭出身和性格决定了李白不可能是循规蹈矩的士大夫。而杜甫则不是，他出身于"奉儒守官"的士大夫家庭，他的先祖是西晋时的大臣杜预，他的祖父是武则天时代得宠的宫廷诗人杜审言，他的父亲杜闲——这是杜甫家中最不出名的一位了——也是兖州司马、奉天县县令。杜甫的出身决定杜甫只能走一个循规蹈矩的封建士大夫的道路，所谓"达则兼济天下，穷则独善其身"，一生以济世救民为己任，同时把这种理想寄托在皇帝的身上。

同是唐代的现实主义诗人，白居易和杜甫也不相同，这是因为俩人的艺术主张不同。杜甫主张完美，"语不惊人死不休"；而白居易认为纯粹的艺术追求完全是背离艺术宗旨的，艺术的根本应该是实用，是"歌诗为时而作，为事而作"，为此他追求的是通俗，是"不识字的老太太听不懂我就修改"的写作手法。同样是归隐的诗人，陶渊明和王维大不相同，陶渊明的笔下更多的是劳动，是田园；王维的笔下是山水，是安静和孤独，以及对孤独貌似痛苦的享受。这是因为俩人的经济基础完全不同。陶渊明是一个落魄的地主的后代，中晚年之后极其困顿，到了"夏日抱长饥，寒夜无被眠。造夕思鸡鸣，及晨愿鸟迁"的地步；而王维说到底是王孙贵族，是大户人家，即便归隐终南山后，他仍然担任着尚书右丞的职位，衣食无忧。

所以说，对于诗人自身背景的分析同样重要，甚至分量应该重于时代背景的分析。

分析是为了鉴赏服务的，分析的终极目的是鉴赏，所以最后还是应该落在鉴赏上。鉴赏是建立在分析的基础上，对于一部诗歌作品在文字上、文学上、艺术审美上的玩赏和体味。好的文学作品、尤其是诗歌，应该是立足于那个时代而最终又能跨越那个时代的。前面说过，诗歌是以感情来反映社会的，这个感情基本是诗歌作者的感情，是诗人本人的感情；但是好的诗歌作品应该跨越诗人的小感情，而成为能够笼盖人类精神的大感情。诗歌的艺术分析往往应该着眼于大感情的分析，或者说，一首好诗能够从中得出笼盖人类精神的大感情，这才是优秀作品，这也是它能够流传千古的原因所在。王国维之所以给予李后主很高的评价，说"词至李后主眼界始大"，就是因为李煜李后主的词写出了一个人从天上落到地狱的悲怆情景，而这种悲怆绝非李煜一个人所有，人类在许多时候都会有这种"天上人间"的巨大落差和由这种落差而产生的无法排遣的悲怆。诗歌的艺术赏析，最终要把这种人间共性、人类的大感情阐述出来，而能够承托得起这种阐述的，势必是好诗！

前面说到，赏析是一个分析、观赏、玩味、体悟、揣摩等一系列的心理感受过程，那么，既然是"心理感受过程"，赏析本身就带有极其强烈的个人感觉和个人色彩。对于一首诗的体悟深浅，与鉴赏者，也就是我们前面所说的赏析主体有非常大的关系，鉴赏者的学识、阅历、性格、年龄，甚至性别，都决定了赏析的角度和层次的深浅。对于年轻的学子们，我不主张从浅层次入手，我主张"取法乎上，得法其中；取法乎中，得法其下"，不怕深而怕浅。深层次的切入诗歌本质的赏析，才是好的赏析；关键在于用怎样生动的语言将学子们领入一个艺术的境界中。

三、怎样赏析中国古典诗歌？

赏析中国的古典诗歌，我想应该做到"四个理解"，第一，理解诗歌是以感情来反映生活的；第二，理解古代汉语言的语法现象；第三，理解诗歌的意境美；第四，理解中国诗歌特有的含蓄美。

先说第一点，理解诗歌以感情反映社会的这一特点。前面我们说过，诗歌属于文学样式之一，是反映社会的。但是中国的古代诗歌有着很明显的自身特点，那就是抒情诗占了绝大部分。严格说，用汉语言写成的古代诗歌就没有纯粹的叙事诗，像西方叙事诗《唐璜》（作者英国诗人拜伦），中国一直没有。即便是具有叙事意味的诗歌，如民间诗歌《焦仲卿妻》（一名《孔雀东南飞》），文人诗歌《长恨歌》，也是夹叙夹议，抒情成分占了很大的比重。所以说，诗歌是以感情来反映社会的这一特点，非常重要，它说明了赏析诗歌的切入点。既然理解到这一特点，那么就应该知道，诗中表达的感情，就是诗人的感情：陶渊明"采菊东篱下，悠然见南山"的欣悦，饱含着对黑暗官场的厌恶和重归田园的欣喜；李白"安能摧眉折腰事权贵，使我不得开心颜"的慨叹，抒发了作者作为一个知识分子对人格尊严的执著追求；杜甫的"葵藿倾太阳，物性故莫夺"代表了中国古代士大夫实现理想的唯一方法——忠于皇帝，这与他"朱门酒肉臭，路有冻死骨"的对百姓发自内心的同情并不矛盾；苏轼的"问汝平生事业，黄州惠州儋州"既概括了他宦海漂浮的一生，又写出了他人性中的豁达；辛弃疾的"看试手补天裂"是中国古代报国无门的战将的痛苦再现。当我们在阅读这些诗歌的时候，就应该体味诗人的感情，同时带着感情去赏读这些作品，把自己的感情调动出来，放置在诗歌中，这样才能读懂作品，体会作品。一个过于理性的人，是无法完成诗歌的赏析的。

　　曾经有过这样一个笑话，一个教授物理的老师说，写诗和读诗的人都是因为不懂得物理原理才感动的，比如"雪化了，化成了春天"，怎么可能呢？雪化了只能化成一汪脏水；又说"'月亮碎了半边，化作了满天的星辰'，这是不懂得地球遮掩了太阳的光辉才这么说的"。这就是不懂诗歌是以感情反映生活的道理，自然也就理解不了泰戈尔的名句"世界上最远的距离不是生与死，是我站在你面前你却不知我爱你"。

　　第二是理解古代诗歌的语法现象。古代诗歌是用古汉语写成的，是古代汉语最高等的艺术样式，所以，理解古汉语的语法样式也是很重要的一部分，否则极可能根本读不懂作品，那么理解诗人的感情也就成为一句空话了。汉字属于非形态语言,所谓的"非形态语言",就是不以汉字的形态变化来表达语法意义。西文的句子"I love him"和"He loves me"中,主语、谓语、宾语都发生了变化,这在汉语中没有;汉语表达语法的多是这么几种:名词用作动词、使动、意动、省略,等等。比如曹雪芹说警幻仙子是"深惭西子,实愧王嫱",这个"惭"和"愧"是使动的用法,意思是警幻仙子的美貌"使西施美人感到惭愧难比,使王昭君感到羞愧弗如";再比如苏轼说"十日春寒不出门,不知江柳已摇村",如果用西方语法来分析,江柳是主语,动词"摇"是谓语,村是宾语,难道是江边的柳树摇动一座村庄么?显然不是,这里"村"的前面省略了一个介词"于",当"在"讲,意思是"春寒十日没有出门,等到再次出门时,发现江边的柳树已经在村口摇摇摆摆了",写出了诗人对大自然物候变化的感叹;又比如李后主的"自是人生长恨水长东",这个"东"是个动词,意思是向东流;而"鸡声茅店月,人迹板桥霜"一句中,六个景象,却没有一个动词连接,你如果非要写成"月光笼罩下的茅草小店后面传来了鸡叫声,石板铺成的小桥上有人走过的足迹",不仅笨拙无比,那江南凌晨铺面而来的几分寒气也荡然无存了,难怪梅尧臣盛赞这两句是"状难言之景如在目前,含不尽之意见于言外"。汉语是一种意会的语言,感悟性较强,逻辑性较差,如果用西方文字的语法现象来拆分古代汉语,要么根本弄不懂,要么弄通了却意蕴皆无,要么貌似弄通了却让人啼笑皆非。古人讲究炼字,讲究"语不惊人死不休",实际上是在汉字的语法灵活上做功夫,以达到"一字千金"、"一字千斤"的效果。

  第三是理解中国诗歌的意境美。和西方小说、戏剧主张以塑造人物为成功标志不同,中国古典文学因为受语言文字影响,逻辑性较强的叙事文学很少,即便是有叙事意味的长诗,也不以塑造人物为主要追求。中国文学的成功标志是意境。"意境"这个词是王国维提出来的,而且是为了研究宋词而提出来的,但是"意境"的存在和追求绝对不是王国维时代才有的,也绝不仅仅限于宋词中,可以说,中国古典诗歌一直将"意境"作为一种最高的审美意义在探寻、追求着。那么什么叫"意境"呢？但从字面上解释，"境"就是客观环境，就是诗歌要描述的周围的客观事物、景物；而"意"就是诗人的主观情感。那么，是不是"意"+"境"就等于"意境"呢？又不是。到底什么是"意境"，我们不妨先举一个例子：唐代的一位才子来到中国的西域，他看到了什么呢？茫茫无边的戈壁，一望无际的沙海，辽阔无垠的大漠。那么，他所看到的这些都属于"境"，就是客观环境；那么他想到了什么呢？想到的是大国的骄傲、大国的情怀，等等。这些"想到的"就是"意"，也就是主观情感。当诗人的主观情感在客观环境的引发下创造出一个想象的、艺术的世界的时候——"大漠孤烟直，长河落日圆"——才叫"意境"；也就是说，意境在现实生活中不一定完完全全的存在，它是想象出来的，是艺术的，或者说是"假"的，但是这个"假"的、想象的、艺术的世界，却包含着诗人更高一层的情感，它来自于客观生活，也来自于作者确实存在的感情，但是它升华了，高出了客观存在和原先的主观感情。所以中国绘画中有"写境"和"造境"之分，"造境"是艺术虚构，是绘画的最高境界。

中国的诗歌与绘画、与音乐相通，所以"造境"、"神韵"这些用于绘画和音乐中的术语同样也可以用于诗歌中。晚年的杜甫漂泊在长江一带，穷困潦倒，当他登上夔州的最高处时，恰逢深秋季节，树木凋零，百草凄黄，江涛滚滚，那么这些眼前之景就是"境"——客观环境，它引发了杜甫万方多难的感慨、理想成空的叹惋、年华易逝的伤痛和自觉不久于人世的预感，这些都是诗人的"意"——主观情感。于是诗人的主观情感在客观景物的引发下创造了一个想象的、艺术的世界，"无边落木萧萧下，不尽长江滚滚来"，后者才是"意境"。中年时王国维的妻子莫夫人去世了，妻子在世时夫妻二人感情很好，妻子过世后，王国维为妻子写过一首《点绛唇》，其中有"西窗白，纷纷凉月，一院丁香雪"的佳句，人评"意境全出"。为什么是"意境全出"呢？我们来看这三句。诗人因为思念妻子而彻夜难眠，抬眼望去，月光之下，满院洁白，丁香如雪——这些是客观景物，是"境"；而诗人因为妻子去世而产生的悲痛，是主观情感，是"意"；这种"意"的主观情感在"境"的客观环境的引发下，作者创造出一个艺术的、想象的、"假的"的世界——"纷纷凉月",这是"意境",是艺术的、想象的、是"假的"。因为月光没有温度,何来"凉"？月光又不是雪花或落叶,何来"纷纷"？但是在作者看来,月光之下引发的心中悲凉使得院中的一切都笼盖了同样的悲凉色彩,于是心与境合,"意境全出"。

最后一点,是理解中国古典诗歌的含蓄美。汉民族是一个大陆农业民族,受经济模式的影响,汉民族的生产方式是向内的,不是向外扩张的,所以整个民族性格呈现出阴柔、内向、含蓄的特点,不善于直言表达感情,不善于条分缕析的描述,更多的是体味和感悟。表现在诗歌上,是缺乏直抒胸臆的直白呼号,更多的是借助比喻、拟人、反语和借景抒情等艺术手法,间接的表达自己的情感。比如李白说,"圣主恩深汉文帝,怜君不遣到长沙",他不说皇帝昏庸,把一个正直的人给贬谪了,而是用了反语,说现在的皇帝还很不赖呢,没有像当年贬谪贾谊那样贬谪到长沙这样的卑湿之地,这分明是在责骂皇帝呢！再比如李商隐说,"此情可待成追忆,只是当时已惘然",晚年追忆年轻时候的事情,已经是很伤感的了,但是作者却说,年轻时的记忆就已经是一片惘然,想追忆却已经追忆不起来了,岂不是双倍的伤怀么！这样写,诗歌就低回婉转,余味无穷了。再比如晏几道的作品,"醉拍青衫惜旧香,天将离恨恼疏狂！年年陌上生秋草,日日楼中到夕阳。 云渺渺,水茫茫。征人归路许多长。相思本是无凭语,莫向花笺费泪行。"这首《鹧鸪天》写怀人念远,离恨无穷,年年日日,不可终绝；面对来信,泪如泉涌。作者本来是盼望来信的,否则就不会面对一封难得的信笺而泪流满面了,但是作者却说,"相思"这个东西本来是无法用语言表述的,何必来信述说衷肠呢,莫若丢开的好。话虽豁达,实则反语,更加重了相见无期的相思之苦,令人荡气回肠,击节而叹。这就是含蓄的艺术。如果改为"亲爱的我是多么的想你啊",也许感人,但那不是中国的诗歌,不是古代中国人,尤其是诗人抒发情感的方式。

目 录

第一讲 《诗经》——《蒹葭》 1
  一、关于《诗经》介绍 1
  二、《诗经》赏析 6

第二讲 《楚辞》——《渔父》 11
  一、关于屈原和《渔父》 11
  二、赏析《渔父》 13

第三讲 项羽与刘邦——《垓下歌》与《大风歌》 18
  一、关于楚汉之争 18
  二、项羽的《垓下歌》 19
  三、刘邦的《大风歌》 24

第四讲 乐府诗 27
  一、乐府诗介绍 27
  二、乐府诗赏析 30

第五讲 《古诗十九首》 36
  一、《古诗十九首》介绍 36
  二、《古诗十九首》作品分析 40

第六讲 曹魏文学中的曹操 48
  一、关于曹魏文学及其他 48

二、曹操作品赏析 ································· 54

第七讲　田园诗人——陶渊明 ······················· 61

　　一、关于西晋、东晋 ······························· 61
　　二、陶渊明介绍 ································· 62
　　三、陶渊明诗歌赏析 ······························· 68

第八讲　南北朝民歌——《西洲曲》 ····················· 76

　　一、南北朝的形成与南北朝民歌 ························· 76
　　二、赏析《西洲曲》 ······························· 78

第九讲　初唐诗歌与陈子昂 ························ 83

　　一、初唐诗歌介绍 ······························· 83
　　二、政治诗人陈子昂 ······························· 85

第十讲　孤篇压倒全唐——张若虚的《春江花月夜》 ·············· 93

　　一、关于张若虚和他的《春江花月夜》 ····················· 93
　　二、赏析《春江花月夜》 ··························· 94

第十一讲　王维和他的山水田园诗 ····················· 100

　　一、关于王维和他的诗歌 ··························· 100
　　二、赏析王维的诗《山居秋暝》 ······················· 103

第十二讲　伟大的浪漫主义诗人——李白 ·················· 107

　　一、李白的生平 ································· 108
　　二、李白的诗歌内容 ······························· 110
　　三、李白诗歌的主要形式 ··························· 112
　　四、赏析李白的《月下独酌·其四》 ····················· 115

第十三讲　伟大的现实主义诗人——杜甫 ……118
　　一、杜甫生平介绍 ……118
　　二、怎样阅读杜甫的诗 ……123
　　三、杜甫的地位 ……127
　　四、杜甫诗歌赏析 ……128

第十四讲　"诗鬼"李贺和他的《金铜仙人辞汉歌》 ……146
　　一、关于李贺 ……146
　　二、《金铜仙人辞汉歌》赏析 ……148

第十五讲　白居易和他的"新乐府" ……152
　　一、关于白居易 ……152
　　二、关于元稹与白居易 ……155
　　三、白居易《新丰折臂翁》赏析 ……156

第十六讲　"自辟宇宙"的李商隐 ……161
　　一、关于李商隐 ……161
　　二、李商隐诗歌赏析 ……166

第十七讲　词的介绍与花间词派 ……176
　　一、什么是词 ……176
　　二、词的发展 ……178
　　三、关于花间词派 ……180

第十八讲　南唐后主李煜和他的词 ……183
　　一、南唐与李后主 ……183
　　二、关于李后主的词 ……186
　　三、李后主的词赏析 ……187

第十九讲　文坛巨擘——苏东坡·······193
　　一、苏轼的生平介绍·······193
　　二、苏轼的思想·······195
　　三、苏轼的文学创作·······197
　　四、苏轼的影响·······200
　　五、苏轼诗词赏析·······201

第二十讲　文坛才女——李清照·······210
　　一、李清照生平简介·······210
　　二、李清照的作品·······212
　　三、李清照词作赏析·······214

第二十一讲　铁血男儿辛稼轩·······223
　　一、南宋问题·······223
　　二、辛弃疾介绍·······224
　　三、辛词赏析·······227

参考文献·······238

作者介绍·······240

第一讲 《诗经》——《蒹葭》

一、关于《诗经》介绍

1、《诗经》介绍

《诗经》原来不叫"诗经",就叫做"诗";因为《史记》中记载"孔子删诗",到了汉代时,董仲舒提出"罢黜百家,独尊儒术",而"儒术"的创始人是孔子,所以董仲舒才把"诗"和《周易》、《尚书》、《礼记》、《春秋》一并封为儒家经典,才有"诗经"的说法。《诗经》与另外四部书合称"五经","五经"又与"四书"并列,是儒家、也是古代知识分子必学的经典著作。

《诗经》是中国文学史上的一部非常重要的著作,是中国的第一部诗歌总集,收录了从西周初年到春秋中期大约500年间的诗歌,共计305首。关于这部书的来源,一般的说法有两个,即"采诗说"和"删诗说",但是从现在看,都站不住脚。

"采诗说"主要来自汉代的学者,认为"古者天子巡守,命史(官)采民诗谣,以观其风"(《孔丛子·卷三·巡守》),又说"男年六十,女年五十,无子者,官衣食之,使之民间求诗",然后将求得的诗"乡移于邑,邑移于国,国以(之)闻于天子"(何休《春秋公羊传解诂·宣公十五年》)。与"采诗说"很接近的,是"献诗说",《国语》中记载,"天子听政,使公卿至于列士献诗"。但是无论是"采诗"还是"献诗",都是汉代学者根据过去的典籍记载所作的推断,或者说是"臆断",这种臆断显然是从汉代有所谓的采集民间音乐的政府机关——乐府而想象出来的,以为汉代如此,西周时也一定如此。实际上在《春秋》和《左传》中都没有找到当时有类似汉代乐府这样的、采集民间诗歌以观风俗的机构，所以，"采诗说"和"献诗说"并不可信，至少没有找到坐实的史料来证明。

第二种说法是"孔子删诗说"，认为现在看到的《诗经》，是经过孔子删改和整理的。这个观点出自于《史记·孔子世家》。但是反对者也很多，其中清代专门研究《诗经》的崔述认为，"孔子删诗，孰言之？孔子未尝自言也！孔子曰'诵诗三百'，是诗止有三百，孔子未尝删也。学者不信孔子所自言，而信他人之言，甚矣！其可怪也！"这段话很见性格，也很有见地，翻译出来就是，"孔子删诗，谁说的？孔子自己是从来没有说过的；倒是孔子说过'诗三百'，说明《诗经》到了孔子时代已经是定型的'三百篇'了，哪里有'删'呢？后世学者不相信孔子自己的话，却相信别人的话（言外之意是司马迁的话），真是咄咄怪事了！"

但是我们现在看到的《诗经》一共是305首，时间跨越了500年左右，地域跨越了整个黄河流域，样式基本是四言一句的，而且至今读起来大致上还是押韵的。这么长的时间、这么广的地域、这么多的作品，如果没有人专门的整理加工，是不可能有今天这个样子的；而且不是一人所为，一定是经过历代的官员收集、整理、教授、演唱，逐步定下来的。只不过这些为《诗经》做出贡献的人，我们无法考证了。

2、"诗经六义"

说起《诗经》，谁也不能越过"诗经六义"这个概念，所谓的"风、雅、颂、赋、比、兴"是也。但是，必须明白，"诗经六义"是两个部分："风雅颂"是一个部分，此之谓《诗经》的音乐分类；"赋比兴"是一个部分，此之谓《诗经》的艺术手法。

"风雅颂"是《诗经》的分类。但是，究竟是内容分类还是作者分类还是什么别的分类，却是争议了很长时间，最后能够得到共识的，是音乐分类。我们现在叫做"诗歌"的这个东西，准确说在古代叫"歌诗"，因为古代所有的诗歌都是能够唱的，或者干脆说就是唱出来的，那么怎么唱，才是分类的标准。《白虎通·卷三·礼乐》中说："乐尚雅何？雅者，古正也，所以远郑声也。"这句话是用来说"风雅颂"中的"雅"的，翻译出来就是，"音乐崇尚'雅'，为什么呢？因为'雅'

是古代纯正的声音，是远离郑国声乐的声音。"这里需要说明的是，在西周时期，"郑声"，就是郑国的音乐之声，是靡靡之音的代表，"远离郑声"就是远离颓靡的黄色小调，崇尚正统的音乐；这个正统的音乐应该叫做"雅"。那么由这个说法我们可以看出，风、雅、颂，都应该是音乐的分类才对。

"风"是什么音乐？把"风"理解为刮大风的"风"是不对的，把"风"理解为民风、风俗，也不全面；《诗经》中的"风"，含义更接近"风马牛不相及"的"风"，更接近"风情"的"风"，用朱熹的话说，《诗经》中的"风"应该是"男女相与咏歌，各言其情。"朱熹的话非常正确，因为"牝牡相诱谓之风"，朱熹只不过把它文雅化了。这么看，"风"应该是民歌样式的情歌，或哀婉悱恻，或赤裸大胆。后世的学者认为《诗经》作品有"止淫奔也"的反作用，认为读《诗经》应该"思无邪"，虽然有卫道的意味，但是也从另一个角度说明，《诗经》的"风"确实是一些"哥哥妹妹"的民间情歌、艳歌。

理解了"风"，"雅"就好理解了。"雅者，正也"，雅乐是正统的音乐，是王朝京师一带的音乐，是"主旋律"；而大雅小雅之分也是源于音乐，南宋的郑樵说："盖大雅小雅特随其音而写之律，律有大吕小吕，则歌有大雅小雅。"总之，雅乐是区别于民间艳歌的正统音乐，是知识分子选择的音乐，所以"文雅"、"高雅"、"雅致"这些词流传下来，无不与知识分子、与文化素养相关，而民间艳歌却是"不登大雅之堂"的。

什么是"颂"？《毛诗序》中说得清楚，"颂者，美盛德之形容，以其成功告于神明也"。"颂"是宗庙祭祀的音乐。假如说"风"属于民歌形式的艳歌俗曲，"雅"属于主旋律的话，那么"颂"应该相当于现在的宗教音乐了。

但是从总体上说，《诗经》属于民歌总集的性质，其中的"风"160首，占了绝大多数，所以后人用"风"来简称《诗经》，也用"风"来替代中国诗歌现实主义的开端。

说完了"风、雅、颂"，那么"赋、比、兴"是什么呢？是艺术手法。"赋"的含义很简单，就是单纯的描写和叙述故事，我们现在还说"赋诗一首"。"比"也不复杂，就是比喻，就是打比方。前面说过，汉语诗歌有一个含蓄的特点，其中的表现之一就是好用比喻。《诗经》中就有大量的比喻，比如著名的《卫风·硕人》中描述那位贵妇人庄姜，这么说："手如柔荑，肤如凝脂，领如蝤蛴，齿如瓠犀。"

比较难于理解的是"兴"。关于"兴"的含义，朱熹的定义是最清楚的，"先言他物以引起所咏之词"，翻译出来就是"先说一个其他的事情，以便把后面真正要说的内容'引拽'出来。比如"驱羊入谷，白羊在先；老女不嫁，踏地呼天"，这个"驱羊入谷"与"老女不嫁"没有关系，是用了押韵的方式把后面要说的话引拽出来，所以"驱羊入谷"就是"兴"，同时必须押韵。需要注意的是，如果仅仅押韵，前后者没有关系，那么是单纯的"兴"；但是如果不仅仅是押韵，前面的"兴"还有暗示、比喻的意思，那么就叫"比兴"。比如《诗经·氓》中说，"桑之未落，其叶沃若"，就是"比兴"，因为这个句子除了押韵，把后面的话引拽出来外，还有比喻暗示的作用，用桑树的枝繁叶茂，比喻女子的年轻貌美；后面的"桑之落矣，其黄而陨"也是"比兴"，暗示比喻了女子年长色衰，被男人抛弃。

"赋、比、兴"作为中国诗歌最初的艺术手法，对后世的诗歌影响非常大，中国诗歌含蓄委婉的风格自此而形成；尤其是"兴"的手法，一直到现在还在沿用。比如延安时期的著名诗人李季的诗歌《王贵与李香香》，就用了大量的"兴"和"比兴"的手法："二道糜子碾三遍，香香爱上了庄稼汉"，"太阳落山红艳艳，香香担水到井畔"，"羊群走路靠头羊，陕北起了共产党"。

3、《诗经》的基本内容

过去一说到《诗经》的基本内容，往往把"反抗剥削和压迫"放在了第一位，这是很不全面的。作为最初的诗歌总集，而且以民歌占大部分的诗歌总集，《诗经》的第一个内容，不如说是"反映当时的社会风貌"，这个"社会风貌"既包含了下层百姓对贵族剥削压迫的反抗，也包含了当时社会生活的方方面面。比如反抗奴隶主剥削压迫的诗，《硕鼠》和《伐檀》是其中的代表；反映当时社会的徭役和兵役的，《君子于役》和《素女》是其中的代表作；反映当时劳动者普通生活的,《七月》是最著名的长诗,很难得。其中最多的,是反映当时男女情爱的作品。

《诗经》以"风"为最多,"风"就是男女情歌,所以爱情作品是其中最动人心弦的乐章。《诗经》中的爱情作品,或含蓄委婉,或火辣大胆,但是无论哪种风格,"真挚"是最大的特点。比如《郑风·溱洧》,描述了青年男女在春光明媚的日子里,互相试探、搭讪、借以表达爱慕的故事。其中最生动的几句是,"女曰'观乎?'士曰'既且''且往观乎'……"翻译成现在的句子就是,女孩子对男孩子说,"走啊,看看去啊",男孩子说,"看过一遍了",女孩子说,"再看一遍嘛"。少男少女的微妙心思跃然纸上,就有了后面的"维士与女,伊其相谑,赠之以芍药"了。这是比较含蓄的。还有比较大胆的,比如《野有死麕》,"野有死麕,白茅包之;有女怀春,吉士诱之。林有朴樕,野有死鹿;白茅纯束,有女如玉。舒而脱脱兮,无感我帨兮,无使尨也吠"。青春少女,春心萌动,看到森林里打猎成功的壮士,自然爱慕,于是"走向密林深处"。更加大胆乃至于野性、放肆的,是《郑风·褰裳》,"子惠思我,褰裳涉溱。子不思我,岂无他人?狂童之狂也且!子惠思我,褰裳涉洧。子不思我,岂无他士?狂童之狂也且!"这首诗的翻译方法是两种,分歧在于最后一个字"且"的理解上,有人说,这个"且"没有意义,是个语气词;有人说这个"且"字用得妙,绝不是没有意义,而是个象形字,应该翻译为粗话的那个骂人的口头语。台湾的李敖持后面的观点,我个人也认为后者观点有道理。刘达临在自己的专著《中国性文化史》中,也认为"且"字是象形字,是粗话。那么这首诗的翻译应该是这样了,"你想我么?提着衣裳过河来找我啊;你不想我,别以为我没有别的相好的啦!你小子傻帽啊!操……"乡野之气扑面而来,虽粗鄙,但真实可爱。

反映婚后生活的作品也不少。代表作是两类,一类是生活幸福快乐的,比如《桃夭》和《鸡鸣》。尤其《鸡鸣》,写小夫妻在清晨即将起床时的对话,女的说"鸡都叫了",男的说"哪儿啊天没亮呢",女子的勤快,丈夫的贪睡外带撒娇,表现得简约而生动。再比如《风雨》一首,写小夫妻的重逢,其中"风雨如晦,鸡鸣不已。既见君子,云胡不喜！"翻译出来就是，已经看见老公了，怎么能不高兴呢！当然也有另一类的，就是反映婚后爱情不幸福，最终因年长色衰被丈夫抛弃的。代表作品是长诗《氓》，以一个女子自诉的口吻，讲述自己和丈夫从相识，到相爱，到私奔，再到被丈夫无情抛弃的全过程，夹叙夹议，感人至深，女人哀而不怨，最后毅然离开背信弃义的丈夫，表现了女子独立刚强的性格。

关于《诗经》的内容，一直有"止淫奔"和"思无邪"的说法，仿佛《诗经》是卫道士们的政治教科书，这一观点一直持续到上个世纪的20年代，才由胡适颠覆过来。胡适认为，《诗经》就是民歌的总集，是"诗经"，而不是《圣经》。从此才开始了对《诗经》真正文学意义上的研究，所以胡适被称为是"传统诗经学研究的终结者"。

二、《诗经》赏析

1、《将仲子》

将仲子兮①，无逾我里②，无折我树杞③。
岂敢爱之④，畏我父母。仲可怀也，父母之言，亦可畏也。
将仲子兮，无逾我墙，无折我树桑。
岂敢爱之，畏我诸兄。仲可怀也，诸兄之言，亦可畏也。
将仲子兮，无逾我园，无折我树檀⑤。
岂敢爱之，畏人之多言。仲可怀也，人之多言，亦可畏也。

【注释】①将（qiāng）请，愿。仲子：诗中男子的名字。②逾：越过。里：胡同。③杞（qǐ）：树木名，即杞树。④爱：吝惜，痛惜。⑤檀：檀树。

《将仲子》是《诗经》中一部描述爱情的作品，看似简单，实际含义非常深刻，乃至于得出的结论完全相反。持"止淫奔"、"思无邪"一派认为，诗中的女孩子，矜持自重，比那个《野有死麕》中野合的女孩子和《氓》中私奔的弃妇强多了，也有人认为，诗歌中所表现的内容远不是这些，而是要丰富、复杂得多。我个人持后者观点。

看过注解，会发现诗歌并不难翻译，很好懂，"仲子"可以再"现代话"一点，直接翻译为"二哥哥"。诗歌的结构是回环复沓的，第一段、第二段和第三段没有太大的差异，然而，就是这些微小的差异，才看出故事的微妙来。

女孩子一直在阻止男子，"请求你啊二哥哥，不要穿过胡同来找我"，"请求你啊二哥哥，不要穿过院墙来找我"，"请求你啊二哥哥，不要穿过花园来找我"，表面上在写阻止，实际这种阻止是无力的，是没有力量坚持到底的，因为男子分明在"阻止"中步步前进。可见这是一种不得已的"阻止"，而不是拼死抗争的反抗，那么，这种"阻止"是因了什么而达不到效果呢？显然，是因为"爱"——女孩子是爱她的这位"二哥哥"的。而这位"二哥哥"呢？诗歌的妙处恰恰在此，表面上写女孩子的阻止，实际在写男子的步步紧逼，而这种步步紧逼，你可以理解是"不要脸"的无赖，但是为什么不想象得美好一点，是男子的执着追求呢？究竟是"不要脸"的无赖还是执着的追求，其区分点真的那么分明么？其依据，究竟是外人的观察？还是当事者自己的感受？恐怕自古谁也说不清楚。

诗歌的第二个注意点是，后面的句子几乎也是重复的，变化不大，而在不大的变化中，又有端倪："畏我父母"、"畏我诸兄"、"畏人之多言"。可见，对于这么一位叫"仲子"的男朋友，父母是极其不喜欢、不买账的。父母之命媒妁之言，父母的观点是决定婚姻成败的关键，父母不同意，自然就坏了一半的好事了；但是让我们不解的是，父母不同意也还罢了，怎么"诸兄"的意见也插了进来？我们知道，即便是长兄如父，也是在"父亲不在"的前提下，而诗中女子的父亲分明在，那么"诸兄"的态度怎么也参与进来？显然，事关重大了。更微妙的是最后——"人之多言"，邻居的态度，大家都不认可这位"二哥哥"。所以女孩子迫不得已的进行无效的"阻止"，显然是实在承受不了心理的压力。那么，我们就设想了，是什么样的婚恋使得周周围围的人都持相反态度呢？

中国人不看好的婚姻有几种？大致是这么几种吧：女大男小，女子有过婚史而男子是初婚，门不当户不对出身差异太大，男子品行上有不被传统文化认可的"缺点"，诸如此类。强大的舆论压力下，总有一方选择了退缩，但是也会有第二种情况出现，那就是一方犹豫，而另一方比较坚决，不肯退缩，于是就出现了诗歌中描述的，表面上一方阻止实际不忍心，另一方却步步逼近。于是"执着追求"和"此人千万要不得"，就混杂在一起，难以分辨。而当初大家一致认为的"执着追求"，有可能在将来变成"悔不当初"；而当初大家不看好的"此人要不得"，也难保不是"回头浪子"。

看来，爱情的难题自古有之，仅仅一句"封建礼教"岂能涵盖哉！

《将仲子》这首诗的妙处在于，在回环往复中加以变化，而细微关键之处，就在简单的变化的字上，不愧是爱情作品中的上乘之作。

2、《蒹葭》

蒹葭苍苍，白露为霜。所谓伊人，在水一方。
溯洄从之，道阻且长。溯游从之，宛在水中央。
蒹葭萋萋，白露未晞。所谓伊人，在水之湄。
溯洄从之，道阻且跻。溯游从之，宛在水中坻。
蒹葭采采，白露未已。所谓伊人，在水之涘。
溯洄从之，道阻且右。溯游从之，宛在水中沚。

《蒹葭》不仅是《诗经》中的精品，而且也堪称中国古代诗歌中的精品之一。这首诗完成于距今 3500 年左右的西周时代，由此我们可以推断，当时的中国人已经彻底摆脱了野蛮和梦寐，完全的文明化了。这样说不仅仅是表现在情感上——重精神而轻肉欲，弥漫着一种与现代人没有任何差异的忧伤，更表现在语言上，汉语言到西周时代已经成熟；另外，在艺术手法上，诗歌借景抒情、虚实相生，奠定了汉语言诗歌最基本的手法。

诗歌的三段可以先看做一段，完成字面上的分析。

蒹葭（音 jian jia，阴平）就是芦苇，清晨起来，茫茫水面上一片雾气，结为冰碴一般的白露挂在一望无际的茫茫芦苇上。试想一下，水雾是白色的，芦苇是白色的，露水也是白色的，在清晨暗淡的光线下，这是一个多么迷蒙而迷离的世界啊！诗歌的开头为我们奠定了一个忧伤而迷蒙的客观环境。于是"伊人"出现了。

"伊人"是谁，受现代汉语，尤其是五四时期鲁迅作品语言的影响，我们很容易把"伊人"设想为女人，那么这首诗就是一个男子追求女子的故事了；但是实际上不是这样，看一下字典的注解："伊人：那个人"，也就是说，在古代汉语的语境中，伊人没有性别设定，就是那个人。那么，伊人可以理解为女人，也可以理解为男人了。主人公的心上人距离自己并不远——"在水一方"，仿佛就在水的一边。但是，接下来的难度出现了，当"我"去追寻时，"伊人"是那么的扑朔迷离，"溯洄"的意思是逆流而上，"溯游"的意思是顺水而下。当我逆流而上是，道路险阻而漫长，似乎无法到达身边；当我顺流而下时，那位"伊人"似乎就在原地。

和《将仲子》一样，三段的变化不大，而关键是几个变化的字，恰恰是这几个字，使得诗歌意味无穷了。先看每一段的前两句，蒹葭的"苍苍""萋萋""采采"不重要，都是描述芦苇一望无际的茂盛，值得注意的是"白露"的变化，"为霜"—"未晞"—"未已"，"为霜"是白露呈冰碴状，说明早晨天色很暗，太阳还没有升起来，温度低，所以白露才能够"为霜"；"未晞"是露水还没有干的样子，"晞"的意思是"干"，那么既然"没有干"，说明此时的白露已经从冰碴状变化到了液态状了，是水了，那么也就说明，太阳升起来了，周围温暖一点了，所以"为霜"的白露化开了；再往后，露水就是"未已"，"已"的意思是"停止"，引申为"没有"，"未已"就是白露已经干得差不多了，但是还没有完全干掉，那么就是说太阳完全升起来了，周围已经暖和了，将液态状得露水晒得差不多了。我们这么罗嗦的说白露的变化，实际作者在用白露的"为霜"、"未晞"、"未已"，说明着时间的变化，也就含蓄的告诉我们，那个"伊人"的追求者等到了多么长的时间，也就告诉了我们，什么叫做"执着"。而这种"执着"的表述方法，显然要文明化、文雅化了，不再是不管不顾的一口气穿过胡同、跳过院墙、进入花园。可见，表述方法的不同会引起人们心理上的美丑区分，阿Q的表述显然粗鄙，就不如徐志摩的"我是天空的一片云，偶尔投影在你的波心"（王蒙——《语言的功能和陷阱》）。

与"白露"相对应的，是"伊人"的变化。这个"伊人"时而在水一方，时而在水之湄，时而在水之涘，"湄"和"涘"都是"水边"的意思。在这里，作者没有做细节描写，而是为了押韵，换了字眼儿，意思是一样的，翻译出来就是"伊人"么，一会儿在水的这一边，一会儿在水的那一边，一会儿又在水的这一边，总之，没有离开水。但是，恰恰是这几个意思完全一样的汉字，才让人纠结：在追求者"我"看来，"伊人"似乎没有挪动地方，但同时，"伊人"又永远是在一个貌似一样，实际"我"说不清的地方。假如说，"白露"的变化，是通过时间的变化来说明追求者的执着的话；那么"伊人"的变化，就说明了被追求者的飘忽不定。而追者的顽强遭遇被追者的飘忽，难道不更让人觉出感情的难以把握、爱情的难以捉摸么！

最后再回到这个"伊人"上。前面说过，"伊人"是"那个人"，不可切实在"女人"的理解上，但是如果我们再扩展一些，"伊人"一定是"人"么？不见得吧？

《蒹葭》从一开始就营造了一个朦胧的环境，这个"造境"的作用不可忽略，正是这个水茫无边的环境，告诉我们，不要坐实，这才能获得一种朦胧多义的美感。我们如果不把这个"伊人"做"人"来理解，而是理解为一种美好的情感（注意，在这首诗中，"伊人"究竟形象如何，并没有说），岂不是更好？一面是对某种美好情感执着追求，一面是因了各种原因、万般努力而追求不得。这种"可望而不可即"的惆怅之情，难道不是我们人类在各个方面的常态么？

另外值得一提的是，在中国古代诗赋中，关于"水"的故事，历来虚无缥缈，这大概跟中国是一个大陆农业民族有关，提供给我们日常生活的，更多的是土地而不是江海，所以，水，带给中国人一种虚无缥缈和理想。除了苏轼的"小舟从此逝，江海寄余生"之外，写水的缥缈的，莫过于屈原的《渔父》。

第二讲 《楚辞》——《渔父》

一、关于屈原和《渔父》

（一）屈原简介

屈原（约公元前339—约前278），战国时期的楚国诗人、政治家，"楚辞"的创立者和代表作者。关于屈原的身世和材料，《史记·屈原列传》的记载是较早的而且具体，屈原的远祖是颛顼高阳氏，父亲名为伯庸，因出生于屈地而得姓，现在已经很难确指在何处。屈原的官职是左徒和三闾大夫，职位不低，仅次于令尹。

春秋时期，周王朝的统治制度已不能适应社会形势发展的要求，诸侯国家都已自成中心，相互争霸。楚国的形势与中原各国有相似之处，并由于地理和政治上的有利条件，发展成新兴大国。战国时期，各诸侯国先后实行了不同程度的改革，经过长期兼并，形成了七雄并峙的新局面，其中又以秦、楚为最强，屈原就是在这个时期开始辅佐楚怀王的，起初很受怀王信任重用。在对外政策上，屈原分析了当时形势，坚决主张联合齐国、抗击秦国的策略，这是对楚国有利的正确策略，怀王曾采纳他的主张，并派他出使齐国。之后秦国为了离间屈原与怀王的关系，派张仪出使楚国，以土地诱惑楚怀王。目光短浅的怀王就改变了对外政策，采取绝齐亲秦方针。不久，秦昭王又提出秦楚两国联姻，要与楚王会面，屈原谏阻说："秦，虎狼之国，不可信，不如无行！"怀王之子子兰却劝怀王去秦，说："奈何绝秦欢？"怀王终于去了秦国，果然被扣留，最后客死于秦。楚怀王死了以后，长子顷襄王继位，顷襄王并不信任屈原，把屈原流放到江南地区。屈原辗转流离在沅、湘一带大概有九年之久，远离故国，又无职位，对于国家、宗族之事只有悲叹而已。远游不成、求贤不得，此时的屈原"被发行吟泽畔，颜色憔悴，形容枯槁"。在无可奈何之际，他自沉于汨罗江中，以明其忠贞爱国之心。

（二）关于《渔父》

《渔父》的作者究竟是不是屈原，一直有争议。郭沫若认为不是，认为应该是非常熟悉屈原生活和思想的一个楚人所作。尽管对于作者有争议，但是关于《渔父》的主题，大家的认识是一致的。在《渔父》中，作者设置了两个人物，一个是屈原本人，一个是与屈原对话的渔父，通过主客对话的方式来阐述思想观点。但是另一个争议又出来了，这个对话中的屈原和渔父，是不是都存在？司马迁认为，这是真实事件的再现，再现了当时屈原与一个打鱼老翁的对话。但是现在看来，司马迁的观点过于呆板。

《渔父》应该是一种虚构，文章中的屈原和渔父都是不存在的，而是虚拟的两个人物，借以来形象地说明屈原心中矛盾的价值观。在两人的对话中，他们各言其志，把两种截然不同的、又不无道理的价值观念呈现在读者眼前，借助两种观念的碰撞，来显示屈原内心的挣扎和痛苦。其中，渔父代表一种价值观念，那就是身处乱世，不求闻达，但求自保，全身而退；而屈原代表一种价值观念，那就是宁为玉碎，不为瓦全，在尊严、信仰和真理面前，生命并不是最重要的。可以说，中国自《渔父》之后的知识分子，很多人走过这样的道路，做过这样的尝试，品味过其中的自我挣扎。有的成为了"渔父"，比如陶渊明；有的就成为了沉江的"屈原"，比如杜甫。还有的在挣扎中不断地获得解脱，比如苏轼。

《渔父》对后世产生的影响，不光是价值观的问题——实际《渔父》没有回答应该选择哪一种价值观，还有"渔父"的这个形象。汉民族是大陆民族，中国古代的社会类型属于农业社会，河海提供的生活必需品远不如土地多，所以，河海往往是浪漫之处、想象展开之处，很多"出世"的寄托、幻想，往往赋形于"渔父"之上。比如唐代高适的"曲岸深潭一山叟，驻眼看钩不移手"，比如李白的"人生在世不称意，明朝散发弄扁舟"，比如柳宗元的"孤舟蓑笠翁，独钓寒江雪",比如朱敦儒的"一蓑一笠一扁舟,一丈丝纶一寸钩;一曲高歌一尊酒,一人独钓一江秋"。"渔父",是中国隐逸文化中不可或缺的一个文化因子,是道家思想的一个"文学代言人",当士大夫们失望于现实,感到儒家道路走不通、"太累"的时候,就会把幻想寄托在各式各样的"渔父"上;而聪明的帝王,也会有意识的保留着一块"江湖",让满腹牢骚不得意的知识分子有地方可以去成为"渔父",以维持整个社会的平衡。

二、赏析《渔父》

屈原既放,游於江潭,行吟泽畔,颜色憔悴,形容枯槁。渔父见而问之曰:"子非三闾大夫与?何故至於斯?"屈原曰:"举世皆浊我独清,众人皆醉我独醒,是以见放。"渔父曰:"圣人不凝滞於物,而能与世推移。世人皆浊,何不淈其泥而扬其波?众人皆醉,何不哺其糟而歠其醨?何故深思高举,自令放为?"屈原曰:"吾闻之,新沐者必弹冠,新浴者必振衣。安能以身之察察,受物之汶汶者乎?宁赴湘流,葬於江鱼之腹中,安能以皓皓之白,而蒙世俗之尘埃乎!"渔父莞尔而笑,鼓枻而去,乃歌曰:"沧浪之水清兮,可以濯吾缨;沧浪之水浊兮,可以濯吾足。"遂去,不复与言。

注解:淈,搅动;歠,饮;醨:薄酒;汶汶:肮脏;枻,船桨

《渔父》一文是讲人生哲理的,这个哲理,大而言之,是世界观、价值观的问题;小而言之,是上下级关系问题。我们还是先说小道理——上下级关系问题。

按照昏庸与能干来区分,上下级关系有四种:1、能干的上级与能干的下级,2、能干的上级和不能干的下级,3、不能干的上级和不能干的下级,4、不能干的上级和能干的下级。其中最容易处理的,是第一种关系,我们的事业就是同样能干的上下级们干出来的;第二种关系也不难处理,一方面能干的上级可以引导、教会不能干的下级,再不行,可以炒他的鱿鱼。第三种关系看似"恐怖"实际不可怕,昏

君遇到佞臣，最终是亡国，倒是逼出一帮隐逸江河的"渔父"们来。最难以处理的是第四种——能干的下属遇到了昏庸的、不能干的上级领导，不仅下属的才干得不到发挥，下属因此而痛苦，而且，因为下属的才干直接衬托出上级的昏庸无能，上级实际也"痛苦"；如果这时再有个佞臣，这个能干的下属就越发的不走运了，而中国的专制文化下从来不缺少这种佞臣。屈原与楚襄王的关系，就是糟糕的第四种关系——一个能干的臣子遇到了一个昏庸的国君。

　　文章不长，但是还是应该划分为三个部分，从开头到"形容枯槁"为第一部分，是交代故事背景，作者选择了四言的句式，干净利落，落地有声，描绘出沉痛的情感氛围。最后的"遂去，不复与言"，虽然是六个字，但是自成一格段落。那么除去头尾，中间是关键段落。

　　首先说话的是渔父，问屈原"子非三闾大夫与？何故至于斯？"两个问句，"您不是三闾大夫么？怎么到了这步田地啊？"注意我们前面说过的，渔父并不存在，而是屈原的心理投像，或者说，渔父是另一个屈原，那么这句话的意思更多的是屈原自己对自己落魄到今天的责问，"一个贵族出身的人，为什么落到了今天这个地步？"之后是屈原的回答，"举世皆浊我独清，众人皆醉我独醒。"渔父的问话实际是"错在哪儿"的问题，而屈原的回答就解释了这个问题。我们常说，认识错误是改正错误的前提，从屈原的回答看，屈原并不是不知道自己被放逐的原因，他知道。那就是，在一个乱世中，越是明白清醒的人，越倒霉、越不走运；在一堆贪官污吏中，越是廉洁清正的官员越会受到排挤和打压；因为你的明白和清醒衬托出了别人的愚笨和浑噩，你的廉洁和清正反衬了别人的贪婪和污浊。这就像在一堆破衣烂衫、满身污垢的人中，你坚持天天洗澡一样，最后必定是"峣峣者易缺，皎皎者易污"（《后汉书·黄琼传》）。

　　接下来又是渔父的解答，"圣人不凝滞於物，而能与世推移。世人皆浊，何不淈其泥而扬其波？众人皆醉，何不哺其糟而歠其醨？何故深思高举，自令放为？"这句话翻译出来是，"真正的聪慧者不应该被停滞的外物所羁绊，而应该和外物同时推移前进。世上的人都是浑浊肮脏的，你何不干脆把水进一步搅浑？大家都是装傻、沉醉不醒的。你何不多吃些酒糟使自己醉得更深？何必有深刻的思想、高尚的举动，自己让自己倒霉呢？"渔父的话简直是太好了！他告诉我们这样一个深邃的道理——如何在乱世中保护自己。当然，身处乱世，最好的自保方法是躲避，是归隐，就如同陶渊明。但是殊不知，"小隐隐于野，大隐隐于朝"，躲避不是最高明的，最高明的是混迹其中。那就是，大家如果都是糊涂人，你应该表现得更加愚笨甚至混蛋！大家如果都是贪官，你应该是这群贪官中的魁首、至少是"中等贪官"；周围如果是一个浑浊、混乱的环境，你应该借机会把环境搅得更乱、更浑。一句话，只有自己的"坏"超过别人的"坏"，只有自己的"笨"等同于别人的"笨"，只有自己变成这个乱世中的一份子的时候，才是你最最安全的时候。所以，你屈原的倒霉么，说到底还是自找的——"自令放为"。渔父的哲学是世俗哲学，活命哲学，但是在中国，直到现在，仍有用武之地。否则就不会有郑板桥"难得糊涂"的感叹，也不会有老百姓"你就是太明白了"的指责了。

　　知错方能改错。屈原借渔父的话说出了自己改错的"途径"，那么好了，下面就是愿意改和不愿意改的问题了，就是说，方法不是问题，态度才是问题。于是，屈原的回答出现了。我想如果作为电影镜头来说，从渔父的话到屈原的话，应该有一个大段的停顿才是，因为仅仅从文字上，我们已经能够感觉到屈原的从犹豫到坚持的过程了。屈原的回答是，"吾闻之，新沐者必弹冠，新浴者必振衣。安能以身之察察，受物之汶汶者乎？宁赴湘流，葬於江鱼之腹中，安能以皓皓之白，而蒙世俗之尘埃乎！"，这段话同样很长，但是可以用两个字来概括，那就是"不改"！虽然中国没有西方意义上的宗教，但是，人类能够一步步走到今天，最终以人类的智能战胜动物的本能，成为这个星球上的统领者，必定有人类远远胜过动物的地方。那就是，人，有精神层面的东西。在人的生命中，终归有比"活着"更重要的东西。动物只会活着，一切为了活着，而只有人类，才会考虑"怎么活"和"为什么活"的问题。"怎么活"是活的方式问题，应该是有尊严地活；"为什么活"是活的目标问题，应该是为了理想和价值而活。当人的生活失去尊严和价值时，那么，活，就不再是必须；而死，就成为了对强加于自己的非尊严、非价值的生活的最大的、最终的抗议！屈原选择的就是这种抗议，"怎么可以用自身的洁白，接受外物的肮脏？怎么能用皓白之躯体，蒙受世俗的尘埃？我宁愿死，也不会接受这种'活法'。"屈原的回答，代表了中国知识分子中最优秀的思想。正是因为中国知识分子有这样的思想，中国自古至今不缺少这样的知识分子，所以中国文明才源源不断流至今日。他们是"不为五斗米折腰"的陶渊明，是"安能摧眉折腰事权贵"的李白，是至死不肯食用美国面粉的朱自清。

但是，中国的知识分子又是极其尴尬的一群。因为国家大一统制度的特点，有理想有抱负的知识分子，势必将安邦治国的理想寄托在皇帝身上，所以誓死效忠皇帝，是他们的必须，是他们实现自己理想的必经之路；而放弃效忠皇帝甚至对抗皇权，不仅不可能实现自己的理想，而且是"贼子"所干的事情，是不能被容忍的。所以，越是正直的知识分子，越不能原谅奸臣，也不能原谅农民起义。但是，大一统的专制制度又是与知识分子的本质相对立的。知识分子的本质是敢于直言、言论自由、思想自由，而这一切又是专制制度所不能容许的。知识分子的特质和专制制度的特点，决定了中国知识分子的尴尬和矛盾。所以，有陶渊明，有李白；也有杜甫这样坚持"葵藿倾太阳，物性故莫夺"的忠臣，也有宁愿被勒死也效忠宋室的岳飞。但是我们赞美屈原、陶潜、李白的同时，又不能否认杜甫和岳飞们，这是中国文化中两种截然不同的，但是又同样可贵的精神。正是这两种精神的同时存在，才使中华文明代代相传、生生不已地走到今天。可以说，两种精神缺一不可。

第二段的结尾，是渔父的离去。见屈原不肯接受自己的观点，渔父并不强求，而是笑而不答，摇桨而去，去时有歌，"沧浪之水清兮，可以濯吾缨；沧浪之水浊兮，可以濯吾足。"这是不劝之劝，仍是处世哲学。孔子有一句名言，"邦有道则智，邦无道则愚"。意思是，无论是显示自己的智慧才干，还是显示自己的糊涂装傻，都不是板上钉钉，一成不变的，而应该看周围环境，看你的领导水准。如果你的环境是积极进取的，你的领导是开明的，你就应该表现出自己的"智"

那一部分，此时，"胡闹"恰恰是错误的；相反，如果周围环境是很烂的，领导是专制愚蠢的，你就应该表现出你"愚"的那一部分，此时，你努力工作恰恰是错误的。就像沧浪之水，它清，可以洗涤缨络。它浊，只能洗洗脚丫子。努力工作也得看人，一个糊涂的领导，你给他努力干事，他也配？！但是孔子的话还有下文，那就是"智可及，愚不可及"，意思是，聪明智慧是做得到的，而装傻充愣却是不容易做到的。孔子这么说，看来是有切身体会的，否则他也不会为了他的周礼而如"丧家之犬"般地周游列国，虽九死而不悔。

　　我们之所以将最后的六个字分为一段，是有用意的。渔父与屈原偶然相遇，一言不合，飘然而去，不再交谈。在一般的主客对话的文章中，要么主说服了客，比如《前赤壁赋》中，作为"主"的苏轼说服了"客"；要么是客说服了主，比如在枚乘的《七发》中，"客"说服了作为"主"的楚公子。也就是说，一种观点必定得战胜另一种观点。但是《渔父》却没有，文章的最后，渔父和屈原谁也没有说服谁，一方面表明屈原心中的矛盾没有化解，另一方面也说明作者不想给出人生答案。而文章的妙处恰恰在此：正是有了这一"棋逢对手"的对比，文章才得以完美地展现出不同价值观的冲突和作用，才使得《渔父》成为千古名篇。

第三讲 项羽与刘邦
——《垓下歌》与《大风歌》

一、关于楚汉之争

中国的农民起义一直走着一个固定的模式：先是官逼民反，老百姓活不下去，在"等死"的情况下选择了"举大义"，就是起义；起义中间，因为农民毕竟缺乏理论上的指导，所以落魄的贵族阶级参与其中；然后，农民起义被篡夺，演化为贵族、门阀之间的争夺；最后，其中一方的贵族门阀获得了胜利，新的皇帝诞生了。而这个新诞生的皇帝，与他们最初推翻的那个皇帝没有什么本质上的区别。

那么这里有一个问题，就是中国古代的老百姓为什么在活不下去的情况下，首先想到的，也几乎是唯一想到的，就是"舍得一身剐，定把皇帝拉下马"，而不是什么别的途径呢？我想原因很多。最根本的一个原因就是，中国的皇帝"来路不正"。作为一个国家实际上的统治者，中国 4500 年文明史，一直没有演化成古代罗马希腊的"民选方式"。中国古代皇帝的诞生大致是两个途径，一个是宫廷内部的叛乱，典型的是唐宋；一个是民间草莽的推翻，典型的是刘邦与朱元璋。但是不管怎么说，没有"君权民授"这个过程。当政的皇帝也知道权力来路不明，未必不心虚，于是只得假神鬼之说，把自己说成什么"天子"，让君权成为"神授"。实际上呢？哪有什么"神授"，分明是见鬼的"君权己授"。当风调雨顺、"皇恩浩荡"时，小农经济生产模式下的农民懒得关注"谁授"的问题；但是当遇到一个暴虐的昏君，逼得老百姓实在活不下去时候，伴随着起义，"谁授"问题就会被提到日程上。既然是大家心照不宣的"己授"，那么也难保有"彼可取而代之"的想法了。于是"皇帝轮流做，明年到我家"，一旦"到我家",这个皇帝与你推翻的那个皇帝,实际是"一个人",是换汤不换药,甚至连汤都没有换,那么"农民起义是推动历史前进的力量"一说,大可值得商榷。

　　陈胜、吴广起义是中国历史上的第一次农民起义,过程非常经典。秦二世的暴政,使得百姓生不如死,最后百姓只得揭竿而起。起义过程中,项羽和刘邦的力量逐渐参与进来,最后演化为刘项之间的楚汉相争,以项羽失败,刘邦胜利,建立西汉王朝为结束。

二、项羽的《垓下歌》

　　力拔山兮气盖世,
　　时不利兮骓不逝。
　　骓不逝兮可奈何,
　　虞兮虞兮奈若何?

　　项羽一生几乎没有留下其他作品,除了这首《垓下歌》,这很不同于后来的曹操。但是《垓下歌》所包含的内容却很丰富,几乎是一个缩略版的项羽小传,同时又是项羽最终失败的总结,而且中间还暗含着自项羽之后的中国文化的若干因子。

　　《垓下歌》作于项羽被刘邦所围,困于垓下的时候(垓下:今安徽亳县东南)。当时刘邦的军队将项羽的军队重重包围,四面唱着项羽的老家楚地的歌谣。头脑单纯的项羽认为,既然唱楚地歌谣,必定是楚地士兵;那么刘邦哪来这么多的楚地士兵呢?只有一个解释,那就是楚地失守,俘虏的楚地人成为了汉军。所以项羽本能地惊恐:"汉皆已得楚地乎?是何楚人之多也!"项羽的脑子是有些问题,唱楚地歌曲的人就是楚国人?这是个什么逻辑推理!面对马上就要到来的彻底的失败,项羽悲从中来,于是作《垓下歌》。

　　诗歌很短,才四句。第一句应该从后面三个字看起,就是"气盖世"。那么这个"气"是什么呢?可以理解为"气质"、"气度"、甚至"出身"等。项羽认为自己的这个"气"是天下难得,盖世无双的,所以说"气盖世"。那么项羽有没有资格这样自夸呢？有！和他的对手刘邦比，项羽有这个骄傲的资本。项羽名项籍，祖上是春秋战国时楚国的贵族，受封地为"项"，故姓氏为"项"。祖父项燕，父亲项超，早逝，由叔叔项梁抚养成人。这样的身世使得项羽终生骄傲。而他的对手刘邦则没有办法望其项背，刘邦出身平民，年轻时任泗水亭长，相当于现在的副村长，文不能书，武不能战，几乎是一个无赖式的人物，连个正儿八经的名字都没有，"刘邦"这个名字是后来起的，最初叫"刘季"，用现代汉语说，就是"刘小四儿"——他上面有三个哥哥。而历史上记载刘邦的父母也是出身下层，一个叫"刘太公"一个叫"刘媪"，翻译成现代汉语就是"刘老头儿"、"刘老婆儿"，简直不是名字。而刘邦的出生更是古怪，《史记》上记载是，刘媪"息大泽之陂，梦与神遇"。而此时恰逢"（刘）太公往视，则见蛟龙于其上，已而有身，产高祖。"我们知道这是无稽之谈，因为人和蛇生不出孩子来。那么刘太公看到的那个趴在自己老婆身上的东西又是什么呢？两相对比，仅仅出身一项，足以让项羽瞧不起刘邦。

　　除了出身，项羽还是一个少年有大志的人。项羽的父亲早逝，由叔叔项梁抚养，项梁教项羽读书，项羽不读，认为读书没用；于是项梁教项羽比剑，项羽仍是不感兴趣，说比剑只不过"一人敌"的小技，自己想学"万人敌"，后项梁教项羽兵法。而刘邦呢，大字识不得几个不说，还"好酒及色"，乃至于"廷中吏无所不狎侮"，估计荤段子是少不了的。

　　项羽和刘邦都见过一次秦始皇。当秦始皇的车队驶过时，项羽的反应是脱口而出的大志向，"彼可取而代之。"吓得项梁捂住项羽的嘴说，"毋妄言，族矣。"而此时的刘邦却是另外一副面孔，"太息曰：'大丈夫当如此也'！"我们仿佛能够看到刘邦捋着胡子、眼中流露出羡慕、自言自语的样子。

　　总之，项羽有足够的底气说出"气盖世"的话，表明了项羽的光明、磊落和高贵。但是有一点项羽是一辈子没有弄明白的，那就是，高贵磊落的人只有以同样高贵磊落的人为对手，高贵磊落才有存在的意义；如果对方是卑贱、阴损的人，高贵与磊落没有任何意义，只能是"峣峣者易缺，皎皎者易污"。

现在我们返回头看第一句话的头三个字，"力拔山"。项羽自诩自己"气盖世"，那么证据是什么？项羽找出了一个在刘邦看来，在后来所有的中国人看来有些滑稽的证据——"力拔山"，就是有力气、劲儿大。这是证据么？在项羽看来是。因为历史上记载，说项羽"身长八尺，力能扛鼎，才气过人"。"力拔山"表明项羽的自恃武功，他希望凭借这一点战胜对手，夺得胜利。据说项羽和刘邦"谈判"过，项羽认为，这世界上争夺天下就咱们俩，既然如此，何必大动干戈，干脆咱们两个人打一架，谁赢了谁坐江山，岂不是干脆。估计刘邦除了不理会之外，剩下的就是内心的哂笑了。很难说自恃武功就一定不对，这得看不同的文化认同。在西方，身强力壮是优秀男人的标志，看看古希腊神话就知道，凡是被誉为"神"的，最后被接上奥林匹亚山的，都是些力大无穷的男性。比如希腊神话中完成十二项攻击的著名大力士赫拉克勒斯。在西方审美中，男人的力就是一种美。但是中国文化不是这样，中国文化中，男人的美不是力大无穷，而是智慧和道德，二者必占其一。如果没有智慧或者道德，仅仅力大无穷，不仅不会受到赞美，而且会背上"莽汉"的笑名。项羽是自恃武功的人，但是，自恃武功的人只有遇到也是自恃武功的人，力量才能昭显出来，而他面前的对手——刘邦是个依仗"智慧"、至少懂得依靠别人智慧的人。

第二句是项羽的血泪之声了，"时不利兮骓不逝"，是项羽对自己最终失败的总结。实话说，项羽的总结实在做得太没有水准了，他总结了两点，一个是"时不利"，一个是"骓不逝"。先说第一个失败原因。项羽一直没有明白自己怎么就走到了今天这一步，他认为是"命不好"，在垓下之围中，项羽说了三回"此天之亡我，非战之罪也"。实际上，在刘邦围困项羽的时候，项羽突围出来了，而突围的时间是凌晨，所带骑兵800余人。而刘邦发现的时候是"平明"，就是早晨5点钟左右。那么以项羽的快马，他应该跑出去相当远的一段距离了，刘邦追上的可能性应该是很小。但是半路项羽迷路了，于是向一个在田中耕作的农夫问路。按常理，问路者与告知者应该不认识，犯不上故意指出错路,但是这位老农却给项羽指了错路,项羽"乃陷大泽中",因此刘邦的军队才追将上来。那么农夫何以给项羽指错路呢?项羽从军数十年,所杀者无数,史载他"所过无不灭杀!"当秦军二十万人自知兵败而投降他时,项羽"夜坑秦军二十余万人于新安城南";而进入咸阳后,"引兵屠咸阳,杀秦降王子婴,烧秦宫,大火三月不灭,收其妇女货宝而东"。项羽的行径连自己的将士都看不惯,背后议论说项羽是"沐猴而冠",项羽听后,"烹说者"。就是对那个已经不构成威胁的楚怀王,项羽都不放过,在贬徙长沙的途中,秘密派人将其杀死"。用"血债累累"形容项羽并不过分,而项羽并不明白自己失败的根本原因,不止一次的把失败归结在"天亡我"上,实乃可悲。"时不利兮骓不逝"的总结,表明了项羽是一个不善于自省的人。

而相对于刘邦来说,能"吃话"却是他的一大优点。刘邦没有文化,也瞧不起文人,但是随着萧何、张良等人的出现,刘邦很快认识到知识分子的作用,这一点使得刘邦不仅远远胜过了项羽,而且胜过了后来跟他的经历很相像的朱元璋。当韩信攻下齐国 72 城,威胁刘邦封"假齐王"时,刘邦也是很愤怒,甚至将韩信的书信摔在桌上破口大骂。但是,当张良暗示刘邦"此时不能得罪韩信"的时候,刘邦立即明白过来。苏轼在《留侯论》中赞美张良的"忍",但是刘邦能够迅速领会张良的"忍",也是大智慧。很可惜,这种大智慧,项羽没有。

再说项羽总结的第二个失败原因,"骓不逝",就是他的那匹马不再奔跑了。这是什么古怪的理由?我们只能是这样来推断项羽的心理,在项羽看来,他之所以能够获得成绩,靠的是"力拔山"的个人力量,而这个力量的一部分,是乌骓马提供给他的,换句话说,马,是项羽最可靠的"战友"。看看刘邦身边的协作者:韩信、张良、萧何、郦食其,等等,而项羽身边又有谁呢?没有,项羽是单枪匹马走天下,他的强大使得他自信到不需要别人,也使得别人的帮助对他失去了意义。所以当乌骓马不再奔跑的时候,项羽唯一的"战友"没有了,他才意识到,失败就在眼前了。

第三句"骓不逝兮可奈何"是过度句,意义不大,关键是第四句,

"虞兮虞兮奈若何"。虞姬是项羽最心爱的妃子，是美人。说来也有意思，中国男人历来以轻视女人、不把女人当人、不把女人的情分挂心为标榜，如果过分看重女人了，倒被扣上"儿女情长"的帽子，而"儿女情长"却又是"英雄气短"的起因。这可是大事。所以中国男人净是一帮水泊梁山的后代，"日日只知打熬筋骨，于那女色不怎么上心"。偏偏项羽不是，他的这一句"小虞啊我把你怎么办啊"倒是感动不少后来者。

但是"虞姬可奈何"，这是应该提出来的问题么？我们可以假设一下，如果此时的刘邦会怎么样？毫无疑问，杀！慢说对待女人，就是老父亲又怎样？还不是"分我一杯羹"？就是对待亲生儿女又怎样，逃难时嫌车子跑得慢，把自己一双儿女踹下去。这不都是刘邦干出来的么？所以，事情放在刘邦，小虞的问题根本就不是"问题"。

我们还可以换个角度，虞姬如果是吕后，会如何？估计是跑。而此时的虞姬没有跑，而是舞蹈一段后，自杀以谢项羽。有人说，虞姬只有自杀，没有第二条路可走。这个观点我不是完全赞成，因为项羽如果是打定主意，自己的女人不可落入敌手，那么他就会直接杀掉虞姬了，也不至于"歌数阕"，"泣数行下"，而旁边人也不会感动的"左右皆泣，莫能仰视"。看起来项羽对虞姬的不忍，是真心的。当然虞姬如果执意不肯自刎，项羽也得狠心杀她。但是毕竟亡败在即，项羽还能哭泣着想到一个女人，这在虞姬已经很满足了。

《垓下歌》的最后一句，又显示了项羽性格中另外复杂的一面，那就是儿女情长。这一点不仅刘邦没有，而且中国文化中也不被认可。所以我们说，《垓下歌》是项羽一个缩略版的小传，也是最精炼的个人总结。

项羽死于乌江拒渡。关于项羽的死，后世的文人墨客发表过不少个人见解，最著名的是三个人的观点，杜牧、王安石、李清照。杜牧诗曰"胜败兵家事不期，包羞忍耻是男儿。江东弟子多才俊，卷土重来未可知。"杜牧的观点很明确，也代表了中国实用哲学的一大观点，就是不必追究过程，关键看结果，卷土重来，东山再起，胜者王侯败者贼，何必想不开呢！而王安石作为关注民生的政治家，他的观点也很有代表性，"百战疲劳壮士哀，中原一败势难回。江东子弟今虽在，肯与君王卷土来。"王安石认为，战争说到底是劳民伤财的事情，最终倒霉的是老百姓，即便是江东弟子还在，那么是否愿意再为你西楚霸王卖命，则难说了。如果说杜牧更多的是人文浪漫怀抱的话，那么王安石更多的是儒家的怀柔思想。但是有趣的是，这中间夹杂着一个李清照的观点，《夏日绝句》："生当作人杰，死亦为鬼雄。至今思项羽，不肯过江东。"李清照对项羽的赞美虽然包含了对苟且偷安的南宋小朝廷的不屑，但是，绝对有女人对男人"力"的赞美。

项羽是中国文化中一个浓墨重彩的人物，也是司马迁《史记》中悲剧人物画廊中一个很有分量的人物。历史上的项羽究竟如何？不一定如司马迁所写。但是司马迁之所以把悲剧人物写得这么出色，比如荆轲，比如李广，比如项羽，与司马迁自己的悲剧命运分不开。所以我们看到的项羽，是司马迁眼中的项羽，也是中国文化视角下的项羽。

三、刘邦的《大风歌》

> 大风起兮云飞扬，
> 威加海内兮归故乡，
> 安得猛士兮守四方！

刘邦是一个近乎于无赖式的人物，但是就是这么个人物，最终当上了中国历史上第一个历时最长的朝代——汉代的首任皇帝，实现了他当初"大丈夫当如此也"的宏愿。刘邦不可能不兴奋、不踌躇满志，同时也不可能不迷茫、不诚惶诚恐。当初起事，凭的是天时地利人和，天时地利先不说了，单说这"人和"，其实也是各怀鬼胎，未必都"和"。和刘邦协同作战的，有不是隶属关系的盟军；也有后来日益壮大、尾大不掉的部下。有军事才能远在他之上的韩信等；也有在文化背景上他没有办法跟人家竞争的萧何、张良等。当初的共同目标是对付项羽，现在项羽失败了，如果这些人反回头跟自己作对，刘邦是应付不过来的。所以刘邦在立国之初，就封了这些人的官，让他们各自为王，各自统领一大片土地，然后再用不同的手法各个击破。

公元前196年，淮南王英布反了。刘邦为了鼓舞士气，亲自督战，最后击败了英布。在得胜回归的路途中，刘邦顺便回了一趟自己的老家小沛，就是现在的江苏沛县，把昔日的亲朋好友都召唤过来，开怀畅饮。酒酣耳热之际，刘邦自作曲子一首，边弹边唱，还慷慨起舞，最后忍不住流下泪来。我想刘邦的泪水是真实的，因为从立志起事到今天终成大业，出生入死十几年，个中甘苦，不说也知道；况且自己不是项羽、张良那样家史上有来头的贵族，自己算个什么"玩意儿"，刘邦最清楚，为此而一哭，也算感人；而以后会怎么样，那更是值得一哭了。可以这么说，项羽的《垓下歌》是失败者的悲哀，而刘邦的《大风歌》是胜利者的悲哀，是失去方向和对手的悲哀。

第一句说"大风起兮云飞扬"，风起云涌，历来是中国人隐喻的说法，是乱世的到来，也是机会的到来，秦代末年群雄纷争，天下大乱。中国自从秦始皇之后一直走着大一统的格局，但是这个格局并不是一成不变的，而是在"分久必合""合久必分"中动荡不已。从合到分，短则十几年甚至几年，长则两三百年。其实呢，这不绝对是中国历史的不行，而是大一统格局必须。当大一统的格局维持到一定僵化的时候，必须从内部分裂一下，而在分裂中，中国文化吸纳进新的因子，为下一次统一作出准备。所以，中国的地理环境和经济模式决定了必须大一统，而大一统维持到一定阶段，又必须以分裂来吸纳新的前进因素，当新的因素足够多时，再一次大一统又称为历史的必然。

"大风起兮云飞扬"是"分"，是为了"威加海内兮归故乡"准备的。所以，但从前两句看，刘邦是个"实在人"，他承认，他的"威加海内"是得益于"大风起兮云飞扬"的乱世，否则，哪里有我刘小四儿的今天。从刘邦本人来说，他身上不是没有优点，至少在"吃话"这一点上，他超过了项羽，没有刚愎自用到了糊涂的份儿上。但是刘邦毕竟出身微贱，如果不是这样的乱世，如果不是依靠了韩信、张良、萧何这些人的辅佐，称帝几乎是不可能的事情。"威加海内"是比喻，是喻指当上了皇帝，但是"归故乡"则一下子从一个皇帝的高端视角，跌落到历代中国农民的层次上。"衣锦还乡"是中国人无法抗拒的宿命，作为一个农业民族，最亲近的还是土地，由对土地的感情演发出了对故园、对乡亲的感情，所以，只要是自己获得了还算说得过去的成就，终归是要回老家看一看的。不仅自己觉得有个交代，父母也会因此在乡亲们面前赢得荣耀，因为儿女外出多年没有音信而受到的压抑和冤落，如今能够一扫而光。因此，项羽要回乡，哪怕被人讽刺为"沐猴而冠"，刘邦也要回乡。而当初项羽誓死不肯过江，主要是因为"无脸见江东父老"啊！所以，成就感只有在"回乡"这个环节上获得，除此之外，都算不得数。

皇帝也做了，家乡也回了，但是后面呢？刘邦毕竟是刘邦，他有远见，他不是李自成，所以，第三句"安得猛士兮守四方"，就让人对刘邦有几分敬意了。这句话首先是希望，希望能够有效忠他的猛士替他安守四方，使刘氏天下高枕无忧；但同时又是疑问，巨大的疑问，真的有这样的人么？怎么才能得到这样的人呢？在我们看来，疑问远远大于希望，因为立国刚刚几年，英布就反了，那以后呢？刘邦对自己能否坐得稳江山深深的忧虑和不安着……

细看刘邦的《大风歌》，气势却是由高向低的，大风起兮云飞扬，说的是大环境；"威加海内"既是家邦的大环境又是个人的小环境；"归故乡"就是彻底的小环境了，但是还是客观描述；"安得猛士兮守四方"归结到最小的内心世界，是心理描述。所以这首《大风歌》应该叫做"实话歌"，句句实话。和项羽的《垓下歌》有一个共同的特点，那就是诗歌的作者最后都落下来眼泪。项羽是不甘失败、不知为什么失败的眼泪，说得大一点，是感慨人力终究无法胜天的眼泪；而刘邦是惶悚于胜利、不知道怎么维持胜利的眼泪，还是感慨人力怎么才能胜天。所以，项羽"歌数阕"，"泣数行下"，刘邦也"慷慨伤怀，泣数行下"（《汉书·高帝纪》）。项羽和刘邦是对手，实际上，所有对手都是精神上的"双胞胎"。

第四讲　乐府诗

一、乐府诗介绍

（一）什么是乐府诗？

"乐府"，顾名思义，音乐的政府，是西汉掌管音乐的政府机构。这个音乐机构承担着两大方面的作用，一个是编制乐曲、训练乐工，为皇帝的歌舞升平服务；一个是采集民间歌谣、民间歌曲。从两者的分量来看，前者显然重于后者，后者只是为前者服务的。但是千百年之后，作为次要作用的后者——采集民歌，却成了主体，它使我们看到了汉代时候先民的生活样态。

那么，汉代统治者为什么要设置"乐府"这样一个政府机构呢？原因是，它的前代秦朝，二世而亡，虽说代替秦王朝的是楚汉相争之后的汉，但是秦朝灭亡的原因却是起自于陈胜吴广的农民起义。所以，汉代立朝之初，就把避免重蹈秦的覆辙作为国家的大事。而采集歌谣，可以观察人心向背，避免走到秦王朝的绝路，这应该是设立"乐府"的最初原因。在采集民歌的同时，乐府中的贵族和文人也模仿着民歌写过一些"仿作"。于是后世的人们把这些经过"乐府"采集来的诗歌，以及贵族文人的仿作统统称为"汉代乐府诗"，简称"汉乐府"或者"乐府"。这样，"乐府"二字由一个政府机构的名称逐渐演变为一种诗歌样式的名称。

但是"乐府"二字在后世的变化是非常复杂的，大致说来是三个方面。第一个方面，因为汉代的乐府诗都是可以演唱的，准确说是"歌诗"，所以在宋代之后，把凡是可以演唱的宋词也叫做"乐府"，我们看到的《东坡乐府》实际是苏轼的词集。第二个方面，因为流传后世的汉乐府仍然以采集来的民间歌谣为主，以关注民生、反映社会为主题，属于现实主义的部分，所以在中唐之后，白居易继承杜甫的现实主义精神，主张关注社会、关注百姓，以"唯歌生民病，愿得天子知"为写作目的，从而倡导了一场诗歌运动，这场运动与汉乐府的主题很相似，所以白居易管它叫做"新乐府运动"，乐府又是现实主义的代名词。第三个方面，就是汉代乐府诗都有一个名字，就是标题，后代诗人以乐府的旧题来写作的诗歌，也叫乐府，比如李白的《行路难》，陆游的《关山月》等等。总之，"乐府"的含义非常多，演化过程也非常复杂，我们现在所说的"乐府"是真正的汉代乐府诗。

（二）汉代乐府诗的特点

汉代乐府诗包括了贵族和文人的仿作，还有就是采集得来的民间诗歌，其中精华部分还是民间歌谣，这一部分诗作基本被郭茂倩收录到他的《乐府诗集》中。从特点上说，大致是内容和艺术上的两大点：

1、内容上，以反映当时社会生活为主题，感情真挚热烈。汉代是秦代之后又一个大一统的朝代，而且是中国历史上第一个跨越百年的大一统时代，虽然统治者提倡休养生息，但是经过秦末动乱之后的社会还是凋敝惨淡的，百姓生活仍然处于贫困中，汉乐府诗歌就真实地描述了当时的情形。比如《妇病行》，写一个久病将死的女人，在自己行将离世的时候，嘱咐自己的丈夫善待自己留下的儿女；同时写这个失去妻子的丈夫带着几个孩子艰难度日的惨景，悲苦无奈之中，竟有了跟三个孩子同赴黄泉的想法。除了写老百姓生活的悲苦之外，写战争给百姓带来的巨大灾难，是汉乐府的又一主题。相对前一个主题，战争主题更加惊心动魄，也更加出色。汉代战争频繁，一方面，作为皇帝，有开疆扩土的愿望；另一方面，汉代的边境问题一直是难以解决的大问题。两个方面都要产生战争，而战争最终的受害者，是老百姓。汉乐府诗歌就真实的反映了当时的情况。比如《战城南》，诗中写道，"战城南，死郭北，野死不葬乌可食！为我谓乌，且为客嚎，野死谅不葬，腐肉安能去子逃？！"作者突发奇想，让一具战死在疆场即将腐烂的尸体，和一只将要吃他的腐肉的乌鸦来对话，悲惨至极。而《十五从军征》写一个从15岁从军，到80岁才归乡的老兵，好不容易回到家乡，却看到一家亲人全都死光了的惨景。

爱情作品仍然是诗歌的主要部分。民歌基本是情歌，所以除了反映社会生活的作品外，民歌的一大部分就是爱情作品。汉乐府的爱情作品，感情直白而热烈，较为经典的是那首《上邪》，"上邪，我欲与君相知，长命无绝衰！山无陵，江水为竭，冬雷震震，夏雨雪，天地合，乃敢与君绝！"诗歌采用杂言的方式，读来铿锵错落；又以自言自语的口吻，用了假设和否定之否定的手法，来表达作者与情人誓死不分离的决心。形式新颖，感人肺腑。但是同时，因为"罢黜百家，独尊儒术"理论观点被提出，汉代的封建礼教越发严格起来，比起西周时期，汉民族、尤其是妇女，在婚姻爱情上的不自由和不如意越加的多了起来，比如《上山采蘼芜》就是一首苦涩交织的作品。

2、汉乐府在艺术上，也表现了很突出的特点，这个特点是两个方面，一是以对话形式为主，完成最简约的叙事。对话，是汉乐府诗歌在艺术上表现出的第一大特点，这一特点在后代的诗歌中并不多见。仔细看汉乐府的大部分诗歌，几乎都有对话，比如《妇病行》中将死的妻子和丈夫的对话，妻子去世后的丈夫与三个幼小的孩子的对话；《十五从军征》中归乡的老兵与"乡里人"的对话；《上山采蘼芜》中前夫与前妻的对话。包括《战城南》，死去的士兵的尸体与即将吃他的乌鸦对话；就算是自言自语的《上邪》，也是对话，"上邪"——是作者与老天爷在对话。从叙述学的角度说，能够对话，实际是第一人称和第二人称的同时使用，汉乐府采用对话的形式，使得诗歌产生一种面对面交流的真实感，感情真挚而热烈；同时，对话因为简约，双方对话的空当部分可以由读者的想象来填满，所以减少了客观叙述，使得诗歌篇幅短小却空间巨大。后世中采用对话形式最成功的，是杜甫的"三吏三别"，尤其《石壕吏》的对话，深得乐府这一个特点的精髓。

在语言上，汉乐府完成了汉语言的一次巨大的突破，那就是五言诗体的出现。《诗经》是用四言写成的，从汉语特点的角度说，四言是一种比较"拙笨"的语言句式。因为汉语的词汇是以单音和双音为主，单音可以扩展为双音，比如"手"可以扩展为"手掌"，"目"可以扩展为"眼睛"。同时,双音又可以缩略为单音,比如"教师"可以缩略为"师","儿女"可以缩略为"子"。能够发现这一特点真是一件了不起的大事,因为这样就可以把汉语诗歌的句子,从笨拙单一的四言,拓展为灵活多样的五言。举例说,《关雎》,因为是四言,它的表达方式只能是"2+2"的,"关关"+"雎鸠","在河"+"之洲","窈窕"+"淑女","君子"+"好逑"。而单音双音配合的五言则不是这样,它有三个样式可供选择,一种是"2+2+1"式样的,比如"青青+河畔+草";一种是"2+1+2"样式的,比如"行行+重+行行";还可以是"1+2+2"样式的,比如"前+不见+古人"。从四言到五言,杂言是其中的过度,但是很快,成熟的五言诗就出现了。五言诗的出现,标志着汉语言进一步走向成熟,也是中国诗歌的一次飞跃。

二、乐府诗赏析

1、《十五从军征》

十五从军征,八十始得归。
道逢乡里人,家中有阿谁?
遥看是君家,松柏塚累累。
兔从狗窦入,雉从梁上飞。
中庭生旅谷,井上生旅葵。
舂谷持做饭,采葵持做羹。
羹饭一时熟,不知遗阿谁!
出门东向望,泪落沾我衣。

从抒情和叙事上的区分看,中国诗歌重抒情而轻叙事,从《诗经》到楚辞就是这样,影响后世也是这样。但是汉乐府似乎是一个例外,它更多的是叙事;虽然这种叙事还是不能等同于西方的长篇叙事诗,但是,诗歌叙事,乐府为最。但是同时,中国诗歌以短小著称的特点,并没有因为叙事而改变,那么,怎么解决叙事的繁琐与篇幅短小之间的矛盾呢？汉乐府的处理，除了采用对话之外，还有一点就是，截取生活中的一个画面，一个"镜头"，《十五从军征》和下面我们要讲的《上山采蘼芜》都是如此。

《十五从军征》是反映战争的作品。作者一上来强调"十五从军"，不是平铺的白话，而是有深刻的道理在里面。我们知道古代中国人的成婚年龄是女子15岁，男子17-20岁，所以为了保证人口的繁衍，20岁之前的男子不得被征兵。在极其特殊的情况下，可以征18岁的男子，是为"中男"，因为18岁男子有的已经结婚了。但是，在战乱频仍的汉代，征兵居然从15岁开始。战争本来就是要死人的，死的是男人，而男人的伤亡不仅使妇女失去了生育后代的可能，更重要的是失去了田间的壮劳力。所以，民生的凋敝，人口的锐减，都是从无止无休的战争开始的。这恰是作者将"十五从军征"这句话放在第一句的原因。

然而接下来的语句更是使人想象不到了，"八十始得归"。服兵役的时间也应该是有限定的，不能晚于50岁归乡，因为50岁的男性还有生育能力，还可以使女人受孕。但是，这位老兵却到了八十岁，实在没有使用价值了，才被放回来。在这句话中，不可忽略的是这个"始"字，强有力的揭示了当时兵役制度的惨无人道。

开头两句，看似平淡无奇，实则含义深厚。而作者之所以采用这种平淡的语句，实在是因为，对于这个老兵来说，大半生已经过去，能够活着回来实乃是万幸，还有什么可诉说的呢？一切的描述都显得那么的无力也无用，唯一想知道的，是自己的家中还有什么人还活着。于是当他"道逢乡里人"的时候，他的第一个反应就是问一问，"家中有阿谁"。实际上这句话是经不起推敲的，因为这个老兵走的时候是15岁，根据古代婚姻制度，男子15岁没有结婚，既然未婚，哪来的后代呢？而回来时已经80岁，就算父母是高寿者，估计也不在人世了。那么"家中有阿谁"岂不是没有用的问话？其实不然，这个历经苦难的老兵，深知战乱中的不易，万一自己的兄弟姐妹有孩子活下来呢？活着的孩子还有孩子呢？总该有一个人吧？老兵是抱着一丝非常微弱的希望，去询问这个道中遇到的乡里人的。

但是得到的回答实在是太让人绝望了,"遥望是君家,松柏塚累累",没有人了,都死了,而且死了很长时间了,坟茔上的松树已经是郁郁葱葱了。前线固然危险,后方总该是安全一些吧?究竟是什么原因使得后方的人全都不在了呢?天灾?人祸?瘟疫?还是什么别的。

接下的写作,使我们感到有几分不解,这个老兵仿佛没有因为"松柏塚累累"的残酷现实而悲伤,而是"参观"一般的具体写自己所看所感:"兔从狗窦入,雉从梁上飞。中庭生旅谷,井上生旅葵。""旅谷"和"旅葵"都是野生的谷草和葵花。这一段写得很有镜头感,而且是行走的镜头,读者的眼睛仿佛跟随着老兵的脚步,一步步走进自己曾经的家,看到的是,野兔在当年看家狗的窝里窜来窜去,野鸡在当年的房屋上飞来飞去,庭院中和水井上早已经长满了野生的谷草。这说明,这样死寂的情形已经是很长时间了。

再往下写,就更加的让我们不解,这个老兵不仅没有悲伤,反而像当年一样,若无其事的做起饭来,"舂谷持做饭,采葵持做羹"。

但是接下的句子,则如晴天霹雳:老人九死一生从战场上回来了,年轻时的梦想,对爱情的渴望,对家庭的惦记,都化为乌有了,唯一的念想,或者说支撑他回来的信念,是希望家中有一个人、哪怕一个人能够活着。但是,迎接他的却是一片死寂。老兵面对巨大的打击,有些茫然,有些不相信,有些回不过神来。所以他恍恍惚惚的往家中走,一步步地走近,甚至产生了幻觉,像没有离开家一样,做起饭来。当饭菜做熟了,像没有离开家一样,端给长辈的时候——这个时候,他才彻底明白,"没有了,什么人都没有了",这位饱经风霜的老人才开始面对着悲伤到了极点的现实,于是悲从中来。

诗歌的最后两句,写老人走出那个已经不是"家"的家门,遥望全村,家家如此,户户皆然,满目荒草,一片凄凉,怎不使人老泪纵横,泪湿衣衫呢!

这首诗从第一句话开始"十五从军征",就包含着泪水,此后的每一句无不是暗含着泪水,但是这个"泪"字到最后一句才写出来,这是多么沉重的泪水啊!

这首乐府五言诗,全诗才十六句话,八十个字,却有着完整的情节和具体的人物。它截取了生活中一个非常短的画面——老兵回乡，通过巨大的联想空间，展开了一个复杂的故事，但是叙述起来却并不逼仄，而是从容不迫，张弛有度；而且语言朴素，几乎与现代汉语没有差异，感情深沉而不外露，着实表现出汉乐府古诗纯熟的艺术技巧。

2、《上山采蘼芜》

上山采蘼芜，下山逢故夫。
长跪问故夫，"新人复何如？"
"新人虽言好，未若故人姝。
颜色类相似，手爪不相如。"
"新人从门入，故人从阁去。"
"新人工织缣，故人工织素，
织缣日一匹，织素五丈余，
将缣来比素，新人不如故！"

和《十五从军征》一样，《上山采蘼芜》也是截取了一个生活中的画面，也是采用了对话的形式。区别是，作为一首爱情作品，《上山采蘼芜》既没有《上邪》的慷慨激烈，也没有《诗经·氓》的悲悲切切；相反，倒是有几分的调侃和幽默在里面，深刻而轻松地鞭挞了封建礼教对于妇女的压迫。

诗歌很有意思，除了第一二句属于必要的背景交代外，全是对话，是一对已经离异的男女——前夫与前妻——的对话。

已经被喜新厌旧的前夫抛弃的女子，在上山采蘼芜的时候，下得山来偶遇前夫。问题是，诗中提到的"蘼芜"是什么？是一种香草，风干后可以放在香囊里，不仅有祛除体味的作用，而且蘼芜多籽，有"多子"之暗喻。而佩戴这样的香囊，一般是已婚的女子，不能是没有婚姻的弃妇或者少女。也就是说，这个被丈夫抛弃的女人，又结婚了。已经离异又都再婚的老夫妻见面，不管怎么说，脸上有几分尴尬。还是女子有礼，先施尊夫之长跪之礼，同时直接问了关键的一句话，"你的新媳妇怎么样啊？"女子的性格跃然纸上，她不仅没有回避，连常见的羞惭都没有,而是直奔主题,弄得前任老公躲避不得。这样理直气壮的询问,只有一个可能,再婚后的她,过得不错;可以是弃妇,但是至少不是怨妇了。

前任老公的回答有几分意思,"新媳妇虽说不错,但是没有你这个旧人好"。男人这个东西么,有许多是靠不住的,喜新不厌旧,已经是不错了;而喜新厌旧仿佛是他们永远也改不掉的毛病,而且他们绝大部分不把这个毛病当做"毛病"。所以,脸不红心不跳地就实话实说了。问题是新媳妇哪不好呢?前夫说了,"你们俩长相差不多,只是这新媳妇的手头貌似不如你利索呢"。简直是"是可忍孰不可忍"了,什么"颜色类相似",哪一个男人喜新厌旧的理由,不是厌弃黄脸婆,而喜欢美娇娘呢?你当初弃旧迎新,还不是为了新人的美貌?怎么三天两早晨过去,俩人长相差不多啦?其实呢,不过是一时新鲜,过了新鲜劲儿,什么女人都是如此如此,这般这般了。但是这位前妻却不依不饶,偏要把问题说到痛处,"想当初,你那位新人是从大门敲敲打打迎进来的,我这个旧人可是委委屈屈从小偏门给赶出去的。"言外之意,你忘记了么?如果不是欣喜于美娇娘的美貌,你何以如此呢?怎么才不久,就容颜差不多了?太不靠谱了吧?

关于这一段的问话,余冠英先生有过一段推理,很是精彩:"因为前夫说新不如旧,是含有念旧的感情,使她听了觉得要诉诉当初的委屈,同时她又不能即刻相信前夫的话是真的,她要试探……这么一来就逼出男人说出一番具体比较。"(《乐府诗选》)

果然,接下来男人的回答,做了具体的比较。"这位新媳妇会织布,但是只会织一种叫做'缣'的淡黄的粗布,不像你,当初能够织一种叫做'素'的纯白的丝织品;而且吧,不仅质量有差异,数量也不行。你织素,一天能织五丈多,而这个新媳妇,一天才织得一丈(一匹为一丈),所以想了半天,她还真的就不如你呢!"借助前夫的比较,女人心中的怨气似乎出了不少,至于以后怎么样,想来应该是各自下得山去,不再有什么瓜葛。男人自去过自己的日子,而女人呢,多了一份"前夫鉴定",心中有几分舒坦;如果再婚丈夫再对她不错,她应该是满意的了,没有什么话可说了。

这首诗首先为我们塑造了一位劳动妇女的形象，她善良，知礼，勤劳，手巧，没有犯古代"七出"的任何错误，仅仅因为男人的喜新厌旧，就被寻个"理由"休弃了。诗歌通过女人的追问和男人的回答，实际上揭露和批评了封建社会男权的不合理。

关于这首诗的争议在于，诗歌的主题应该落在什么地方。有人说，这首诗的主题与《诗经·氓》的主题相类似，是弃妇的控诉。显然这种说法站不住脚，不是每首诗都以"控诉了封建礼教对妇女的迫害"为主题的，也不是这样的主题就使得诗歌高出了多少。这首诗显然不是这个主题，且不说风格没有那么激烈，单是看女主人公再嫁这一点，也说明，不是这样的主题。

还有人说，这首诗显示了前夫的"后悔"，从他的话中可以看出，他并不满意这个后妻。如果照这么说，这个前夫倒像是《焦仲卿妻》中那个迫于母亲淫威而被迫休妻的软弱的焦仲卿了；但是也不对，因为前夫对于两个女人的对比，更多的是在外部上，即容颜美丑、手头利索与否，等等，没有触及感情深处。所以，把这位前夫认定为"悔也"，真是有几分高抬他了。

这就是一个喜新厌旧的老套的故事，只不过，对于女子的坚强的赞美，对于男子弃旧迎新的贬损，都在轻松和幽默中了。这固然跟诗中的女子又成功的再嫁有关系，但是同时，我们也应该看到，作为民歌，对于不合理的东西进行轻松的调侃，在调侃中否定，更是一大特长。这个特长在睢景臣的《高祖还乡》中有，在歌剧《刘三姐》中也有，而民歌的张力和魅力也恰恰在此。

第五讲 《古诗十九首》

一、《古诗十九首》介绍

(一)《古诗十九首》的来历

在文学史上,《古诗十九首》的地位相当高,讲古代诗歌史,《古诗十九首》是无法跨越的一个重要部分。可以这么说,从狭义的角度,没有《古诗十九首》就没有后来的曹植和李商隐;从广义的角度,《古诗十九首》影响了自《古诗十九首》之后的整个文学史。那么,《古诗十九首》究竟是一部什么作品?

东汉末年,天下大乱,发生了三件大事,一件是董卓专权,一件是匈奴入侵,一件是黄巾起义,整个社会处于混乱和动荡之中。在西汉初,受到汉武帝刘彻重用的董仲舒曾设立了"太学",实际是中国最初的高等教育,是现代大学教育在古代的雏形。到了东汉时期,首都洛阳聚集的太学生已经有一万人多人了。社会的动乱使得太学无以为继,被迫停办,这样,万余人的太学生就流落到了社会中。我们知道,动乱之中,知识分子的感受和下层百姓的感受是不一样的,下层百姓更多的是感受到物质层面的痛苦,比如生活困顿,卖儿鬻女,流离失所等等;知识分子的感受则不是这样,虽然他们也会有物质层面的感受,比如生活水准严重下降,亲人失散或者死亡等,但是他们更多感受的,是精神上的迷茫和苦痛,前途渺茫,希望不再。这些知识分子将动乱中的痛苦写成诗歌,这些散佚在民间、失去作者的诗,后人管它们叫做"东汉文人五言诗",又叫"古诗"。到了南北朝时期,梁昭明太子萧统将其中比较优秀的十九首编入了他的文学理论著作《文选》,又称《古诗十九首》。

（二）关于"古诗"这个概念

从我们现在的角度说，凡是古代的、用古汉语写成的诗都可以叫做"古诗"了；从文学史的角度说，"古诗"是一个专有的概念，是唐代人起的名字。唐代人管自己当代创作的诗歌（主要是绝句和律诗）称为"今诗"，把汉魏六朝时期散佚民间、失去作者的诗歌叫做"古诗"。和唐人的"今诗"相比，"古诗"有很明显的特点：第一，它不拘于长短。绝句是四句，律诗必须八句，多一句少一句都不可以，但是古诗不然，可长可短，短则六到八句，长的可以达到三百多句，比如《焦仲卿妻》；第二，不拘于字数。唐人诗句要么是一句话5个字，要么一句话7个字，但是古诗一句话可以2个字、4个字、5个字、7个字，比如《上邪·我欲与君相知》；第三，不讲究对仗；第四，可以中间换韵。从这四个特点看，古诗要灵活得多。所以在唐代，诗歌的样式虽然以绝句和律诗为代表，但是还是有诗人仿照古诗写一些作品，但是这些唐代人仿照古诗而写的诗歌，就不是古诗了，而叫做"古风"，比如李白的《将进酒》，杜甫的《兵车行》等等。

（三）《古诗十九首》的内容

《古诗十九首》的写作内容，完全不同于它之前的所有作品，它既不是《诗经》和汉乐府的一事一叙的民间风格，也不是一事一抒情的屈原的风格，它彻底放弃了事件叙述，也跨越了个人的、具体的情感抒发，而向着人类的一些共有的感情着手。关于这一点，清代诗评家陈祚明在他的《采菽堂古诗选》中说得非常准确："《古诗十九首》所以为千古至文者，以能言人之同有之情也。"意思是"《古诗十九首》之所以能够成为千古以来最顶峰的作品，是因为它说出了人类共同拥有的情感"，那么这个情感是什么呢？比如，人生的失意。陈祚明说："人情莫不思得志，而得志者有几？"失意、不得志，是知识分子对精神世界追求而失败的结果和感受，具体为什么而失意，这不重要，重要的是"失意"这种情感体味，在敏感的知识分子群体中绝不少见，能够准确写出"失意"的感受，堪称人类一大共有话题。再比如，对于生命的感叹——这个话题也是人类的终极话题之一。人，一旦落生在这个世界上，就以不可逆转的样态向着死亡走去，任谁也没有能够挽回，这使得有智能意识的人类感到莫大的无奈、悲哀和恐惧，而中国文化一向主张"敬鬼神而远之"，缺乏"上帝在我心中"的灵魂依托，忌讳对死亡的面对和深入的研究，这种对于死亡的回避态度使得文人更加感到惶悚和茫然，而死亡又是实实在在摆在那里的。于是，对人生易逝的慨叹、对人生无常的恐惧，和由此引发的及时行乐的颓废，也是一个主题，"志不可得而年命如流，谁不感慨？"又比如，离别的伤感。离别使人伤痛，而动乱之中又比不得和平时期，有许多的生离就等同于死别，"终身相守者，不知有愁，亦不知有其乐，乍一别离，则此愁难已"。对人生无常的慨叹，对失意失败的伤感，对生离死别的难以承受，构成了《古诗十九首》的基本主题。

这样可以看出，《古诗十九首》所表达的感情，是人生共有的体验与感受，是可以穿越时空，无所不在的人类情感，所以它才能够跨越了千百年的界限，引起人们普遍的共鸣。这就给我们昭示了一个真理，那就是，真正的艺术，绝不是一人一事、一时一地的，必须具有能够涵盖人类大情感的主题。而中国古代诗歌，恰恰是从《古诗十九首》开始，具备了这种主题表述和表述的能力的。

（四）《古诗十九首》的语言特点

《古诗十九首》地位之所以很高，除了内容上的原因之外，语言形式也是其中一个原因，因为诗歌毕竟是语言的艺术，而且是语言的最高形式。《古诗十九首》的语言特色可以从这么三个方面来说。

第一，它第一次采用了叠字的方式。汉字是一个字一个音节的方块字，如果把相同的两个字放在一起形成一个双音词汇，就叫做"叠字"，一般说，"叠字"产生的效果和单音字并不一样，有着非常微妙的变化。比如说，"寻觅"，意思就是寻找；而"寻寻觅觅"，不仅是寻找，而且把寻找中的焦灼和反复寻找而不得结果的迷茫写出来了。叠字的使用从《古诗十九首》开始，产生了非常具象化的效果。比如，"青青河畔草，郁郁园中柳"，"迢迢牵牛星，皎皎河汉女"，不仅生动传神，而且增强了汉语言诗歌在朗诵上的优势，能够清楚地感受到汉语诗歌的节奏美和音韵美。叠字的使用，有着明显的知识分子雕琢语言词汇的痕迹，使得中国诗歌在经历了《诗经》和汉乐府之后，终于走向了精致和雅致，为后面曹魏文学的自觉时代的到来，提供了基础。

第二，语言浅近而意蕴丰厚。《古诗十九首》虽然是明显的文人诗作，但是并没有西汉大赋的那种铺陈扬厉，在精致和雅致、表达意思准确的同时，语言又是浅近自然的，没有任何的做作和卖弄。《古诗十九首》出现的时间应该是公元140-190年间，距今有1800年左右，但是我们今天读起来，几乎没有任何障碍，通俗而准确到令人赞叹的地步上。比如写别离，"行行重行行，与君生别离。相去万余里，各在天一崖。道路阻且长，会面安可知！"无论是描述亲人离去的事实，还是抒发再难相见的伤怀，无一不是明白如话却又情深意厚；再比如写那种夜深人静时候莫名而来的忧思，"忧愁不能寐，揽衣起徘徊。出户独彷徨，愁思当告谁？引领还入房，泪下沾衣裳"，除了一个"引领"翻译为"伸着脖子"之外，其他都简明得完全等同于现代汉语，但是同时又是一句一事，有叙有议，又比现汉精练了不知多少倍。再比如写人生无常，"生年不满百，常怀千岁忧。昼短苦夜长，何不秉烛游？"于颓废之中令人痛彻肝肠。

第三，诗句短小而疏于叙事。《古诗十九首》一共是19部作品，都是非常短小的诗作，最长的也不过是20句话，而且基本没有汉乐府式的故事和叙事，抒情占了绝对的分量。但是却言有尽而意无穷，有的作品还可以做多种解释，比如《行行重行行》，可以理解为思妇写远行在外的丈夫，也可以理解为远行在外的丈夫写自己、写思念在家的妇人，都通。再比如《庭中有奇树》一首，"庭中有奇树，绿叶发华滋。攀条折其荣，将以遗所思。馨香盈怀袖，路远莫致之。此物何足贵？但感别经时。"写怀人，却没有写具体的人物和为什么分别，也没有写具体的感情内涵，更没有强烈的感情喷发式的表达，而是含蓄的写了寄送树花来慰藉相思之情，并且说，树和花不足贵，衬托出"情"之贵。这样一来，那棵树是否是"奇树"也就不一定了。正是这样的表达方式，才造成《古诗十九首》涵咏不尽的艺术效果。

二、《古诗十九首》作品分析

（一）《行行重行行》

行行重行行，与君生别离。
相去万余里，各在天一崖！
道路阻且长，会面安可知？
胡马依北风，越鸟巢南枝。
相去日已远，衣带日已缓，
浮云蔽白日，游子不顾反，
思君令人老，岁月忽已晚。
弃捐勿复道，努力加餐饭。

《行行重行行》历来被称誉为《古诗十九首》的"第一诗"，我们也不能免俗了。虽然关于这部作品有两种解法（见叶嘉莹的《迦陵论诗丛稿》），但是我个人还是赞成把诗歌的主人公理解为一个思妇。

首句"行行重行行"，"行"就是"走"的意思，翻译为现汉就是"你走了，你走了，你走了啊，你就这样走了"，这绝不是劳动妇女的语言表达方式，是知识妇女的。这种自言自语，既写出了思妇对远行在外的丈夫的思念；又借助想象，写出了丈夫所行之远和离开时间之久。后面写"与君生别离"，就更加看出这是知识妇女的话语体系了，因为这是用典故的写作方式，而用典，绝对不是民歌的写法。词句出于楚辞"悲莫悲兮生别离"。下面的"相去万余里，各在天一崖"是申足了这一意思，写见面无期，生离犹如死别。

开头四句，言简意赅，写出了一个为丈夫远行在外、久别不归的思妇的不堪痛苦，四句话是一个意思，"生别离"。那么我们不禁要问一句了，既然如此痛苦难耐，何不去找他呢？作者仿佛明了我们的猜疑，于是跳跃出一步，说"道路阻且长，会面安可知"啊！道路之长，显然是写关山阻隔，无法达到目的地，因为古代毕竟交通不便；但是

"道路阻"又不仅仅是路途遥远的问题，还包括了兵荒马乱的危险。那么，如此遥远而危险的路途，对于一个妇女来说，千里寻找几乎就是不可能的，所以不由感叹"会面安可知"！在这里，"道路阻且长"实际上是《诗经·蒹葭》中"溯洄从之，道阻且长"的变体，只不过加了一个字，但是语感却自然流畅多了，可见五言胜于四言的魅力。前面说过，五言有"2+2+1"、"2+1+2"和"1+2+2"三种形式，实际在写作中，不止这三种，"道路阻且长"是"2+1+1+1"的形式。

接下来的"胡马依北风，越鸟巢南枝"在全诗中起着重要的作用，这个作用是承上启下。首先，"胡马、北风"和"越鸟、南枝"承接了上文的"万余里"和"天一涯"，再次说明相距之远。其次是开启了下文思妇对丈夫的思念之情，"胡马"尚且"依北"，"越鸟"还能"巢南"，难道做丈夫的你不知道回家么？难道不知道为妻我像"胡马依北风"、"越鸟巢南枝"一样依恋着你、以你为家、以你为巢穴么？于是引出下面缠绵悱恻的相思之情。

"相去日已远"，这句话是写丈夫离别的时间之长，与开头几句的意思一样，但是接下却又变化：离别的时间越长，我的担心越重；我的担心越重，越是夜不能寐、食不下咽；越是夜不能寐、食不下咽，越是容颜憔悴，身体消瘦；越是身体消瘦，越是感到衣带渐宽。所以，因为你的"相去日已远"，导致了我的"衣带日已缓"，"缓"是松弛的意思。衣带松弛是因为消瘦，而消瘦是因为相思，而相思是因为你的离别是如此漫长且没有个结果。但是从"相去日已远"到"衣带日已缓"，作者的思维是大幅度跳跃的，中间有着巨大的张力，使得这句写相思的句子变得容量大得多。

丈夫远行在外，在家的妇人最最担心的是什么，想当然的回答是"死亡"。但是很奇怪的是，丈夫久行不归，对死亡的揣测和担心恰恰是少的，而担心"在外面又找了一个"却是多的。"浮云蔽白日"，在古代的诗歌里，一般把皇帝比喻为"白日"，把奸佞比喻为"浮云"，比如李白的"总为浮云蔽白日，长安不见使人愁"。但是须知，在古代诗歌里，大臣把自己比喻为失宠的女子，女子把丈夫比喻为"白日"也是有的。所以，在这里，"白日"应该比喻为自己的丈夫，而遮蔽

"白日"的"浮云"显然暗喻为在外的女人了。思妇在家,丈夫不归,难免胡思乱想,设想着丈夫不回的原因,于是由"浮云蔽白日"——外面的野女人引诱了丈夫——想到了"游子不顾反"也就合情合理了。只不过,这未必是真事,而是所有女人因为丈夫离家不归的一种担心而已。

接下来的两句转写女子对自己的担心了,"思君令人老,岁月忽已晚。"相思毕竟是件苦事,夜不能寐,食不甘味,容颜憔损,而缺少爱情滋润的女人自然是老得很快的,更况乎在苦苦相思中呢?岁月如同流水一般的过去,等到丈夫真的回来,还会爱我这个憔悴的黄脸女人么?如果你不再爱我,那么我的容颜老去难道不是因你而生的么?

中间六句,写思妇的相思,千回百转,缠绵悱恻。但是猜测也好狐疑也罢,终究是没有用处的,兵荒马乱之年,连一时半日的伤感都显得"奢侈"了,重要的还是活下去!于是安慰自己说"弃捐勿复道,努力加餐饭"。这么一首缠绵哀婉的作品却以这样的两句结尾,似乎有些不着边际,实则不然。感情的伸张是以生活的安逸为前提条件的,"饱暖思淫欲"的说法虽然有些过分,但是至少告诉我们,在"饱暖"都成为问题的时候,所有的情感问题都属于"淫欲",都是多余的,也是实现不了的。这位思妇能够有片刻时间在家里思念远行的丈夫,说到底还是因为属于知识妇女的阶层;如果是劳动妇女,生活的困顿和压迫,估计连这一点点的思念都是奢望。所以,以自我安慰来结束全诗,正是动乱时期的标志。

诗歌并不长,才 16 句,在《古诗十九首》中已经算是长篇了,但是段落划分的非常清楚:1-6 句写离别之远;7-8 句承上启下;9-14 句写相思之苦;最后两句写自我安慰。语言从容,张弛有度,写出了东方女子含蓄又热烈的感情特点。

(二)《青青河畔草》

青青河畔草,郁郁园中柳,
盈盈楼上女,皎皎当窗牖。
娥娥红粉妆,纤纤出素手。

昔为倡家女，今为荡子妇，
荡子久不归，空床难独守！

　　《古诗十九首》中有一些直抒胸臆的颓靡之作，这是因为，社会的动乱使得知识分子感到希望破灭，前途渺茫，于是及时行乐的想法不仅想出来了，更是说出来了。比如"生年不满百，常怀千岁忧，昼短苦夜长，何不秉烛游"等等，这是对汉代儒学提倡的"天行健，君子当自强不息"的一个反动。所以，我个人认为，《青青河畔草》是从一个女子的角度说了这种颓靡，颠覆了儒家学说中对女子的要求。
　　诗歌一上来写河畔草和园中柳，用了叠字"青青"和"郁郁"，仅仅是描述草、柳树的色彩么？不是。在古代诗歌里，如果不写"绿"而写"青"，其中往往包含着感情成分，有青春、爱情、甚至春心的意思在里面。所以"青青"和"郁郁"固然是远景，暗示着思远人的主题，但是更暗示着蓬勃的春天，暗示着蓬勃萌动的春情。
　　果然，接下来的诗句是直接写女子，从这个写法看，应该是一个女子站在楼上远望，而前面两句，是她远望所见，所写即是所想，远望景色很多，心中情导致眼中景，才有"青青""郁郁"之选择。在这四句对女子的描述中，有两句值得注意，就是"皎皎当户牖"和"纤纤出素手"。古代女子临窗而望，终是一种不好的暗示，而伸出手来，就更加的不妙了。但是诗歌写到这四句，还是看不出什么来，如果后面像杜牧那样写，"忽见陌头杨柳色，悔教夫婿觅诸侯"，也不过是一首含蓄的、中规中矩的相思作品，相思者不过是一个官宦少妇而已。但是后面不是这样，因为作者不是"杜牧"。
　　"昔为倡家女"，古汉语中的"倡"虽然与"娼"有一些区别，但是"倡家女"到底是乐行，绝不是良家妇女的必然选择，一般有此经历的女子，第一个想到的，应该是回避，何必交代呢！但是诗歌中的女子不仅交代了这份不太清贵的出身，而且又加了后一句，"今为荡子妇"。倡家女的最好结果是择夫出嫁，但是嫁给"荡子"又不是倡家女最好的结局，而鉴于以前"倡家女"的出身，嫁与这样的夫君最好是不要声张，但是"倡家女"不仅声张了，还追加了一句，"荡子久不归"——俺的那位老公总是不回家呢！

　　这首诗，从一开头就是为了最后一句而准备的，先写景色，暗示了春天、春心、春情；再写女子，以当窗而立和出手召唤暗示她喜欢热闹的倡家女的本性；再交代出身和现在荡子丈夫不在身边的现状；最后，一句呼号脱口而出——"空床难独守"！真实不真实？真实！能够接受么？不能！这首诗颠覆了儒家学说关于妇女应该贞洁和应该含蓄的观念，直接呼号，写出了一个妇人的性苦闷。

　　问题是，当诗歌的主题是关乎女子爱情和性爱的时候，后人和诗评家的解释往往会游离诗歌本身。比如《诗经•氓》的主题，就被解释成"止淫奔也"，意思是作为反面教材而出现的；《青青河畔草》的主题也是这样，有的说是讽刺仕途上不能始终的二臣（刘履的《选诗补注》，"刺轻于仕进而不能守节者"），有的说比喻君子处于乱世的艰难（朱筠《古诗十九首说》，"喻君子除乱世"），还有别的。为什么出现多主题呢？我想，主要原因有两个，既不能够正视"空床难独守"的现实，更不能接受这种直抒胸臆的呼号式的表达。后者更加重要，因为同样的意思，完全可以不这样表达嘛，比如换做"悔教夫婿觅封侯"则好多了，实际上，"春日凝装上翠楼"的那位闺中少妇，之所以看到"陌头杨柳色"之后，才"悔教夫婿觅封侯"，还不是杨柳的青青色彩撩动了春心，不然何必一上来写"闺中少妇"而不写"闺中老妪"呢？而丈夫觅诸侯久不还家，自己独守空房，云雨失谐，所以才"悔"的。所以说，杜牧的诗作千古流传，而这首作品却赋予它许多的题外话了。

（三）《西北有高楼》

　　西北有高楼，上与浮云齐，
　　交疏结绮窗，阿阁三重阶。
　　上有弦歌声，音响一何悲！
　　谁能为此曲？无乃杞梁妻。
　　清商随风发，中曲正徘徊，
　　一弹再三叹，慷慨有余哀。

不惜歌者苦，但伤知音稀。

愿为双鸿鹄，奋翅起高飞。

从我个人的角度说，我更喜欢《西北有高楼》一首，因为它更能传达出那个动乱时代中迷茫的知识分子的心理波动，而且，无论是《行行重行行》还是《青青河畔草》，都是以男子揣测女子的角度写的，而《西北有高楼》是明确的男子诗作。

诗歌一上来就是一份令人遐思的迷茫，"西北有高楼"，西北是哪里？无法确定。但是作者为什么要写西北呢？很显然，在中国的地貌中，东南更加温润更加祥和，而西北是苦寒和艰苦的象征。诗歌无法坐实的"西北"给全诗染上了一层悲凉之气。

又说"高楼"，实际上在古代，由于中国的建筑都是木质结构的原因，楼不可能太高，至于居家过日子的住房，最高不过三层。而诗人却夸张这所楼的高度，说它是"上与浮云齐"，这样写的目的，是拉开了作者与诗中主人公——那个女子的距离，距离拉开了，所有的想象就可以出现了。否则过于实在，不好展开后面，尤其后面是写音乐的，更需要一个想象的空间了。

然后写这所高楼外貌，是"交疏结绮窗，阿阁三重阶"。"三重阶"，一方面再次说楼之高，另一方面又说明居住其中的主人公地位高贵，因为三重阶不是"三层阶"，而是上完一段台阶之后，有一个歇息的平台，再上一段台阶，这样的三重阶是贵族的楼阁才有。而"交疏结绮窗"指的是横竖花纹交织的精致的窗子，还有华美的帘幕。而从这两个细节可以断定，这是一个贵族妇女的居住处。

女子在高楼之上，而诗作者却在高楼下，不仅空间距离相隔甚远，关键是地位相距甚远，偏偏此时，音乐声从高楼中传出，连接了两个互不相干的人，"上有弦歌声，音响一何悲！"

这样，身份就确定了，一个是楼上弹奏的人，一个是楼下听音乐的人；楼下的人知道楼上的人在演奏，而楼上的人绝对想不到楼下有一个知音！而听者为什么听出了"一何悲"呢？显然，听者是一个音乐的行家里手。弹奏者弹奏的是古曲《杞梁妻叹》，史书记载，《杞梁妻叹》描述的是，齐国人杞梁被征兵战死，杞梁妻没有儿女和亲人，于是枕着丈夫的尸骨而哭泣，悲哀动人。哭泣时感叹曰："上无父，中则无夫，下则无子……"于是，楼下的听者动了心思，继而断定，弹奏者不仅是一个女人，而且应该是一个失去了丈夫、没有子女的单身女人。于是听者的恻隐之情便出来了。中国古代是主张女子守节的，婚前守身如玉，婚后从一而终，夫死绝不再嫁，以示贞操。这是封建礼教的规定，但是实际上，在民间，遵守的并不特别严格。因为中国百姓务实，在崇尚女子贞洁的同时，又认为"嫁汉嫁汉，穿衣吃饭"，如果丈夫去世了，妇女衣食不继，难以为生，改嫁还是默许的，也就是说，赞美守贞与理解改嫁并不矛盾。但是这里有个前提，就是下层妇女的改嫁是因为生活所迫；如果不是生活所迫，为了什么"爱情"、"精神寄托"之类的原因而改嫁，那是万万得不到理解、更得不到允许的。所以，失去丈夫的贵族妇女的苦闷，更多的是精神上的，而且是无法排遣的。听者显然是理解到了这一层。所以，接下来写音乐的感受。

"清商随风发，中曲正徘徊；一弹再三叹，慷慨有余哀"，诗中提到的"清商"，是曲名，"凡听商，如离群羊"，意思是，凡是听到过"商"这个曲子的人，无不伤怀，就像离群的羊一样感到孤独和悲凉，可见，清商的音乐是忧愁哀婉的情调。而这样情调的乐曲，弹奏者却反复的演奏，中曲段落如同徘徊街头的游子，一弹三叹，慷慨不止。于是，听者的伤感无法遏制的迸发出来：这个高门大院中失去丈夫、且没有任何亲人的贵族女子，谁又能听得懂你的悲切之音呢？而你又怎么能够想到，一个难得的知音就在门外，读懂了你内心的悲苦呢？而高高的院墙和天壤相隔的身份使得我们永不可能相见、相识、相知，于是感慨"不惜歌者苦，但伤知音稀！"但是，诗人仅仅是伤感于这位贵族妇人的"知音稀"么？显然不是。听琴者心中显然也有一段类似的感怀，也应该是孤独一人，漂泊流浪的，否则不可能这么快的听懂了对方。而诗人平时能够听到的、关于孤独伤怀的音乐估计也是不多的，得到的理解也应该是很少的，这一次的听曲实在是一个意外，又是一个惊喜。只不过是，自己听懂了对方，成为对方的知音，而对方并不知道；但是对方也成为了自己的知音，也"听懂"了自己，对方就更没有想到了。想到此，双重的悲凉涌上心头。

　　于是幻想就出来了，"愿为双鸿鹄，奋翅起高飞"。人生最大幸事之一，就是遇到知己；而最大的不幸之一，就是与知己不能长相厮守。所以，盼望与知己相亲相伴永不分离，就成为人类的一大美好幻想了。幻想的悲哀就在于其不能实现，而幻想的美好恰恰也在于其不能实现。唯有幻想存在，才衬托出人类在现实中的意义来。

第六讲　曹魏文学中的曹操

一、关于曹魏文学及其他

（一）关于曹魏文学

中国古代文学史虽然源远流长，但是从发展变化的角度看，分期又十分明显：曹魏以前是中国古代文学的准备期，曹魏时代是文学的自觉时期，唐宋是文学的高峰期，元明清则是中国古代文学的转型期。

我们之所以将曹魏看做文学的自觉时期，是与之前的准备期分不开的。曹魏之前的中国古代文学，总体风格是浑朴的、未经雕琢的，文学与史学、哲学分得不是那么清楚。比如庄子的很多文章，汪洋恣肆，充满了文学的浪漫，但是庄子的文章总体上应该划分在哲学的范畴；又比如司马迁的《史记》，其文学价值之高，令后人高山仰止，不可攀越，被鲁迅赞誉为"无韵之离骚"，但是即便如此，《史记》仍然属于史学范畴。散文之外的诗歌也是如此，虽然相比散文，诗歌的文学性更加纯粹一些，但是汉代之前的诗歌仍然是"饥者歌其食，劳者歌其事"的百姓的吟唱，是"感于哀乐，缘事而发"的一种自然和自发，而不是"有意为文"的自觉。表现之一就是，汉代之前的诗歌虽然很多，但是除了屈原，我们找不到任何一首诗的作者是谁，他们已经湮没在历史的长河里了。可以说，曹魏之前，中国文学史没有作家、作者、诗人这些概念，之所以是这样，说到底，是文学创作不是处在"有意"的状态，而是处于"无意"之中。而作家、诗人这些概念的出现，是在曹魏时期，在这个时期，有了慷慨沉雄的曹操，有了华丽壮美的曹植，有了各具面目的建安七子，还有了中国第一位女诗人蔡琰蔡文姬。所以说，曹魏文学是中国文学的第一个自觉时期，"有意为文"的写作意向出现了，因此，文学自然而然的从史学、哲学的范畴中脱离出来了，文学也就更加走向了精致、雕琢和华美。

但是这里需要说明的是，曹魏只是三国鼎立时期（包括鼎立之前）的一个部分，除了曹魏之外，还有刘备的西蜀和孙权的东吴，但是为什么文学史只提"曹魏文学"或者"建安文学"，而不是"三国文学"呢？这是因为，在三国鼎立的前后时期，西蜀和东吴在文学上的创作实在是乏善可陈，而以曹操为代表的曹魏集团，文学成绩却辉煌耀眼，所以后人只提"曹魏"、"建安"，自然没有"三国文学"这一概念了。曹魏文学是伟大的，它开创了中国文学史的一个时代——自觉时代；又为文学史的下一个时代——唐宋的高峰时代的到来，打下了坚实的基础。而曹魏文学的繁荣，又与曹操的作用分不开。

（二）关于曹操

曹操本不姓曹，他姓夏侯，因为他的父亲曹嵩给一个叫曹腾的宦官当了养子，曹操这一支才改姓曹的。从这一点看，曹操的出身是非常微贱的，慢说比不得位列三公的贵族袁绍，就是和"织席贩履"的刘备也没有办法比，至少刘备还是皇帝八竿子打得着的皇叔。所以史书上一直说曹操是"未能申其本末"。曹操20岁时因为"举孝廉"入朝为官，后参与了镇压黄巾起义，在讨伐董卓中脱颖而出，开始与其他诸侯军阀逐鹿中原。军事力量壮大后，他看准时机，将汉献帝刘协接到了许昌，自己名为宰相，实则皇帝，享受着"参拜不名，剑履上殿"的最高待遇，开始了他"挟天子以令诸侯"的政治生涯，最终一一击败对手，统一了中国的北方。在当时三国鼎立的情势下，曹操占据的优势是最明显的，他的地盘最大，军事力量也最强大，而且有个傀儡皇帝一直被握在他的手中。

曹操历来被称为乱世枭雄，鲁迅曾经评价曹操说，"至少是个英雄"。与历史上所有的政治人物不同，曹操是个非常有个性的人。他本人出身不高，这使得他对于儒家学说那一套不太看重，他自己也明白，乱世之时儒学是不奏效的，应该管用的是法家的东西；但是完全用法家来概括曹操似乎又不准确，曹操身上有一些草寇流匪的气质，他同时又是一个很注重实际的平民，不拘小节，为人简朴，不重威仪，又性情多诈。史书上记载他"每与人谈论，戏弄言诵，尽无所隐，及欢悦大笑，至以头没杯案中，肴膳皆沾污巾帻"，意思是，当谈论到好玩的地方时，曹操便放声大笑，脑袋都埋在杯盘之中，弄得头巾胸前都是汤汤水水。这样的形象，既不同于他之前的大英雄项羽，也不同于刘邦。可以说，在曹操之前，几乎找不到与他相类似的、又有英雄气概的人物形象。在曹操的身上，有一种过于外露的霸气，使得他有违汉民族的道德规范，实际他所做的，也未必比后世刘裕、李渊、赵匡胤坏到哪去；倒是和后者比，曹操的身上更有一种天真，偏偏汉民族的文化血液中容不得这种霸气纵横的天真。

曹操好诗歌和音乐，同时精通书法和下棋，史书记载他"登高必赋，及造新诗，被之管弦，皆成乐章"，还说他"从军二十年，手不释笔"。

动乱板荡的时局，戎马倥偬的经历，一统天下的雄心和时光飞逝的年华，使得曹操的诗歌慷慨大气，古朴悲凉，绝非后来者能够追慕的。比如曹操的《观沧海》，"东临碣石，以观沧海，水何澹澹，山岛竦峙。树木丛生，百草丰茂。秋风萧瑟，洪波涌起。日月之行，若出其中，星汉灿烂，若出其里……"这是中国第一首写大海的作品。中国虽然有着极其漫长的海岸线，但是因为整个民族的经济生产方式是农业为主的，所以，中国人很少写到大海。曹操不仅写到了大海，而且以恢弘的语言赞美着眼前的大海，秋风之下，大海洪波涌起，宽阔无边，日月星辰诞生其中。大海那种吞吐万物的气魄，被曹操概括一尽，究其原因，是因为作者曹操拥有一个大海一般心胸和志向，才有这样大气慷慨的作品。

中国的帝王将相均有写诗为文的雅好，成功者也有，比如李后主就是突出者。但是李后主绝对没有曹操的气概，他不过是一个亡国之君，或许他不当国君当个才子更适合；有曹操气概的皇帝也不在少数，秦皇汉武不说了，唐宗宋祖和康乾二帝，均算得上有作为的好皇帝了，但是诗文又实在逊了一筹。而能够与曹操这样既有帝王的风范，又能写作出符合帝王风范、胸襟的诗作的，中国古代恐怕是找不出第二个人来了。

曹操除了自己创造诗歌外，还喜欢招贤纳士，《三国演义》中划袜见许攸的情节不完全是夸张。曹操招纳的贤士，除了军事上和政治上的，就是文学上的了。他挟天子以令诸侯的特殊地位，和他本人诗文创作的爱好，使得曹操成为政治和文学上的领袖，许多文人慕名而来，建安文学一时人才蔚茂，形成了一个文人诗人集团。这个集团的形成，对于文学从自发走向自觉，起到了不可小估的作用。可以这么推论：整个魏晋南北朝文学的起始在于曹魏，曹魏文学的起始在于建安集团，而建安集团的起始在于曹操。

（三）关于曹丕、曹植、建安七子和蔡文姬

1、曹植与曹丕

曹丕、曹植和曹操被后世称为"三曹"。作为曹操的儿子，曹丕和曹植既是曹魏文坛的领袖，同时又是文学创作的个体，处于承上启下的地位。但是这兄弟二人不仅性格不一，而且差不多是终身不睦的。

曹植的才华远远在曹丕之上，甚至在整个建安文学中也处于魁首的地位，谢灵运曾经用"才高八斗"来赞美曹植。因为他的聪慧和少年大志，曹操曾经有一度想立他为太子，但是后来发现曹植"任性而行，饮酒不节"，又放弃了这个想法。一句话，曹植身上的文人气质过于浓烈，即便有报国大志，有军事才干，也是文人式的而不是政治家的。但是曹操这一瞬间的想法却造成了曹丕对曹植的猜忌。

曹操在世时，曹植过着公子哥的生活，每天饮酒唱和，无所顾忌；但是曹操去世后，曹植的好日子结束了，一直处于被曹丕排挤、迫害之中。曹丕采用的方法很阴损，一个方法是杀曹植的党羽，比如丁仪、丁廙就死于曹丕之手，三哥曹彰也死得不明不白，曹丕又禁止曹彪与曹植接触。总之，谁敢接近曹植，曹丕就杀谁，但是曹丕偏偏不杀曹植，弄得曹植不仅惶惶不可终日，而且孤寂幽愤不堪。第二个方法是迁徙曹植的封地，十一年之间换了三个地方，而且都是"连遇瘠土，衣食不继"。曹植在《吁嗟篇》中描述这样的生活是，"东西经七陌，南北越九阡……飘摇周八泽，联翩历五山，流转五恒处，谁知吾苦艰？"在备受猜忌和排挤、漂泊不定、惊魂不安的生活中，曹植英年早逝，死的时候才41岁。他死后，妻小很快下落不明。

曹植的文学成就在建安文学史上是没有谁可以相比的。作品现存90多首，是建安诗人中最多的，而且无论是诗歌还是文赋，均辞藻华美，对仗工整，音韵流畅，在华丽之中有一种浑厚雄健在其中，即所谓的"华美而壮大"。我们看他的《洛神赋》，"翩若惊鸿，娇若游龙，荣曜秋菊，华茂春松。髣髴兮若轻云之蔽月，飘飖兮若流风之回雪。远而望之，皎若太阳升朝霞。迫而察之，灼若芙蕖出渌（lù）波。"这种在写法上呈现出的汉语言的华美，是以前无法想象的。自汉代以来古朴、粗粝的诗风，到曹植这里全都不见了，完全是文人式、有意识的对精美的追求。可以这么说，中国文人诗歌注重哀婉、注重感情深厚、注重辞藻的雕琢和精工，都是从曹植开始的，如果没有曹植，就不会有后来的李商隐们。谢灵运说曹植是"若天下才共一石，子建独得八斗"，钟嵘在《诗品》中赞美曹植是"骨气奇高，辞采华茂……卓尔不群"，成书在《多岁堂古诗存》中赞美曹植在整个建安文学中，尤其跟他的父兄相比，是"诗人本色，当推此君"。对曹植来说，这些褒奖都是当之无愧的。

曹丕是曹操的次子，他上面的哥哥曹昂早就死了，所以曹丕就等于是曹操的长子了，在继位问题上不会有太大的差池。曹丕对建安文学的贡献是两个，一个是七言诗，曹丕的《燕歌行》是目前发现的最早的一首七言诗，虽然通体押韵显得稚嫩，但为文学诗体的发展开了一个新的纪元。曹丕的另外一个成就是他的文学理论。

建安时期，文学风气很盛，文人诗人之间品评作品、品评文风，曹丕就是在这样的风气下完成了他的《典论·论文》的。《典论·论文》共八章，战乱之中只留下了《自序》和《论文》两章，曹丕提出了许多文学上的概念，比如他论述建安七子，较为公允；他提到"风骨"这个概念，还提到"文人相轻，自古使然"这样的现象；特别是曹丕第一次将文学放在了一种前所未有的位置上，他说到，"年寿有时而尽，荣乐止乎于身"，而只有文学，才是"经国之大业，不朽之盛事"。这样看待文学，跟曹魏"有意为文"的自觉时代是分不开的。

2、建安七子与蔡琰

除了三曹之外，建安时代文学成就最高的，是所谓的"建安七子"，他们是孔融、王粲、阮瑀、应玚、陈琳、刘桢、徐干。其中有两个人值得一提，一个是王粲，一个是孔融。

王粲是七子中成就最高的。他博学多才，仅仅因为相貌不佳，不见容于刘表，才投奔曹操的。王粲的代表作是《七哀诗》，又以其中的第一首写得最好，诗歌写到，"西京乱无象，豺虎方遘患。复弃中国去，委身适荆蛮。亲戚对我悲，朋友相追攀。出门无所见，白骨蔽平原。路有饥妇人，抱子弃草间。顾闻号泣声，挥涕独不还。未知身死处，何能两相完？驱马弃之去，不忍听此言。南登霸陵岸，回首望长安。悟彼下泉人，喟然伤心肝。"生动描述了战乱时的惨景，和诗人被迫离开京师时的惨痛，其中妇人放弃孩子的细节，使人读来耳不忍闻，又真实可信。

孔融是七子中的特殊人物，一则他与另外六个人不是一个辈分，孔融比他们都年长，与曹操同龄；二则孔融是看不起曹操的，他反对曹操的禁酒令，多次与曹操作对，甚至用曹操把甄夫人许配给曹丕的事情编典故来戏弄曹操，曹操信以为真，回过头来问孔融，孔融回答："以今推古，想当然耳。"——一开始我就是骗你的！因为孔融的地位特殊，曹操也奈何不得他。后来因为举荐祢衡，孔融彻底得罪了曹操，而且孔融公开说曹操有可能篡权，说将来的天下未必是"金卯刀"，"金卯刀"是"刘"字的拆分，意思是将来的天下未必是刘氏天下，这是曹操最忌讳的事情，但是直到建安十三年八月曹操才最后找了谋反、犯上、不孝的借口将他杀了。孔融的诗歌一般，但是他的散文写得却好极了，尤其是那篇《论盛孝章书》。

建安时代的女才子蔡琰蔡文姬也是值得一提的诗人。蔡文姬是东汉末年学者蔡邕的女儿，博学多才，精通音乐，初嫁与河东卫仲道，丈夫早逝，她没有孩子，只得回归到娘家。匈奴入侵时，蔡文姬不幸为胡人所掳，受尽百般磨难后嫁与南匈奴左贤王，在草原上生活了十二年，生了两个孩子。曹操北定中原后，念及蔡邕与自己是故交友好，于是派遣使者，用了大量的丝绸财物，外加一对儿价值连城的金璧将蔡文姬赎回，又做主将她嫁给董祀。这样悲惨的遭遇，让蔡文姬写出来感人的千古长诗，一首是五言古体的《悲愤诗》，一首是骚体的《胡笳十八拍》。其中《悲愤诗》生动真实地反映了汉末动乱中她自己亲历的苦难,尤其写到曹魏的使者来接她回乡,以儿子的口吻写她自己不忍、却不得不舍弃儿女的惨景,真实感人,"儿前抱我颈,问母欲何之。人言母当去,岂复有还时。阿母常仁恻,今何更不慈。我尚未成年,奈何不顾思。见此崩五内,恍惚生狂痴。号泣手抚摩,当发复回疑。"

总之,曹魏建安时期的文学创作,虽然风格不同,却都包含激情,共同演奏出时代的宏大乐章。这种言之有物、希望建功立业的内容,这种慷慨悲凉、雄浑厚重的风格,就是后世人反复称道的"建安风骨",创造了中国诗歌史上第一个文人文学的高潮,为唐宋诗歌高峰的到来打下了坚实的基础。

二、曹操作品赏析

1、《龟虽寿》

神龟虽寿,犹有竟时。
腾蛇乘雾,终为土灰。
老骥伏枥,志在千里;
烈士暮年,壮心不已。
盈缩之期,不但在天;
养怡之福,可得永年。
幸甚至哉,歌以咏志。

《龟虽寿》是曹操晚年时候的作品,创作的时间是建安十二年(公元 207 年)。当时的曹操已经是 53 岁的人了,在古代这个年龄已经算做晚年了,但是曹操刚刚获得北征乌桓的胜利,远大的政治抱负正在一步一步地实现,对前途充满了信心,所以曹操同时完成了《龟虽寿》和《观沧海》的作品,可见曹操恢弘的气度和远大的志向。据《世说新语》记载,东晋大将军王敦很喜欢这部作品,经常在喝酒后一边用筷子敲着酒杯一边吟唱,时间一长,酒杯都敲出了豁口。

诗一上来说，"神龟虽寿，犹有竟时；腾蛇乘雾，终为土灰"，分别出自两个典故，前者出自于《庄子·秋水》，《秋水》中说，"楚有神龟，死亡已三千岁"，说楚国有一个神龟，当它死去的时候，已经活了三千年了。庄子用这个故事是说明长寿的，但是曹操反其道而用之，反而说，即便是活了三千年的神龟又当如何？早晚还是一死。第二个腾蛇的故事出自于《韩非子·难势篇》，说"飞龙乘云，腾蛇游雾"，其中的飞龙、腾蛇都是长寿而且本事很大的神物。但是在曹操看来，再有本事的腾蛇飞龙，最终也不过变成一堆土灰而已。自古帝王将相无不想求得长寿，为此不惜求仙服药，但是出身平民的曹操却对此有着清醒而冷静的认识。在曹操看来，任何生命都难逃大自然的规律，都难免一死，与其把精力放在求仙服药，以求长生不老的虚妄之上，不如考虑一下怎样对待人生，怎样把自己的一生活好了的问题。所以，接下来，曹操一扫汉末文人的感叹，慷慨高歌，唱出自己的理想："老骥伏枥，志在千里；烈士暮年，壮心不已"。在这里，曹操把自己比喻为已经年迈的千里之马，虽然形体衰老，不能再驰骋疆场，被迫屈服于马厩，但是胸中仍然激荡着当年的豪情；一个有志向、有抱负的人也是如此，即便到了晚年，体力和精力都远不如以前了，但是一颗雄心绝对不会因为年华逝去而消沉，宏伟的理想绝对不会因为身体衰老而褪色。曹操以自己朴素的世界观，说出了一个有志向的人不懈的追求，鼓励着自他以后所有的志者，不放弃，不懈怠，积极进取，直到生命的最后一刻。

接下里曹操又回到他平民思想的基础上，在高歌激烈之后，循循善诱，娓娓道来，"盈缩之期，不但在天；养怡之福，可得永年。""赢缩之期"指的是生命的长短，"盈"是满、长的意思，而"缩"是短暂的意思。中国人历来相信"我命在天"，仿佛人的寿命长短早有老天爷安排妥当，个人的努力都是徒劳的。但是曹操看问题是辨证的，他认为，抗拒自然规律，相信求仙服药，以求得长生不老，自然是荒唐的；但是完全相信"我命在天"，不发挥人的主观能动性，同样是错误的。人固然不能够违背大自然的规律，但是也不能将自己的生命全都交给外界左右，只要能够保持一个很好的心态，善于保养自己,也是可以延长寿命的,所以说"养怡之福"是获得"永年"的好办法。那么,养怡的目的是什么?不是将寿命延缓到无止境,去换取享受;而是在有限的生命里自强不息,完成一统江山的大业。

《龟虽寿》这部作品并不长,全诗分为三部分,1-4句是一部分,以比喻开头,浅显易懂;5-8句是一部分,直抒胸臆,慷慨豪迈;9-12句是最后一部分,平易近人,娓娓道来。全诗深入浅出,是一部难得的好作品,它以一个平民朴素的视角,以一个年过半百的老人的口吻,把一个"人生当进取"的老生常谈的话题讲述得明白而深刻,成为一代又一代的人座右铭,鼓励着那些前进在自己理想道路上的人们。

2、《短歌行》

对酒当歌,人生几何?
譬如朝露,去日苦多。
慨当以慷,忧思难忘。
何以解忧?唯有杜康。
青青子衿,悠悠我心。
但为君故,沉吟至今。
呦呦鹿鸣,食野之苹。
我有嘉宾,鼓瑟吹笙。
明明如月,何时可掇?
忧从中来,不可断绝。
越陌度阡,枉用相存。
契阔谈䜩,心念旧恩。
月明星稀,乌鹊南飞。
绕树三匝,何枝可依?
山不厌高,水不厌深。
周公吐哺,天下归心。

《短歌行》是曹操的代表作,曹孟德所有的作品在它面前全都黯然失色。《短歌行》也是曹操流传得最广的一首诗,在《三国演义》

中，曹操立马长江，横槊赋诗，准备与江东的孙权决一死战，吟诵的就是这首《短歌行》；后来苏轼在自己的《前赤壁赋》中又再次提到了它，更使得这首诗大大的有名；而在民间，对这首诗的头两句历来存在着很大的误解，仿佛一提到"人生在世，及时行乐"，"年少不行乐，老来后悔"等等颓靡的观点，都要引用"对酒当歌，人生几何"这两句，也使得这首诗大为流传。实际上，曹操的《短歌行》写的是一种大痛苦，是一种理想过于宏大，而实现这些理想所需要的时间——生命，却过于短暂的痛苦，是人的肉体与精神永远作为一对儿不可调和的矛盾的痛苦。这种大痛苦，只有陈子昂的《登幽州台歌》中才有体现，只不过，陈子昂的诗更加宏大，而曹操的《短歌行》则略显具体。

诗歌一上来说，当我对着美酒、对着歌舞的时候，我不仅想到，人生究竟还有多少时间啊？人生是如此的短暂，"生年不满百"，就像早晨的露水一般，太阳一出来，便晒干不见了；而我们流逝去的时间、荒废了的时间又是太多太多了。什么人能够感叹时间短暂，我们可以设想，一个胸无大志、得过且过、无所事事的人，会感叹于时光的飞逝么？会着急于时间不够么？不会！他能够感叹的，估计是时间过得太慢，时间无法消磨。只有胸怀大志的人，才会有"人生苦短"的感慨，因为他的心中有许多许多要实现、要完成的理想，而这些理想的实现和完成必须假以时日。可是，人的生命并不因为你胸有理想便会延长，也不会因为你碌碌无为而会缩短，这便是人生的无奈了。所以，面对这样的无奈，曹操感慨万千，用他自己的话说，"不戚年往，但忧世不治"。对于曹操来说，老去甚至死亡，都不是自己最担心的，最担心是年华如水一般流逝的时候，还有那么多的大业没有完成。想到此，曹操也只能是借助片刻的沉醉，在沉醉中麻木一下自己，暂时忘却心中的忧愁，所以才有了"何以解忧，唯有杜康"的自我安慰了。

前八句是第一层意思，接着诗歌进入第二层，对贤才的渴慕。

历史上创出大业的雄主都深知，单枪匹马是干不成一番事业的，要想完成经天纬地、治国安邦的宏图大业，必须有贤才的帮助，就如同秦嬴政得到李斯，汉高祖得到张良、萧何、韩信一样。所以，曹操在下面的诗句中充满深情、同时又充满浪漫的表达着自己对贤才的渴望，以及这些贤才并不为他所用的痛苦。

"青青子衿，悠悠我心"，这是《诗经》中的句子，"衿"是衣裳的意思，古代穿青色衣裳的，一般是年轻的学子。《子衿》是一首爱情作品，意思说，那个穿着青色衣裳的年轻的学子啊，他悠长的牵动了我少女的心。在这里，曹操把自己比喻为怀春动情的少女，像渴望爱情那样渴望着贤才的到来。而接下来的"但为君故，沉吟至今"却是曹操自己的续句，从《诗经》原句到作者自己的续句，衔接自然，浑然一体。曹操说，"正是因为君子——就是贤才的缘故啊，我才至今沉吟着《子衿》这首作品"。后面的"呦呦鹿鸣"也是出于《诗经》，写如果一旦贤才到来自己的热忱和欢迎，表达了曹操期望贤才早日到来的真诚。

但是笔锋一转，忧伤又无法克制的涌上心头。三国时代是群雄逐鹿的时代，英雄太多，贤才也太多，但不是所有的贤才、尤其是曹操认可的贤才都肯依附他曹孟德的：有些曹操渴慕的人才，就不为曹操所用，比较典型的，应该是关羽了。曹操对于关羽的厚待，近乎于一个痴情者对于所恋的情人的感情，无论是《三国志》还是《三国演义》，都描述了曹操因为得不到关羽的痛苦，而这种痛苦，在《短歌行》里又再一次出现了，"明明如月，何时可掇"。曹操把那些他渴慕的贤才比喻为明月，高挂夜空，照亮人间，指引方向，可惜却可望不可即，无法将它们摘取到手。想到此，无法断绝的忧伤又涌上心头。

但是曹操毕竟是"治世之能臣，乱世之枭雄"，也有人愿意投奔曹孟德，对于那些前来投奔的贤才们，曹操赞美他们是"越陌度阡"，对他们表示了自己"心念旧恩"的感谢；还有一些贤才，他们正在徘徊中，就如同择木而栖的良禽，在犹豫彷徨中，没有选定自己的良主和归宿，对此，曹操又充满信心。

诗歌的最后一部分，曹操不愧为枭雄，他随时可以从颓靡中振奋起来，用山不厌高、海不厌深来鼓励自己。"厌"，古体字为"饜"，意思是"吃饱了"，引申为"满足"的意思。曹操说，"就像高山永远不满足自己现在的高度，就像大海永远不满足于现在的深度一样，我曹操永远不会满足于自己的现状"，我要像"周公吐哺"那样，尽自己最大的诚意和力量来招徕贤才。周公，名旦，历史上曾经记载他为了招徕贤人，"一沐三束发，一饭三吐哺"，就是洗澡时三次将头发攥住，吃饭时三次将饭食停在嘴里不吃，静静地倾听着，唯恐在自己不经意之间有贤才到来而自己没有注意到。曹操用周公的典故鼓励自己，只要诚心诚意，就能够获得天下贤才的支持，就能够实现"天下归心"的理想。最后四句，气魄宏伟，感情充沛，表现出曹操一统天下的雄心和积极进取、不甘人后的精神。

我们最后要说的是关于对曹操的评价问题。

看曹操的诗歌，我们深切地感受到他恢弘的气度、远大的志向、慷慨悲凉的诗风。但是，在小说《三国演义》中，在京剧的舞台上，我们看到的曹操永远是一个奸诈之人，是一个夸张的大白脸，那么怎么认识"两个"曹操巨大的差异？我想是不是应该这样理解，中国古代是一个小农经济模式的社会结构，日出而作日落而息的农业生活，使得古代中国人过于务实而不肯务虚，中国人不相信上帝这些虚幻的东西；但是，人是有感情、有心灵、有灵魂的，这一特点决定了人的精神世界应该有所归属，西方人将自己的精神归属于上帝，而中国人没有上帝，但是，古代中国人心中的皇帝就等同于上帝这样一个位置，他是中国人的一个精神归属。上帝是看不见的，而皇帝也是远在天边，不容易看见的，所以，皇帝在古代中国人的心目中，其象征意义和归属意义更强一些，中国人可以容忍昏君，却不能原谅奸臣；可以反贪官，但是绝对不能反皇帝。万般无奈下，才起义"替天行道"，而"替天行道"的目的不是推翻皇帝制度，而是再创造一个可以让自己精神归属在那里的"好皇帝"。基于这一点，曹操不被看好，因为汉室天下毕竟是姓刘的，虽然曹操有这个雄心，也有这个魄力，可以将破碎的中国归为一统，实际上百姓也希望早日结束战乱，回到和平的大一统的天下，但是，担当这个重任的，可以是刘备，可以是刘表，可以是刘氏家族的任何人，唯独不可以是你曹操，因为你不姓刘。你可以辅佐，但是不可以僭越！结果是一回事，谁来实现这个结果，则是另外一回事。如果天底下姓刘的皇族都死绝了，也不是不可以，问题是现在不还有个刘备呢吗！所以，"拥刘反曹"成为必然。

但是我们如果跳出这个禁锢，从今天的角度看，就会发现，天下姓什么，谁也没有规定，刘汉的天下也不过是老祖宗刘邦抢夺过来的，刘邦之前天下也不姓刘。而曹操有这个能力和雄心，历史也给他提供了这个机会和舞台，曹阿瞒就有展示自己的资格，而他的诗歌也确实展示了他自己。

第七讲　田园诗人——陶渊明

一、关于西晋、东晋

公元220年，曹操的次子曹丕得到大将军司马懿的支持，自立为皇帝。249年司马懿通过政变的方式逐渐铲除了曹氏的力量，大权落在了整个司马氏家族手中；公元265年，司马昭的儿子司马炎逼迫魏帝曹奂"禅让"，建立了新的朝代——晋朝，定都洛阳，史称西晋。在之后的十五年之内，西晋先后灭了刘蜀和东吴，再一次统一了整个中国。

但是，西晋是一个由军阀官僚建立起来的门阀统治的王朝，加上西晋成立不久，大量的少数民族回迁，内部矛盾非常激烈，西晋仅仅历经了52年便灭亡了。司马氏被迫南迁，定居于荆州、扬州一带，皇室后裔司马睿定都建康（即现在的南京），史称东晋，时间是316年至420年。

虽然分为东西两晋，但是整个西晋、东晋的性质是一样，这是一个混乱而反动的朝代，不仅等级制度极为森严，实施"上品无寒门，下品无世族"的门阀统治，而且更为不堪的，是东西晋的统治者极为昏庸甚至是"混蛋"，晋朝成为中国历史上少见的一个"怪胎"。

西晋开国皇帝司马炎就是一个荒淫君主，"后宫殆将万人"。世家大族则贪暴恣肆，奢侈成风，日食万钱，还说"无下箸处"。大士族王恺和石崇，一个依仗是皇亲，一个依仗是有战功的大将，互相斗富。王恺用米浆来刷锅，石崇就把白蜡当柴烧；王恺作紫丝布步障四十里，石崇就用锦绸作步障五十里；王恺用赤石脂涂墙，石崇就用香椒泥给墙壁刷粉。因为有皇帝司马炎的暗中支持，王恺根本不把石崇放在眼里；而石崇自恃有战功，更是瞧不起王恺。王恺曾经把皇帝赐他的一株二尺多高的珊瑚树拿到石崇面前夸耀，石崇面无表情，看都不看一眼便抬手把它打碎，然后叫人拿出三四尺高的珊瑚树六七株，任王恺挑选。官僚们不仅奢侈成性，而且公开抢劫，甚至以杀人来取乐。据说石崇有个怪癖，宴客时常使家中的姬妾来助酒兴，殷勤劝饮，倘若宾客拒绝不饮，便立刻喝令家丁将这个劝酒的姬妾推出去砍头。有一次建威将军王戎与镇南大将军杜预（杜甫的先祖）在石崇的金谷园中饮酒，王戎不忍眼前美姬的泪眼相劝，不得不勉强一杯接一杯地喝下去，终于酩酊大醉；然而杜预却适可而止，任凭美姬声泪俱下也不肯多喝一杯，有意看看传言是否真实。果然，石崇一连杀了三位劝酒无效的姬妾，而杜预却表无表情，说"杀的是他们家的人"，因为杜预的铁石心肠，三个无辜的姑娘就这样丧命了。

司马炎死后，晋惠帝即位，这是个近乎于白痴的人物。官员汇报南方大旱，百姓都以吃树皮为生，晋惠帝居然说出了"他们怎么不吃肉呢（何不食肉糜）？"这样的千古笑话。这样的皇帝，导致统治集团内部的矛盾愈演愈烈，终于爆发了"八王之乱"。

和西晋相比，东晋没有任何改观，历经103年，却走马灯一般的换了十一个皇帝。开始是南北两派的大地主之间的纷争，后来北派大地主占了上风，北派大地主之间又开始了新的一轮的纷争。其中一派的代表人物叫桓玄，是反对东晋的；另一派与之对抗的叫刘裕，是保卫东晋的。但是最后，东晋王朝恰恰断送在自称是保卫东晋的刘裕的手中。

在这样的政治氛围中，与这些人共事，一是可怕，一是可耻。于是，大诗人陶渊明的归隐也就可以理解了。

二、陶渊明介绍

（一）陶渊明的生平

陶渊明（365-427）给我们留下了许多的"谜"。第一个"谜"就是他究竟叫什么，陶渊明自号"五柳先生"，他叫陶潜，又叫陶渊明，还叫陶元亮。这三个名字，究竟哪一个是名，哪一个是字，一直没有弄清楚。第二个"谜"就是陶渊明的家世，他的曾祖是晋成帝时的大司马陶侃，祖父是陶侃的儿子陶茂；但是陶侃有一个女儿嫁给了当时有名的隐士叫孟嘉的，孟嘉是陶渊明的外祖父，也就是说，陶侃的女儿的女儿，嫁给了陶侃的儿子的儿子，这样说来，陶渊明是近亲结婚的"产物"了。

陶渊明出生于江西九江的柴桑，这个地方背靠庐山，面临鄱阳湖，山山水水，风景怡人。少年的陶渊明更多的是受外祖父孟嘉的影响，使得他同时接受了儒道两家的思想影响，既有"猛志逸四海"的理想，又有"性本爱丘山"的意趣，但是总体上，从外祖父孟嘉身上获得的道家思想的东西更多一些。孟嘉主张回归自然，曾经有人问孟嘉，听音乐，哪一种更好，孟嘉说："丝不如竹，竹不如肉。"意思是丝竹乐因为属于管弦乐，所以不如吹奏乐，而吹奏乐不如歌唱。别人问他何以如此断定，他说："渐近自然。"受孟嘉影响，陶渊明总结自己的性格是"……闲静少言，不慕荣利；好读书，不求甚解，每有会意，欣然忘食"。

虽然是将门之后，但是到了陶渊明这一代，家道已经彻底中落，陶渊明九岁丧父，与母亲、妹妹三人在外祖父家度日。晋孝武帝十八年，29岁的陶渊明第一次出来做官。关于自己的出来做官，陶渊明的解释是"亲老家贫"，又说自己是"耕织不足以自给，幼稚盈室，缾无储粟"。意思是母亲老了，家中又不富裕，而自己和妻子的耕织劳作不足以养家，孩子却太多，家中粮食不够吃。从陶渊明中年后的作品《责子》一诗看，这个"幼稚盈室"不是夸张。陶渊明有五个孩子，而且都是男孩，分别叫陶舒俨、陶宣俟、陶雍份、陶端佚、陶通佟。在之后的十三年间，陶渊明既在刘裕的手下做过官，也在桓玄的手下当过差，给他的感觉是天下乌鸦一般黑，都不能实现他"猛志逸四海"的理想；再加上他出身庶族，在门阀制度下本就受歧视。所以，一旦家中经济境况过得去，陶渊明就辞官；一旦家中境况艰难了，陶渊明就出来为官。时官时隐，很不"投入"。他先是在桓玄的手下，但是很快看出了桓玄篡位的野心，于是便以丧母为由辞职了；不久又投奔到刘裕手下做了参军，因为刘裕是打着效忠东晋的旗号的，所以赢得了陶渊明的好感。当刘裕率兵讨伐桓玄时，陶渊明乔装私行，冒险到达建康，把桓玄挟持安帝到江陵的始末，驰报刘裕，实现了他抗争篡夺者的意愿。陶渊明很得意自己这一壮举，以诗明志："四十无闻，斯不足畏。脂我名车，策我名骥。千里虽遥，孰敢不至！"但是得势后的刘裕，无情地铲除异己，杀害有功之臣，私下却任用桓玄的心腹，只是因为这个桓玄的心腹与刘裕是"哥们儿"，陶渊明再次失望，不得不再次归隐。

41岁的那年秋天，陶渊明又一次出来为官了。关于这次为官的原因，陶渊明解释说，是因为自幼相依为命的妹妹要出嫁，自家拿不出钱财做嫁妆。这一回做的官职是彭泽县令，到任后的八十一天，浔阳郡的督邮来"视察工作"，下属说"汝当束带见之"，陶渊明叹了口气，说道："吾岂能为五斗米折腰向乡里小儿！"于是挂冠归去了。这是陶渊明的最后一次当官，也是他最后一次辞官，十三年的仕宦生活，以辞去彭泽县令宣告彻底结束。这十三年，是他为实现"大济苍生"的理想抱负而不断尝试、不断失望、终至绝望的十三年。

刚刚回归乡村的陶渊明，过着世外桃源的生活。他与妻子翟氏共同劳作，周围的环境是"方宅十余亩，草屋八九间，榆柳荫后檐，桃李罗堂前"，早晨起来"晨兴理荒秽"，晚上回家"戴月荷锄归"，高兴时"采菊东篱下"，抬眼便可以"悠然见南山"。头三年的日子过得相当不错，陶渊明写过不少诗歌来描绘这一段时光。但是，三年之后，家中着了一把大火，陶渊明被迫移居到船上生活，从此生活每况愈下，再也没有缓起来。晚年的陶渊明更是穷困潦倒，越来越贫困，常常靠朋友的周济过活，他赊过账、借过钱。陶渊明描述自己这一段的生活是"夏日抱长饥，寒夜无被眠；造夕思鸡鸣，及晨愿鸟迁"，意思是，白天盼着晚上快点到来，因为白天没有饭吃；而到了晚上盼着白天快点到来，因为晚上没有被盖。即便是这样，陶渊明一直坚持，没有出仕。

公元420年，东晋被刘裕所灭，宋成立，史称刘宋。对于东晋的灭亡，陶渊明内心是痛苦而矛盾的，一方面他痛恨这个黑暗反动的朝代，中年之后坚决不与之合作；另一方面，他对这个朝代又有感情，他的先祖、祖父都在这个朝代做过官。宋文帝元嘉元年（424年），江州刺史檀道济亲自到他家访问。此时的陶渊明已经又病又饿好些天了，起不了床。檀道济劝他："贤者在世，天下无道则隐，有道则至。今子生文明之世，奈何自苦如此？"道济对陶渊明的归隐表示了理解，认为他是"天下无道则隐"的，同时又劝他出仕。但是陶渊明失望于刘裕的口是心非，拒绝了为刘裕而出仕，他说："潜也何敢望贤，志不及也。"檀道济馈赠了粱肉，但是都被陶渊明挥手拒绝了。他用这种方式表明，现在这个篡夺而来的朝代，绝对不是"有道"，不是"文明之世"！他仍然归隐。元嘉四年（427年）九月中旬，陶渊明贫病交加，大概知道自己不久于人世，在神志还清醒的时候，他给自己写了"悼词"，即后来我们看到的《拟挽歌辞》三首，在第三首诗中末两句说："死去何所道，托体同山阿"，表明他对死亡看得那样平淡、自然。

公元427年十一月，陶渊明走完了他六十三年的生命历程，与世长辞。死后被安葬在南山脚下的陶家墓地中，私谥"靖节"。

（二）陶渊明的诗风和地位

必须弄清楚一点，陶渊明不是农民，也不代表农民——他只是一个有节操、有气节的没落的地主的后代；他笔下的农村生活也不是真正的农村生活，真正的农村生活比陶渊明描述的要艰难得多！陶渊明至少可以赊账、可以借酒、可以自耕自种还可以吟诗。但是，即便如此，陶渊明毕竟是自己耕种开垦，过着自给自足的农耕的生活，一直到贫病致死，仍拒绝出仕做官。陶渊明的可贵在于，他能够做官而不去做官，他是看透了这个朝代的反动和黑暗，而决绝地不与之合作。陶渊明虽然深受外祖父孟嘉的影响，身上有道家思想的印记，但是中国古代一直以儒家思想为主体，陶渊明也不例外，他年轻时也做过"猛志逸四海"的安邦治国的梦，也打算过"达则兼济天下"，但是，当社会不允许的时候，陶渊明完整而自然地"转型"了，实现了一般文人只是停留在嘴上、实际很难做到的"穷则独善其身"。在陶渊明之前也有过归隐山林的文人，比如竹林七贤等等，但是和陶渊明相比，他们的归隐过于做作了，是"我偏做给你看"的矫情，说是"隐"，不如说是"显"，是为了"显"而"隐"；但是陶渊明不是。可以这么说，陶渊明为中国文化人做出了一个榜样，那就是，当社会黑暗、反动到自己无能为力的时候，就彻底退回到自己的精神世界里，实现和享受着自己精神上的、与旁人无关的"洁癖"；或者说，陶渊明为中国文化人建筑了一个精神的巢穴，当自己的力量实在扭转不了这个社会时，中国的文化人就会回到这个巢穴之中，在王维身上、李白身上、明清末年的才子身上，都能够找到陶渊明的影子。应该说，在中国几千年大一统的专制制度下，能够做到"独善其身"，是非常不容易的，也是非常可贵的。在当时看来，这种躲进精神巢穴的做法顶多于个人有益，于整个社会却是无补的；但是从长远看，这种精神"洁癖"未必不是中华文化中一个可贵的部分，它让中国文明在堕入混乱时保留住了最后一点的干净。

陶渊明是汉魏800年以来最伟大的诗人，他最突出的成就莫过于他的田园诗歌。在陶渊明之前，还没有一个文人（民歌除外）直接写过劳动，写过自己亲身参加的劳动，而陶渊明写出来了，他写过劳动的快乐和艰辛，写过归隐的乐趣和安逸，写过大自然优美安静的风光，也写过自己贫困交加时的困窘。陶渊明的诗歌将叙事、议论、抒情完美地结合在一起，意境引人入深，而语言却朴实平淡，创造出一种全新的风格——冲淡。

后人多用"冲淡"这个词来形容陶诗，那么，何为"冲淡"呢？准确说，以曹操父子为代表的建安文学，给中国文学带来了一种慷慨悲凉之美；曹魏后期到正始时期的文学，给中国文学带来了华丽之美。而陶渊明则创造了一个全新的美的类型，这个类型就是，在韵味上醇厚深刻，不浅薄、不寡淡；但是在语言上却是浅显平易的，不做作、不故弄高深的。陶渊明用一种浅显平易的"大白话"把深刻醇厚的内涵给"冲"开了，形成了一种"冲而后淡"的风格，展现了一个无所争求、心与境合的宁静的艺术世界。这种风格与内容就形成了一个流派，也是中国文学诗歌史上的第一个流派——田园诗派。

陶渊明的诗在当时几乎没有什么影响，甚至因为他自给自足的参加过农村劳动，担过粪，浇过地，乃至于陶渊明的后代还被人耻笑过身上"尚有余臭"。当时的文人是看不起农村劳动的，写农村风光和劳动的诗歌怎么可能入了这些人的"法眼"呢？所以，即便是刘勰，在他的著作《文心雕龙》中，对陶渊明也是只字未提。第一次提到陶渊明的，是钟嵘，但是钟嵘并没有读懂陶渊明，他在自己的《诗品》中把陶诗列为中品。倒是梁代昭明太子萧统对陶渊明有些推崇，说陶渊明是"文章不群，词采精拔，跌宕昭彰，独超众类"。并在《文选》中收录了陶渊明的诗文十余首，是作品被收录较多的作者。

陶渊明获得真正的理解和追捧，是在唐代：首先是王维对陶诗推崇备至，王维创造的山水田园诗派，其中"田园"这一支明显缘于陶渊明；之后是李白，李白对陶渊明的推崇，更表现在精神上，说自己是"安能摧眉折腰事权贵，使我不得开心颜"，分明是借助了陶渊明的原话；杜甫也写过关于陶渊明的诗："宽心应是酒，遣兴莫过诗，此意陶潜解，吾生后汝期"。真正理解了陶诗，并且把陶渊明的地位推向最高峰的，是宋代大诗人、大文豪苏东坡。苏轼对陶潜的评价很高，说"晋无文章，唯渊明耳"；还说："渊明诗初看似散缓，熟看有奇句……大率才高意远，则所寓得其妙，造语精到之至，遂能如此。似大匠运斤，不见斧凿之痕。"这大概是最准确的评价了。而且苏东坡还写过《和陶止酒》、《和陶连雨独饮二首》、《和陶劝农五首》、《和陶九日闲居》、《和陶拟古九首》、《和陶杂诗十一首》、《和陶赠羊长吏》、《和陶停云四首》、《和陶形赠影》、《和陶影答形》、《和陶刘柴桑》、《和陶酬刘柴桑》、《和陶郭主簿》等 109 篇的"和陶诗"，可见老坡对陶渊明热爱之深。更让人感觉到妙不可言的是，苏轼本人并不是孟浩然、王维等一类的归隐者——如果苏轼本人就是归隐者，由他来说另一个归隐者的优秀，倒不可信了——苏轼本是个热闹中人，是一个积极的入世主义者，由他来赞美陶渊明，就容易赢得人们的信任，一读，果然是好。自此之后，陶渊明的地位被彻底的固定下来，直到今天。

三、陶渊明诗歌赏析

1、《饮酒之五——结庐在人境》

结庐在人境，而无车马喧。
问君何能尔？心远地自偏！
采菊东篱下，悠然见南山。
山气日夕佳，飞鸟相与还。
此中有真意，欲辨已忘言。

这首《饮酒》是陶渊明的代表作，千古流传，脍炙人口。

"结庐"就是造房子，可以引申为生活，诗人一上来就说，"我生活在人世间，却是车马不到，安静闲适的。"车马喧闹实际是贵族显赫的标志，也是自己身份的标志，对于陶渊明来说，虽然家道中落，但是如果坚持为官，汲汲于富贵，还是可以与达官贵人往来交好的，还是可以做到"车马喧"的，何况本身就"结庐在人境"，哪里躲得开？但是陶渊明显然是有意识的回避了，而且对这个回避还很得意，于是引出自问自答的下一句，"问君何能尔？"，你想知道我为什么能这样做么？自然而然的归结到了问题的核心上——心远地自偏！

"偏"，在这里既可以理解为"偏僻"，同时更可以理解为"安静"，应该说"安静"的本意更好。陶渊明认为，"地"是否真的"偏"并不重要，重要的是自己的"心"安放在哪里。自古归隐，便有小隐、中隐、大隐之分，所谓"小隐隐于野"，因为自己的定力不够，心性不足，不能做到真正的回归自然、远离官场，所以只能用"野"——郊外，这个外在的客观力量来约束自己，所以无论佛道，修行者无不把寺院道观建立在荒山之巅，就是这个道理；而"中隐隐于市"，稍微有点定力的"中等隐士"可以混迹于市，不受世俗的侵扰；但是真正的大隐却是"隐于朝"。"隐于朝"不见得是一定在朝廷中做官，意思是指，真正从内心世界回归自然的人，即便是在朝廷之中，心性也是逍遥于外的,也是不会受到朝政世俗的困扰的。陶渊明要表达的,就是这个意思,"心远"是"地自偏"的原因,只有从内心世界远离这个黑暗反动的朝代,才能到达所处之地安静的结果;而安静了,即便是"地不偏",也就如同"地偏"一样了。所以这个"偏"不在乎真的"偏僻"与否,而在于"安静",否则,那个"地自偏"的"自"字的妙处,也就显不出来了。

再看这四句的结构,从逻辑上讲,第一句是道出事实,第二句是转折,第三句是自问,第四句是回答,逻辑严整,自然而然的把读者的思路带到了第四句上面;同时,第一二句是叙事,第三句是抒情,第四句是哲理,陶诗融叙事、抒情、哲理于一体的特点就是这样平白如话的显现着。从这四句诗上,我们看到了儒家的"道不远人",也看到了道家的"道无所不在,在蝼蚁,在稊稗,在瓦甓……"真正的哲理永远是一副朴素的面貌,而不是故作高深。难怪王安石惊叹说:"自有诗人以来,无此四句!"

高兴之余,诗人写出了千古名句,"采菊东篱下,悠然见南山"。诗人把这首诗定名为《饮酒》,自然有飘飘然、忘乎所以的意思,但是,何为"悠然"呢?又怎么个"悠然"呢?其实这两句诗是紧密相关的,试想:采菊是低头,见南山是抬头,作者在一低一抬之间,远处的南山(即庐山)"扑"进了作者的眼帘,而作者很自然的用了一个"见"字,而不是"看"或者"望",如果是"看"或者是"望",则意趣皆无了。因为"看"和"望"都是有意为之,而"见"是无意为之,是偶然抬头时与南山的你我相对;而按照古汉语的语法原则,"悠然见南山"有三种解释,可以理解为"悠然地见到南山",也可以理解为"见到悠然的南山",还可以理解为"悠然的南山显现出来"——因为"见"可以通假为"现"。但是无论哪一种解释,都显示出了那种人山相对、物我两忘的意境,只有闲逸自在的人,才能感受到静穆高远的山。这种境界在李白的笔下有,"相看两不厌,唯有敬亭山"。在辛弃疾的笔下也有,"我见青山多妩媚,料青山、见我亦如是";但是李白和辛弃疾的境界到底比陶渊明略逊一筹,因为无论李白还是辛弃疾,都没有真正做到"心远"。

既然南山已经悠然现身,那么随之而出现的就是山上的一切:傍晚的景象是如此的美妙,若有若无的暮霭的岚气浮动在峰际,成群的鸟儿结伴而飞向山林。看到这里,诗人不由感觉到了自己的口拙,"此中有真意,欲辩已忘言"。关于最后一句,有两种解释,一个解释是说,已经领略到了生活的真谛,所以就不必言明,所谓的"心有灵犀",语言是多余的;另一种解释是,领悟到生活的真谛,可是却找不到合适的言语将它表述出来。我个人趋向后一种解释,因为,真正的哲理也好、道理也罢,都是每一个人对生活真切而深刻的感受,这一点有些像爱情,它是一种融入了整个生命和心灵的感受,在这种感受中,语言往往是最笨拙的,就像有一句话说的那样,"如果语言能管用,那么哑巴怎么恋爱!"其实,任何逻辑的语言都不足以体现生命的微妙和整体性,如果我们一定要把它表述出来,结果就是佛家的话,"要么错,要么破"——要么是错的,要么是不完整的,而道家主张"无名"、"静虚"也在这里。只有陶渊明,这种能够体味到生命本真的大家,才能说出"欲辩已忘言"的玄机来。

2、《责子》

　　白发被两鬓,肌肤不复实。
　　虽有五男儿,总不好纸笔。
　　阿舒已二八,懒惰故无匹。
　　阿宣行志学,而不爱文术。
　　雍端年十三,不识六与七。
　　通子垂九龄,但觅梨与栗。
　　天运苟如此,且进杯中物。

陶渊明有五个儿子,名字分别是陶舒俨、陶宣俟、陶雍份、陶端佚、陶通佟。关于这五个孩子,有人考证可能不是一母所出,也有人考证说,老三和老四是一年中一头一尾出生的,还有人说是双胞胎。总之,这五个孩子都不能令人满意,所以,陶渊明50岁时写出了《责子》一诗,表达了对五个孩子的失望。

更有人说，陶渊明之所以生出这么五个很不成器的孩子，是因为常年饮酒所致，使得遗传基因不好。陶渊明爱喝酒，这是没有任何疑问的了，有两件事可以为证，一是陶渊明任彭泽县令时，为求"尝得醉于酒"，竟准备将三百亩公田全部种上供酿酒用的秫米。遭到了妻子的极力反对，认为口粮是第一要紧，他才分出五十亩种了粳稻。二是陶渊明晚年归田浔阳，他的好友颜延之赴始安太守任，路过浔阳，见他穷愁潦倒，曾赠钱二万，以补其生计，陶渊明将所赠之钱悉数送至酒家，以随就取饮。男人饮酒过多，自然身体受损，生出的孩子弱智也就难免了。但问题是，《责子》一诗说的是不是这回事？

我们还是看作品。

陶渊明一上来就说自己的衰老，白头发已经布满了鬓角，肌肤也不像以前那么丰满结实了。人一老，就容易把希望寄托于后代，于是转向五个孩子，"虽有五男儿，总不好笔纸"，责怨之情跃然纸上。但是在这里请大家注意，陶渊明对孩子的不满是表现在"笔纸"，也就是学习成绩上，这里面大有文章可做，待我们后面再谈。然后，分别历数他们的"不是"：老大叫阿舒，年已十六了，却懒惰无比——找不出对手的懒惰。"匹"是匹敌的意思，同时又是"二""八"俩字的合体，这是拆字的修辞方法；然后是老二阿宣，他今年快十五岁了，却也是个不爱学习的料，在这里，陶渊明用"行志学"代指十五岁的年龄，用的是孔子的原话，"吾十有五而志于学"，分明是拿老二比孔子，比较的结果是，自家的宝贝儿子虽然也排行老二，却大大地不如人家孔仲尼。接下来就是同一年龄的老三和老四了——且别管是同年而生还是双胞胎吧，反正这俩是一样的年纪——都是十三岁了，却连六七八九都分不清。陶渊明之所以说他俩是"不识六与七"，是因为六加七等于十三，这里用了数字的加法。最后一个是老五，说他快九岁了，只知道要梨和栗子吃，这里又用了孔融让梨的典故，孔融四岁让梨，自己的孩子都九岁了，连孔融都不如啊！比不了孔子还比不了孔子的孙子吗？唉唉，生了这么五个孩子，真是人生的失败啊！

陶渊明把五个儿子——数落一番后，貌似想通了，"天运苟如此，且进杯中物"，没有办法，还是喝酒吧。问题是，陶渊明是失望么？

是数落么？

持"数落"观点的代表人物，当属杜甫。杜甫认为，陶渊明虽然避世隐居，但是终究没有进入忘怀得失的境界，从他对五个孩子的要求——学习成绩上，就可以看出，他还是希望孩子走仕途的（杜甫《遣怀》）。而持反对意见的代表人物是黄庭坚，认为这首诗"慈祥、戏谑可观也"。应该说，黄庭坚的观点更接近陶渊明的本意。

做过父母的人都知道，有些数落实际是一种特殊的父爱、母爱的流露，而孩子如果真的不争气，父母是羞于现于人前的，陶渊明也是如此。五个孩子的毛病可能存在，但是在陶渊明看来，不是什么原则性的问题，所以陶渊明采用一种夸张、诙谐的言语来表述这些所谓的"缺点"：拿孔子、孔融等大贤来比较，用拆字、数学加法来类比，使得别人读起来忍俊不禁，在又好气又好笑之间，体味到作为父亲那种漫画式的责备——实则是人到老年后对自己儿女那种深深的舐犊之情。而最为关键的，是陶渊明对孩子的责怪，不过是停留在懒和学习上，并没有责怪他们不懂仕途经济，这与不能忘怀得失无涉。

古代诗人写给儿子的诗不少，我们熟悉的有两首，一个是陆游的《示儿》，一个是张耒的《示秬、秸》，都是励志作品；也有写儿女情态的，比如左思的《娇女诗》，但是一说到儿女情态，往往是写女孩儿，而老子写给儿子的，一般都是板起面孔说道理。但是陶渊明却不是这样，以一种溺爱之情写几个儿子，而不是励志，恰好说明陶渊明忘却世俗的情怀。至于杜甫的理解，不能说都错，只不过一向"忧国忧民"的老杜过于认真、过于实在了，这也决定了老杜的一生只能是"葵藿倾太阳"，不可能做遍访名山的李白，更不可能做"王孙自可留"的王维，也当不成"采菊东篱下"的陶渊明。

3、《拟挽歌辞·其三》

荒草何茫茫，白杨亦萧萧。
严霜九月中，送我出远郊。
四面无人居，高坟正嶕峣。
马为仰天鸣，风为自萧条。

幽室一已闭,千年不复朝。
千年不复朝,贤达无奈何。
向来相送人,各自还其家。
亲戚或余悲,他人亦已歌。
死去何所道,托体同山阿。

  从我个人来讲,在陶渊明所有的诗歌中,我最喜欢的是这首《拟挽歌辞·其三》,词学家吴小如也是这么认为的;而萧统在自己的《文选》里,三首《拟挽歌辞》也只收录了这一首。之所以喜欢这部作品,倒不光是写得好——陶渊明的作品没有写得太差的,关键还有另外一点,那就是,《拟挽歌辞·其三》涉及了中国人一直回避、实际上没有办法回避的一个问题——如何看待死亡。

  有生必有死,死亡是我们人类无论如何也回避不了的问题,然而自古以来,中国人一直回避着这个问题,有言曰:"未知生,焉知死?"又说:"先事人,后事鬼。"民间也认为"好死不如赖活着"。中国人之所以回避死亡、拒绝思考死亡,究其根本,是因为中国文化中缺少一个东西,而这个东西在西方文化中一直存在的,那就是——上帝。

  西方人不回避死亡,因为他们信仰"上帝"的存在。西方人认为,人的"生"分为两个部分,一个是肉体的"生",一个是灵魂的"生"。肉体的"生"是在此岸,即人世间,它是短暂的;而灵魂的"生"是在彼岸,它是永恒的。而这个彼岸就是上帝,人的灵魂在上帝那里永恒。所以,从这个角度说,人是"不死"的,或者说,人世间的"死"只不过是"生"的一个转化而已。既如此,有什么可怕的?又有什么不可探讨、不可直面的呢?!

  中国文化的务实精神决定中国人没有演化出"上帝"这么一个外在的超越,所以,死就是死,是"生"的永远的终结,虽然佛教有来世、有轮回的说法,但是毕竟是"来世"而不是"本世"了。所以,中国人的拒绝谈论死、回避死,说到底,是对死亡的恐惧。也正因如此,中国人过于贪生了,中国的哲学过于务实,过于"活命"了。

  但是陶渊明诗歌例外,至少在诗歌表现上,陶渊明表达了这种难得的例外——他看破了死亡，跳出了这层恐惧，我想，这是他从决定归隐那一刻就已经想明白的问题了。

这三首《拟挽歌辞》作于陶渊明生命的最后一刻，两个月后陶渊明离开了这个世界。面对自己的不久人世，陶渊明很清醒，他自己为自己完成了这份特殊的"悼词"。

诗歌的一开头就很奇特，陶渊明想象着自己已经"死"了，别人抬着棺木把自己——就是诗中的那个"我"安葬在郊外。以现实中还活着的"我"，来审视已经死亡了的、成为尸体的"我"，很有几分升天后的灵魂转回头来看自己的肉身的感觉——不知陶渊明是否意识到了这一点？

落日之下，茫茫荒草；悲风之中，萧萧白杨。亲戚们将死了的"我"抬出郊外，葬在坟墓之中，四面无人，高坟耸立。当"我"被下葬的时候，马为我仰天而鸣，风为我嚎啕怒吼。写到此，陶渊明有几句议论，这几句议论从内容上说并不是必须的，"幽室一已闭，千年不复朝。千年不复朝，贤达无奈何"，意思是说，这棺材的盖子一旦盖上，什么都完结了，就算是贤达者又能怎样？但是从结构上说，这几句又是必须的，为后面说自己的哲理认识做了铺垫，否则，后面那么沉重的、关于"死"的感悟，就来得太突兀了。

陶渊明的诗，好就好在他几乎不用比兴，而完全用赋体，而且是大白话的赋体。在平白如话中，于不经意间挑破生命的大感悟，没有悟性的人则一看而过，陶渊明不过故作深奥的吓唬你；但是有这份悟性的人，却不由得惊出一身的冷汗来！

果然——"向来相送人，各自还其家。亲戚或余悲，他人亦已歌！"因为缺乏宗教的对话和对生命的审视，所以中国人的葬礼多热闹、少沉静，讲究的是"哭天抢地"、"力不能支"、"死去活来"。但是，这种"死去活来"的哭泣是否全都发自内心？大可值得怀疑，陶渊明一语点破：在哭天抢地的亲戚们中，跟自己有血缘关系的父母子女等，葬礼过后，再想到死者可能真的有一些难过，但是更多的人送过了葬，就该干什么干什么去了。在《论语·述而》中有这么一段记载，"子于是日哭，则不歌。"说孔子参加了一个葬礼，在葬礼上哭了，回来后好几天不再鼓乐。孔子这么做，一来可能是因为感情上一时转不过弯来，二来应该是因为自己是一个有修养的人。一般人在葬礼上流露悲伤，也是合乎人情；但是从感情上说，如果与死者没有什么太深的交往，葬礼一过，自然是该干什么就干什么去了，这也是人情。只不过陶渊明早就参透了生死，平静地把这个事实说出来了而已。中国人好说"我死给你看"，唉……陶渊明早就告诉你了——"亲戚或余悲，他人亦已歌！"你死给谁看啊？谁会看你啊！

全诗最精彩的是最后两句，"死去何所道？托体同山阿！"关于这一句，有两个解释，一个将这个"道"字解释为"说"，翻译为"人死了还有什么可说的"；还有一种解释，将"道"解释为"道路"，引申为"去"，"人死了，去了哪里呢？"我个人趋向后一个解释，人死后去了哪里……

人死后去了哪里？这是中国人一直不愿思考、也思考不出来的东西；而陶渊明却这么轻松地就思考过了，也回答过了——"托体同山阿！"人是物质，虽然陶渊明未必认识到这一点。但是，人也好，动物也好，确实是物质，这是现代科学已经证明了的。当我们把一只死了的猫或者狗葬埋在果子树下时，几年后会发现，那猫狗的肉体已经不存在了，它们去了哪里呢？而那棵果子树的果实却特别甜……人不过是物质的一种组合，当我们把自己的遗骸埋在泥土中，就等于把物质归还给了物质世界，它化作尘埃，与大山同体，与大山永恒了。

在陶渊明之前，无论是孔孟还是老庄，都没有这么直面过死亡本身，没有从死亡的角度来设想死后的问题，庄子想到过化蝶，而孔子干脆彻底回避；但陶渊明不是，他是直面，而且是用诗歌的形式、以自己的死为参照物去直面，这就前无古人了。没有足够的人生修养和艺术修养，是无法构想出如此新奇而真实的、既充满现实主义的理智又充满浪漫主义的瑰丽的作品来。我甚至以为，之后冯至的那首《什么能从我们身上脱落》是受了陶渊明的启迪……

第八讲 南北朝民歌——《西洲曲》

一、南北朝的形成与南北朝民歌

南北朝是一个很笼统的概念，实际上，到隋代589年再一次统一中国之前，中国处于大分裂的时间已经是长达三百多年了。东汉末年天下大乱，导致三国鼎立；265年曹魏大将军司马炎建立西晋，但是西晋是一个短命的王朝，很快因为"八王之乱"而败灭。被迫南迁后定都建康，成立东晋，时间是317年。动乱的北方地区历经100多年之后，在439年被鲜卑人拓跋氏所占领，成立北魏王朝。后来北魏王朝分裂为东魏西魏，东魏西魏又分别被北齐北周所更替，直到589年被隋朝统一，以上为"北朝"。与此同时，南迁的东晋在经历了103年之后，420年被大臣刘裕所灭，建立宋朝，史称刘宋，之后宋齐梁陈更迭，是为"南朝"。

熟悉中国地理情况的人都知道，中国没有东西之分，而有南北之分，这是因为中国有一条非常关键的大河——长江。长江的存在，将中国划分为南北两部分，即便是没有战争造成的南北分裂，南方人和北方人也有着明显的差异；而中国一旦从"分久必合"走向"合久必分"，常常是"划江而治"，政治上的独立导致南北的差异就更大了。

中国的南方，水路纵横，花红柳绿，暖风湿雨；而中国的北方，地广人稀，气候干燥，冬季寒冷而漫长。地理环境决定经济类型，而经济类型决定人际关系和人的性格。南方除了种植粮食作物外，还可以大量种植经济类作物，所以南方的经济模式比较多样，除了传统的农业生产外，还有各种各样的商业模式。同时，南方一直远离中国的政治中心（从周天子开始，中国的政治中心一直是在北方），所以南方人性格温和而灵秀，对待感情缠绵而多情，较之北方，受到封建礼教的束缚要少得多，表达感情大胆却又含蓄委婉。而北方经济模式相对单一，受到的正统教育比较多，加上气候的影响，所以北方人一般性情粗犷而豪迈，刚劲木讷有余而灵动温情不足。这些差异表现在文学作品上，尤其是民歌上，就非常的生动有趣、判然有别。

比如，同样是写女孩子的形象外貌的，南方女孩的样子是"宿昔不梳头，丝发披两肩。婉伸郎膝上，何处不可怜。"不仅容貌温婉——留着长长的披肩发，而且表述含蓄：长长的披肩发婉伸在情郎的膝盖上，那个女孩子的脸又在何处呢？不言自明却含蓄不尽。而北方的女孩子则不是这样，"谁家女子能行步，反穿夹衫后裙露"，女孩子出来大大咧咧、风风火火，健步如飞不说，还把衣服穿反了。

同样是写反抗婚姻的不能自主，南方女孩子这么说，"打杀长鸣鸡，弹去乌臼鸟，愿得连冥不复曙，一年都一晓。"什么叫"愿得连冥不复曙"？什么叫"一年都一晓"？她什么也没说，实际她什么都说了，也什么都做了，含蓄中有热烈，热烈中不失含蓄。而北方女孩子却没有这份心计，"驱羊入谷，白羊在先。老女不嫁，踏地呼天！"直言催嫁，干脆利落；甚至大大方方的劝母亲，"阿婆不嫁女，哪得孙儿抱？""天生男女共一处，愿得两个成翁妪"，一片憨直的可爱。至于南方女子用什么"丝"啊"莲"啊来暗示自己的款款心曲，北方女子干脆表示，听不懂，"我是虏家儿，不解汉儿歌"。

同样是写对于异性的感受，南方人这么表述，"夜来冒霜雪，晨去履风波。虽得叙微情，奈侬身苦何！"这应该是一首从男子的角度写出来的情歌，那个不是自己妻子的女人，夜间冒着风雪悄悄而来，天不亮踏着清霜默默回去，男子在她身后相送却不敢送得太远，于是自我感叹，虽然能够叙说温情，也实在是苦了你了。且别说北方男子能否接受这种地下情感，即便是接受，估计也没有这份细腻。他们更愿意表达这样的感情："新买五尺刀，悬着中梁柱。一日三摩娑，剧于十五女！"

再比如写环境，南方的环境是"日暮伯劳飞，风吹乌臼树"，而北方却是"敕勒川，阴山下，天似穹庐，笼盖四野。天苍苍，野茫茫，风吹草低见牛羊"。

除了自然环境之外，北方的人文环境也远逊于南方。从北魏甚至更早的前秦（苻氏）、西凉开始，到北周（宇文氏）和北齐（高氏），没有一个不是以马上征战为主要生活方式的少数民族，他们不大懂得汉文，更不懂得汉文化，自然写不出雅丽的诗篇来。而北朝的汉人是生活在这样粗粝性格的少数民族统治之下的，动辄被夷灭三族，哪有什么情趣可言？颜之推在他的《颜氏家训》中记载这么一个故事："齐朝有一士大夫，尝语吾曰：'我有一子，年已十七，颇晓书疏。教其鲜卑语及弹琵琶，稍欲通解。以此伏事公卿，无不宠爱，亦要事也。'吾俯而不答。"想想看，一个年方十七岁很有才气的男孩子，只学了一点少数民族的语言和乐器，便凭借这个本事去侍奉达官贵人了，而当父亲的却认为这才是最最重要的事情了——汉人的地位是多么的可怜啊！

在这样南北绝然不同的自然环境和文化环境中，南北方分别诞生了自己的代表作品，北方是《木兰辞》，而南方则是《西洲曲》，两者被合称为南北朝民歌的"双璧"。但是总体上说，北方的文学似不如南方发达。

但是，奇怪的是，相对《木兰辞》，我们对《西洲曲》的了解要少得多。《木兰辞》在1949年之后广泛流传，我想有以下两个原因：第一，保家卫国的主题；第二，妇女解放的故事。但是从艺术的角度说，《西洲曲》应该在《木兰辞》之上。

二、赏析《西洲曲》

忆梅下西洲，折梅寄江北。
单衫杏子红，双鬓鸦雏色。
西洲在何处？两桨桥头渡。
日暮伯劳飞，风吹乌臼树。
树下即门前，门中露翠钿。
开门郎不至，出门采红莲。

采莲南塘秋，莲花过人头。
低头弄莲子，莲子清如水。
置莲怀袖中，莲心彻底红。
忆郎郎不至，仰首望飞鸿。
鸿飞满西洲，望郎上青楼。
楼高望不见，尽日栏杆头。
栏杆十二曲，垂手明如玉。
卷帘天自高，海水摇空绿。
海水梦悠悠，君愁我亦愁。
南风知我意，吹梦到西洲。

《西洲曲》很美，但《西洲曲》很模糊。

模糊在于以下几点，第一，它的作者究竟是谁。有人说《西洲曲》太精致了，不像纯粹的民歌，于是断定它的作者是江淹，但是没有得到坐实的根据。第二，诗歌中反复提到的"西洲"究竟是哪里？诗中没有交代。第五句的"西洲在何处"，仿佛要引出西洲的地点，但是"两桨桥头渡"又把想说的话咽回去了，等于没说。第三，也是最大的模糊，这首诗的主角究竟是男子还是女子？大部分人趋向于女子，从诗中提到的"采莲"这个动作看，也应该是女子；但是"折梅寄江北"又是什么意思？一般有男子给女子送花，鲜见女子给男子送花的。如果将诗歌头四句的起唱设定为男子，中间的对唱设定为女子，结尾四句还设定为男子，从逻辑上是通顺了——男女对唱，但是在情理上又不通了，因为长江很宽阔，相爱的男女何能隔江对唱呢？

所以，我们也只得从俗，把诗歌的主人公设定为一个女子，对着江北吟唱，表述着离开江南、到江北去而不归的情人的怀念。

一上来说，想起梅花已经在江南的西洲开放、落下，而江北的梅花想必还没有得到春风的吹拂，还没有开放，所以我折一支江南的梅花寄往江北，"忆梅下西洲，折梅寄江北"。"下"是"落下"的意思。然后自己描述起自己这个江南少女的美丽动人，仿佛在勾起江北男子的回忆——有这样一个美少女在等待你，难道还不回来么？这个江南少女的样子如何？"单衫杏子红，双鬟鸦雏色"。头发乌黑如雏鸦一般，但这不是最妙的；最妙的是这个女孩子对自己衣衫的交代——单衫，而且是"杏子红"，不是北方少女那种红则红得彻底、绿则绿得干脆的色彩。想想看，身着杏红的单衫的南方少女，站在江边，春风吹拂下，身材玲珑，是多么的曼妙可人，绝非北方可以混过人耳目的花木兰。实际上，"单衫"是为了突出女孩子的身材玲珑，而"鸦雏色"除了说明女孩子年龄在十五六岁左右外，还反衬了女子面容白皙和姣好。

接下来说自己的居住地——西洲。但是，不知道是因为女孩子太含蓄了呢，还是觉得男子应该记得西洲在哪里，总之，没有把西洲的具体地点说明，而是着重描述了西洲的环境，"日暮伯劳飞，风吹乌臼树"，当傍晚的时候，象征着爱情的伯劳鸟成群结队，而江风吹得乌桕树哗哗作响。

从诗歌的第九句至第十二句，写少女沉浸于忆念、相思中。风吹叶落，她误以为是情人足音，于是"门中露翠钿"，从门缝中探出头等候情人的到来。一"露"，表露了急切，但是以"翠钿"代替"头"，又含蓄的写出了少女害羞的情怀。但情人依旧是无影无踪，于是心中的焦急之情再也抑制不住了，"开门郎不至，出门采红莲"，为了掩过邻人的耳目，只好借故出门去采莲。此刻的她，百感交集：深切的思念，失意的感觉，受窘为难的心态，一起涌向心头。这种含羞的姿态，渴慕相思的神色，一系列巧作掩饰的动作，描绘的惟妙惟肖，跃然纸上。于平常的动作中，巧妙地刻画出女子微妙的心理，及对爱情胸怀一颗赤诚之心。而接下来则是全诗最精彩的地方，"采莲南塘秋，莲花过人头。低头弄莲子，莲子清如水。置莲怀袖中，莲心彻底红……"南方民歌总体上含蓄而不失热烈，其中谐音的使用是它的一大特点，在这几句诗中，"莲"和"莲子"反复出现，"莲"谐音"怜"，而中国古汉语中没有西方语言"爱"这个意思（古汉语的"爱"，更多表达爱护、尊重、吝啬的意思），表达同样感情的，是"怜"——"怜"就是爱；而"子"的意思是尊称对方，可以理解为"你"。这一段中"莲子"反复出现，这个女孩子在热烈而含蓄的表达着对远去江北、杳无音讯的情郎的感情,我是多么的"爱你啊"、"爱你"、"爱你"、"爱你"……而爱你的那颗心——"莲心"又是"彻底红",一语双关地表达了自己的忠贞。

然而情郎还是没有到来,于是女孩子的感情表达由含蓄转为直白,"仰首望飞鸿"。大雁飞行时,在天空上排出的是一个"人"字,雁回,意味着思念的"人"回来了。所以在古代,鸿雁一直是亲人、情人捎书传情的象征,所以李清照才有"雁字回时,月满西楼"的词句。仰首望飞鸿,是直接的表述了对情郎的盼望。但是当"鸿飞满西洲"的时候,仍然没有得到情郎的音讯。

在这里,请大家注意季节的悄然变化:忆梅下西洲——这是初春,采莲南塘秋——这是盛夏,鸿飞满西洲——这是深秋。作者通过不同景物的变化,巧妙的写出了女子对情郎的四季相思,转换是那么得自然流畅,几乎没有任何痕迹。而接下来的诗句更为微妙,女子为了远望江北,干脆登上高楼,但是"楼高望不见,尽日栏杆头"。而开头写的是"日暮伯劳飞",后边写"采莲南塘秋",最后写"尽日栏杆头","尽日"就是"落日",从一个傍晚的日暮,写到第二天的白天,再写到第二天的落日,写出了女子的整日相思。

还有一个细微的动作不要忽略,就是"栏杆十二曲,垂手明如玉"的这个"垂手"。前面有"置莲怀袖中",此时却"垂手",这两个动作连起来,表达了女子整日相思却没有盼望到任何消息的失望。

最后四句,写夜间的梦想。女子设想着情郎一定是因为什么绊住了,所以不能回到江南,他也一定为此而愁闷不堪,于是说"君愁我亦愁";假如南风知道我们的心意,就把我对你的思念之梦吹到江北,吹到情郎的身边吧!

《西洲曲》,一共三十二句,是南朝乐府民歌中少见的长篇。全文感情十分细腻,充满了曼丽宛曲的情调和清辞俊语,连翩不绝,令人情灵摇荡。可谓这一时期民歌中最成熟、最精致的代表作。除了上面我们说的"谐音"之外,《西洲曲》还有一个很明显的特点,那就是顶真格的使用。从"日暮伯劳飞,风吹乌臼树"开始,以下全是顶针。请看,"……风吹乌臼树,树下即门前,门中露翠钿";再看,

"低头弄莲子,莲子清如水";还有,"忆郎郎不至,仰首望飞鸿。鸿飞满西洲,望郎上青楼。楼高望不见,尽日栏杆头。栏杆十二曲,垂手明如玉";"卷帘天自高,海水摇空绿。海水梦悠悠,君愁我亦愁";一直到最后一句"吹梦到西洲",又可以回到第一句"忆梅下西洲"。如此环环相扣,接字成篇,不仅节奏和谐,优美动听;而且声情摇曳,情味无穷,预示着他们的爱情环环相连,不可中绝。难怪历代文学家对《西洲曲》推崇备至,清代诗人沈德潜称其"续续相生,连跗接萼,摇曳无穷,情味愈出"(《古诗源》卷十二);陈祚明则谓之"言情之绝唱",均不无道理。

第九讲 初唐诗歌与陈子昂

一、初唐诗歌介绍

唐代文学是中国文学历史上最为辉煌的一个时期，也堪称是唯一的时期，之后没有一个朝代在文学上，尤其是诗歌上能够超过唐代了。整个唐代独具风格的诗人有 2000 人之多，超过了先秦到南北朝的总和；而《全唐诗》收录的诗歌将近49000 首，是先秦到南北朝诗歌总数的三倍之多。这样繁荣的局面的形成，有内外两大原因，涉及到了方方面面，在此不再赘述。但是和任何一个新鲜事物的发展一样，唐代诗歌的繁荣也不是一上来就有的，而是经历了一个漫长探索的过程，这也是后人把唐代诗歌分为初唐、盛唐、中唐和晚唐的原因。

我们所说的初唐，一般是指唐代从立国之初到唐中宗这一段时间，历时 100 年左右，这是盛唐诗歌到来的准备阶段。唐朝的前朝是隋，隋代立国只有 37 年，更多的是在政治上为唐代大一统的到来铺平了道路，而在文学上，建树不多；所以唐代初年，整个文坛还是继承了南朝的文风，靡艳哀婉，绮丽妩媚，讲究辞藻的堆砌和典故的使用。在这个基础上，初唐的诗人开始了两条绝然不同的诗歌道路的探索。一条道路的代表者是上官仪、沈佺期和宋之问，一条道路则是"初唐四杰"和陈子昂。从唐代诗歌发展的这个角度，二者都不可或缺，并不能说上官仪和"沈宋"就没有意义。

上官仪是贞观时期到武周时期很重要的诗人，是"宫廷诗人"的代表——中国的诗歌有着为朝代歌功颂德的功用，这一点必须承认，而宫廷诗人恰恰就是这一类作者。上官仪的诗歌，写景细腻清丽，对仗工整讲究，如"落叶飘蝉影，平流写雁行"这样细致讲究的诗句。上官仪还提出了"六对"、"八对"等对仗的说法，一时被称为"上官体"。

在上官仪之后的还有杜审言（杜甫的祖父）、沈佺期和宋之问，其中"沈宋"的名气和贡献则更大一些。"沈宋"都是武周后期的宫廷诗人，因常年生活在宫廷内院，过着悠游闲适的生活，他们的创作自然多限于酬唱和咏物，感慨风景变化，点缀歌舞升平，辞藻华丽但是内容贫乏。但是，宫廷充裕的时间，使得他们能够静下心来琢磨诗歌艺术，尤其是汉语言的声律特点。他们提出，为了使诗歌吟诵时更加朗朗上口，应该注意上一句与下一句的对应，不仅平仄相对，还要求平仄相粘；每一对上下句叫做"联"，八句话的诗歌必须有四联，其中一二句叫首联，七八句叫尾联，不必强求对仗；而三四句的颔联和五六句的颈联，必须对仗。而且这种对与粘要贯穿全篇，声律和谐。比如沈佺期有名的诗句，"白狼河北音书断，丹凤城南秋夜长"，对仗相当工稳，读来错落有致，显现出汉语言单音和平仄的两大特点。因为讲究声律，所以谓之"律诗"，所以"沈宋"这个称谓，也是律诗定型的一个标志；而律诗又是唐诗最重要的样式，是唐诗的一个标志。

但是无论是上官仪也好还是"沈宋"也好，诗歌题材还是局限于宫廷文学应景咏物的范围内，写得多了，难免无病呻吟。他们缺乏对整个社会的关注和激情，更缺乏一种雄杰慷慨的风格；同时他们志得意满，功成名就，所以，在题材上的变革，不可能来自这些人，必须由下层文士们来承担，这就使得我们的目光关注到了"初唐四杰"。

"初唐四杰"是指王勃、杨炯、卢照邻和骆宾王，大多生于贞观年间。这个排位是怎么来的，说法不一，据说是宋之问最先使用"王杨卢骆"这个称呼（《祭杜学士审言文》），而真正流传开来的，是杜甫的那首《戏为六绝句》："王杨卢骆当时体，轻薄为文哂未休。尔曹身与名俱灭，不废江河万古流。""四杰"的个性并不相同，成就也不一样，但是他们有着共同的特点，那就是：第一，出身下层，官职卑微，胸中自有一种不平之气；第二，才华过人，充满激情幻想，不甘人后；第三，他们共同反对南朝齐梁以来纤巧浮靡的诗风，提倡刚健骨气。这样三点结合在一起，使得他们的创作绝然不同于上官仪们，比如杨炯的《从军行》说道："烽火照西京，心中自不平。牙璋辞凤阙，铁骑绕龙城。雪暗凋旗画，风多杂鼓声。宁为百夫长，胜作一书生。"虽然充满了书生意气，但是这种渴望建功立业的志向和慷慨激荡的情怀，又怎么可能是"沈宋"这样的宫廷诗人能够想象得到的呢！

"四杰"中最出色的当属王勃，他居"四杰"之首，没有争议。《送杜少府之任蜀川》流传千古：城阙辅三秦，风烟望五津。与君离别意，同是宦游人。海内存知己，天涯若比邻。无为在歧路，儿女共沾巾。

这是一首送别诗。自古多情伤离别，因为古代交通往来困难，中国人有安土重迁，所以送别诗总是充满了一种悲切之情。而王勃的这首送别诗却一改古意，翻出了一种难得的昂扬向上精神，奏响了一个时代的大气和磅礴。

诗歌一上来气势宏伟：广袤的三秦大地辅护着巍峨的长安城阙，而隔着渺渺茫茫的风烟仿佛能够看到川蜀大地，为这首诗奠定了一个昂扬的基调。接下来，作者安慰即将离开首都的好友杜少府，"我与你相别的感情是一样的，因为我们都是为了从官而到处奔波之人"，一下子拉近了双方的距离，那种凭借在朝官员的身份去"送"在野官员的居高临下的自豪感，就没有了，而这种平易质朴，只有在"四杰"这样出身下层的官员的身上，才会存在。在这种平易相对的感情中，诗人写下了千古名句，"海内存知己，天涯若比邻"，时空的距离都不足为道，只要心灵相通，就算是身处天涯海角，也如同邻居一样。最后诗歌又回到朋友的感情上，"劝了你这么半天，就不要在分别之时，作小儿女状，泪湿衣襟了"。如果说有些不足的话，就是这个结尾有些弱了，托不住前面的大环境——"城阙辅三秦，风烟望五津"和大感情——"海内存知己，天涯若比邻"。但是，不影响这是一首难得的好诗。

二、政治诗人陈子昂

（一）陈子昂生平介绍

陈子昂是对唐代诗歌发展有过重大影响的诗人，同时也是初唐极具戏剧色彩的政治诗人,他的命运的起伏与他和武则天关系的疏密,形成了非常契合的对应。

陈子昂字伯玉,今四川射洪县人,生于659年,卒于700年,享年仅仅41岁。他出身与一个富裕的庶族地主家庭,少年时性格慷慨豪侠,任性使气,仗义疏财,直到十八岁仍"未知书"。后发愤苦读,第一次科举落第后,他愈加勤勉努力,终于在第二次科考时登进士第。由于两次上书武则天直言政事,深受武则天的赏识,提拔为秘书省校书郎,官右拾遗。

关于陈子昂的事迹,除了我们知道的作品《登幽州台歌》外,还有两件事使得陈子昂名声大布,一件事是他买琴摔琴的故事,一件事是他为杀人凶手徐元庆的辩护。《旧唐书》上对陈子昂的评价是"褊躁",意思是性情急躁而心胸狭窄。那么陈子昂是不是"褊躁"呢?先说第一件事,买琴摔琴。

陈子昂初到京城长安,虽自认才华横溢,却无人赏识。一天正在街上闲游,忽见一老者买琴,陈子昂便过去,以三千钱的天价将琴买下,围观者都觉得"琴""人"不凡。陈子昂对众人说,"明天在寓所宣德里为大家演奏,敬请光临"。第二天很多人前来听琴,其中不乏文人骚客,名流达贵。陈子昂抱琴出场,当众将琴摔碎,言道:"庶人陈子昂,有文百轴,不为人知,此贱工之技,岂宜留心!"言罢,取出诗词文稿,分发给在场的人。在场的一些名流看后,个个感叹不已。于是,陈子昂声名大振,"一日之内,声华溢都"。这个故事的真伪一直没有得到证实,从文人雅事的角度说,这样的故事如同"李白醉草吓蛮书"一样,讲上一讲是没有什么妨碍的;但是从中国古代知识分子为人处世的操守来说,陈子昂这样做并不被看好,难免有自我炒作的嫌疑。

第二件事情就是陈子昂为杀人凶手徐元庆辩护这件事。武周时期发生过一桩轰动一时的命案,御史大夫赵师韫在外出公干途中被人杀死于一家驿站,凶手是同州下邽(今陕西渭南)人、驿站的差役徐元庆。徐元庆之所以要杀害朝廷要员,是因为父亲犯罪被赵师韫正法,而徐元庆是为父报仇。从现在的角度看,徐元庆是凶犯,这是毫无疑问的；但是在当时看来，替父报仇是最大的"孝"，是应该大大的表彰的。那么究竟是该杀还是该予以表彰，引发了激烈的争论。案件上报后，武则天拿不出主意，只好叫群臣想办法。陈子昂专门写文《复仇议》，他认为，国法规定杀人者死，所以徐元庆应该被处死；但是又因为徐元庆是替父报仇，是"孝顺"，所以，在处以死刑后应该在他的乡里立牌坊挂匾额，以示旌表，也显示了朝廷的德行。陈子昂的观点得到了武则天的认可，陈子昂自己也很满意，认为自己的处理方法应该"编之于令，永为国典"。

之后，唐高宗亡，陈子昂因讨论陵墓地址之事深得武后之心，被召见于金华殿；等到武则天正式称帝，他又上《受命颂》、《庆云章》等文，向武帝讨好卖乖。

从这几件事看，陈子昂是不是"褊"先放下不说，但是"躁"确实是有些了——他过于汲汲于声名富贵了。但是最终，陈子昂还是死在了武则天的手下，这缘于他的那三十八首《感遇》。

武周期间，告密制度大兴，武则天不仅任用酷吏，弄得朝中官员因为进言不慎动辄被杀而人人自危，而且武后自己对于自己子女的残忍起到了变态的"表率"作用，一些官员仿效武则天，大义灭亲。陈子昂对此很看不惯，多次劝谏，认为滥杀无辜会酿成大祸，为此写下了《感遇》三十八首，不想开罪了武则天。不久，武则天计划开凿蜀山，远征西南的少数民族，陈子昂又上书反对，主张与民休息，因言论切直而不被采纳。一度因"逆党"反对武则天的株连而下狱。在狱中又被县令多次勒索钱财，最终冤死在狱中，年不足 41 岁。令人不解的是，陈子昂直到冤死狱中，也没有被解除官职，那么一个县令哪里有这样的胆子来折磨一个朝廷命官呢？所以后人猜测，说到底是陈子昂开罪了武则天，而武则天深信她的内侄武三思，是武三思下令县令，将陈子昂折磨致死的。但是不管怎么说，陈子昂走完了他短暂的一生，为初唐诗歌的发展留下了浓墨重彩的一笔，值得后人追慕。

（二）陈子昂作品赏析
1、《感遇·其四》

乐羊为魏将，食子殉军功。
骨肉且相薄，他人安得忠？
吾闻中山相，乃属放麑翁。
孤兽犹不忍，况以奉君终。

"感遇"，实际是省略了一个介词"于"，是"感于遇"，对一件遇到的事情有感触。那么，陈子昂遇到了什么使他"有感"呢？

武则天还不是皇帝时，为了夺取权位，杀了许多人，特别是唐朝李氏宗室，包括她自己出生才几个月的长女，后来又先后杀死了太子李宏、李贤和皇孙李重润。满朝文武为了向武则天表忠心，纷纷学习她的"大义灭亲"，仿佛谁越"灭"的残忍，谁越效忠武后。其中发生了一件事，大臣崔宣礼犯了罪，武则天觉得事情不大，已经决定赦免他了，但是崔宣礼的外甥霍献可却坚决要求武后判处自己的舅舅死刑。武后表示罪行在赦免范围之内，不必处死了，但霍献可以头撞柱，血流满面，表示不徇私情。感慨于这种伪诈的政治风气，陈子昂写了这首《感遇·其四》。

这首诗算不上什么有分量的好诗，但是正如清代学子陈沆所说，"刺武后宠用酷吏淫刑也"，所以可以这么推论，陈子昂以朝中官员的身份下狱，直至迫害致死，与武则天的报复不是没有关系的。

诗歌由两个部分组成，两个部分是两个故事与议论。

第一个故事的主角叫乐羊子，是战国时魏国的大将，魏文侯派他率兵攻打中山国，结果中山国的国君将乐羊子的儿子抓住了，说如果乐羊子坚持进攻不肯撤兵，就杀了乐羊子的儿子并煮成肉羹。但是乐羊子为了表示对魏国的中心，不仅不肯撤兵，而且亲眼看着儿子被烹，还吃了一杯自己儿子的肉羹。战胜之后，魏国国君一方面奖赏了乐羊子，一方面心中犯了嘀咕：对自己的儿子都这么残忍，对别人保不定是什么样呢！从此不再重用乐羊子。陈子昂说的这个故事让人想起了

《史记·齐太公世家》中记载的"烹子献食"的故事。说的是齐桓公的厨师易牙,听齐桓公说,遍食天下美味,却没有品尝过人肉的滋味,于是将自己的儿子杀死后烹熟,献给齐桓公的事情。后来齐桓公的大臣管仲在临死前叮嘱齐桓公,说易牙这个人残忍非常,不可不警惕,但是齐桓公偏偏认为易牙"烹子献食",是最忠于自己的。果然,在管仲死后,易牙独揽大权,最后将病重的齐桓公活活饿死在病榻上。在这两句诗之后,陈子昂发了两句议论,"骨肉且相薄,他人安得忠?"意思是,对自己的骨肉都这么薄情,对待他人怎么谈得上忠顺呢?其实这个道理早就被管仲说过了,"杀子以适君,非人情,不可。"一个对待自己亲人、朋友、配偶过于残忍的人,能否忠诚于某个领导,忠于某种信仰,是大可值得怀疑的!

第二个故事与此相反,说来陈子昂的说理手法也算不得高明,不过是正反对比的手法而已。故事说的是中山国的国君侍卫叫秦西巴,与中山国君外出打猎,打到一只小鹿。国君将小鹿绑缚于车上往回走,在回去的路上,母鹿发觉,一路跟随一路哀鸣。秦西巴心中不忍,就瞒着国君将小鹿放走了。过后中山国君不仅没有处罚秦西巴,而且认为他是个忠厚仁慈之人,让秦西巴做了太子的老师,教育儿子长大成人。在这个故事之后,陈子昂也有两句议论,"孤兽犹不忍,况以奉君终?"意思说,对待一个孤独的牲畜都不忍心下狠手,那么侍奉君主自然是没的说了,肯定是忠诚到底的。

这样主旨显豁的政治讽谏诗,后人都不需费多大力气就能闹明白,况乎当时的武则天呢,自然是不高兴了,于是,恰当的时候穿穿小鞋,也就正常了。可惜一个陈子昂,虽然一心谄媚,试图高升,但是到底还没有完全泯灭少年时任侠的心性,最后落得一个被小小县令折磨致死的下场。

2、《登幽州台歌》

前不见古人,
后不见来者,
念天地之悠悠,

独怆然而涕下。

我们在赏读这部伟大的作品之前，必须把陈子昂的"人"和他的"文"割裂开来看。不能因为陈子昂的"褊躁"和诣媚武后，而否定这部作品；也没有必要因为这部作品而抬高陈子昂。诗人一时间对生命的感悟，有时是可以脱离他的政治环境，回归本性的，这时候的作品就会穿越古今，流芳千古。《登幽州台歌》就是这样的一部作品。

这部作品写于696年。当时契丹人攻陷了营州，武则天派内亲武攸宜率军征讨，陈子昂作为武攸宜的参谋随军出征。但是武攸宜是一个纨绔子弟，为人轻率，缺少谋略，还不肯听人言。陈子昂多次进言，武攸宜均不采纳，还把陈子昂降为军曹。陈子昂满怀愤懑无处可诉。路过蓟北的幽州台（现在北京市），慷慨难平，写下了这首千古绝唱。

这里我们必须交代一下幽州台。幽州台又叫招贤台，还叫黄金台，是当年燕昭王招贤纳士的地方。战国时期的燕国是个小国，为了使自己的国家强大，燕昭王问计于大臣郭槐，郭槐建议建立一个招贤台，上面放置黄金，凡是贤者前来，以黄金赠予。果然，乐毅、邹衍等贤臣来到了燕国，所以幽州台又叫黄金台，是贤明君主的一个象征，也是贤士们得遇良主的一个象征。后代的官员一旦怀才不遇，一旦被贬他乡，就难免想起了幽州台，于是"昭王白骨萦蔓草，谁人更扫黄金台"的感慨就出来了。

但是陈子昂的这一句"前不见古人"——往前数，像燕昭王这样的贤明君主我怎么就没有看见呢——绝不仅仅是怀才不遇，它还有另一层很深的意思，那就是生不逢时。

人的降生是由不得自己的，也由不得把自己带到这个世界上的父母，所以，对于有些人来说，属于"生而逢时"；而对于有的人来说，就是生不逢时。比如我们前面说过的陶渊明，他的作品在当时是很不被看好的，而大家能够认识陶渊明确实在千百年之后的唐宋了。难怪余秋雨在评价陶渊明时说："文化上真正的高峰是可能被云雾遮盖数百年之久的，这种云雾主要是朦胧在民众心间。大家只喜欢在一座座土坡前爬上爬下，狂呼乱喊，却完全没有注意那一脉与天相连的隐隐青褐色，很可能是一座惊世高峰。"陶渊明如此，毕加索更是如此，当两个世纪后毕加索的画以上亿元的价钱被购买时，谁又能想到这位旷世奇才是因为穷困和不被赏识而自杀的呢？后人无论怎样的评价，都是后人的事情，而对于当时的陶渊明也好，毕加索也好，"生不逢时"是他们最大的痛苦。而"生不逢时"也是人类永远无法选择、无法决定的痛苦。能够看到这一层，就应该发现，陈子昂的这一句"前不见古人"，绝不是简简单单的怀才不遇，它写出了了人类的一个无法自决的悲哀。

但是后面的问题又跟着来了，生不逢时不是最可怕的。因为，如果人能够长长远远的活着，能够长生不老，那么生不逢时的问题就不是问题了，因为长久不死的生命总能等到"生而逢时"的时代的到来，比如陶渊明能够"活到"北宋，毕加索能够"活到"今天。但是，"人生不满百，常怀千岁忧"，人的生命恰恰是有限的，所以就难免出现"后不见来者"的伤感了——后面也许有好的君主而且肯定有好的、识人善任的君主，可惜赶不上了！与"生不逢时"同时的，是"人生不永"，而后者在前者的衬托下，更显出了人类生命短暂的无奈。

如果说"前不见古人，后不见来者"是从时间这个尺度、历史这个尺度，写出了人生在时间上的悲哀的话，那么"念天地之悠悠"则从空间的角度写出了人的渺小。当登台远望时，看到茫茫旷野、无际的天空，广袤的宇宙之下，人是多么的孤单而渺小。在这个星球上，人类是万物之灵长，这已经是毫无疑问的了，但是人类确实算不得"强悍"的物种，地球上出现过的最伟大的物种应该是恐龙，虽然它灭绝了；但是即便是跟现有的动物比，我们也是小尺度的。但是人类偏偏有着超越这个星球所有物种的智慧，而人类自己的智慧并不能使人类自己或者延缓生命，或者扩大身躯，这让人类很沮丧。自古到今，人类寻求长生不老之药，人类幻想着巨人的故事，其实不无是自身生命短暂和躯体渺小的自卑！

在时间和空间交会的这个"点"上，陈子昂终于流下泪来。我们仿佛看到在北方苍茫的原野上，站立着一个曾经任侠豪迈的中年男子，为了心中的声名富贵一度迷失了自己，当回归到茫茫自然中时，他也找回了自己的灵魂；而此时的灵魂已经不知该和谁人为伍了——孤独，是这首伟大作品的核心。

　　同时，配合作品内容，作者选择了杂言的写法，不是古老拘谨的四言"2+2"式的，也不是早已经成熟的五言"2+2+1"或者"2+1+2"式的，而是前两句采用"1+2+2"式，后两句借用了楚辞的写法，采用了虚词"之"和"而"作为衬字出现。这样，在吟诵时，就多了一份顿挫和急促，少了几分流畅，那种不平郁塞之气就出来了，增强了诗歌的艺术感染力。

第十讲　孤篇压倒全唐
——张若虚的《春江花月夜》

一、关于张若虚和他的《春江花月夜》

　　《春江花月夜》是乐府旧题，创作者是谁，已经不可考了，所以有"未详所起"的说法，有人说陈后主作过同题作品，也有人说隋炀帝也作过同题两首。但是，无论是陈后主还是隋炀帝，所作都是靡靡之音的宫廷诗。这个乐府旧题到了张若虚手里，突发异彩，获得了不朽的生命，所以人们不再考虑它的原始作者究竟是谁，假如以前是"未详所起"的话，那么自张若虚后，就"题有所归"，真正的创作权归之于张若虚。而他，确实是当之无愧的。
　　其实，和唐代那些灿若星辰的诗人、大家相比，张若虚真的算不上什么，收录了49000首唐诗作品的《全唐诗》仅仅收录了张若虚的两部作品，漫说跟王维、李杜这样的大家无法相比，就是和崔颢、王翰、王之涣等人，都没有办法相比。而这两首作品的分量又是极其不一致：他的另外一部作品几乎堙没无闻了，而《春江花月夜》却流传千古，估计学过文学史的人，没有不知道这部作品的；几乎所有版本的诗歌选材，没有不收录这部作品的。而且大家基本认为，如果说唐诗是一个盛世的最强音的话，那么这个最强音的敲响，是从《春江花月夜》开始的。闻一多曾经用"在这首诗面前，一切赞美都是亵渎"的话来评价张若虚的这首《春江花月夜》，又说这首诗是"诗中的诗，顶峰上的顶峰"。一千多年来，《春江花月夜》倾倒了无数读者，张若虚也因此而"孤篇横绝，竟为大家"了。那么究竟是什么缘由使得这首诗获得了这样高的赞誉？

二、赏析《春江花月夜》

春江潮水连海平，海上明月共潮生。
滟滟随波千万里，何处春江无月明。
江流宛转绕芳甸，月照花林皆似霰。
空里流霜不觉飞，汀上白沙看不见。
江天一色无纤尘，皎皎空中孤月轮。
江畔何人初见月？江月何年初照人？
人生代代无穷已，江月年年望相似。
不知江月待何人，但见长江送流水。
白云一片去悠悠，青枫浦上不胜愁。
谁家今夜扁舟子？何处相思明月楼？
可怜楼上月徘徊，应照离人妆镜台。
玉户帘中卷不去，捣衣砧上拂还来。
此时相望不相闻，愿逐月华流照君。
鸿雁长飞光不度，鱼龙潜跃水成文。
昨夜闲潭梦落花，可怜春半不还家。
江水流春去欲尽，江潭落月复西斜。
斜月沉沉藏海雾，碣石潇湘无限路。
不知乘月几人归，落月摇情满江树。

（一）通读作品

《春江花月夜》分为三大部分，从开头到第八句为第一部分，是写景；从"江天一色无纤尘"开始到"但见长江送流水"为第二部分，是哲理；从"白云一片去悠悠"到结尾，是抒情。三个部分衔接自然而紧凑，上一部分是下一个部分的铺垫。我们先说第一部分。

作者上来说，春天的江水在满月的作用下涨起了春潮，一时间，江连着海，海连着江，江海相连，波涛汹涌，眼界陡然阔达。在这江海一片的情境下，海上的明月如同一个新生的婴儿从大海中诞生出来,月光潋滟,有月的地方一定有水,有水的地方一定有月,千里万里,明艳一片。写到这里,作者按捺不住心中的激动,冲口说出一句"何处春江无月明!"这第四句写得最妙,因为按照作者前三句的写景,第四句应该是"处处春江皆月明",但是作者被眼前江海相连、明月照耀的景色深深感染了,于是由客观的写景转入主观的抒情,一个反问的句子,把眼前之境和胸中之情很好地结合在一起。细看这四句,会发现,诗人显然受了张九龄"海上生明月,天涯共此时"的影响,但是张若虚写来却比张九龄多了几分妩媚的味道。

如果说前四句是从远景写起,那么接下来四句的写景,就是近景。诗人的目光顺着蜿蜒的江水,从远处拉回近处,拉回芳草萋萋的江岸,诗人的笔触也显得细腻、柔媚起来:江流婉转,流到了江岸上,因为江水在涨潮,所以空气很潮湿,空气中有很多漂浮着得小水珠,本来看不清的小水珠在银色的月光照耀下,闪出晶莹剔透的银光,"霰"就是细小的水珠的意思。有因为晚上的江岸边没有风,所以小水珠在空气中的漂浮是很缓慢的,"空里流霜不觉飞",而在月光的照耀下,银白色的沙滩若有若无,就更加模糊不清了。这一段写得美极了:天上的月是银白色的,空中飞舞的小水珠是银白色的,月光下的沙滩也是银白色的,月光涤荡了万物的色彩,将天地之间浸染成梦幻一般的银辉色,玲珑剔透,仿佛是仙境一般,幽美而恬静。

开头八句写景,由远及近,由阔大到细小,最后,诗人的笔触带着读者的眼光,自然把所有的注意力都集中到这样美景的"制造者"——天上那一轮明月上了。于是诗歌进入第二部分:哲理的追问。

月亮,是宇宙赐给人类最好的礼物,在它环绕地球旋转的40亿年中,它不仅带给地球一个稳定的地壳、幽静的长夜,而且带给了地球人、尤其是中国人无尽的遐想。我们无法想象,假如没有了月亮,人类将缺少了多少诗意,爱情又将缺少了几分浪漫和柔情。面对月亮,中国人无数次的发出询问,"青天有月来几时,我今停杯一问之","明月几时有,把酒问青天"。张若虚也在询问,但是他的询问更多的是一种哲理。"江畔何人初见月?"当初,是谁,第一个看到的月亮?此人是多么的有幸啊!但是此问显然无解,于是再换一个角度,从月亮的角度问,"江月何年初照人?"江边的月亮,又是从何时何日第一次照到人间的呢?此问还是无解。两问无解,一片天真,于是诗人只得感慨,"人生啊,一代又一代没有尽头,世事变幻无常永无休止,而江月却还是那个江月"。写到这里,作者不甘心,于是突发奇想,"月亮啊,你这么执着的照耀着人间,遥看着大地,莫不是你在等待什么人吧?如果这样,那你要等待的那个人是谁,他为什么一直没有出现呢?"此问更是无解,于是诗人退回自己的遐想中,借景抒情,"但见长江送流水"。

　　追寻宇宙的所来,追寻人类自己的"身世",是人类与之俱来的一种自觉,也是人类的一种下意识。但是,汉民族是一个长于形象思维、疏于逻辑思考的民族,关于"月亮是怎么来的"这个问题,也就追问到张若虚这个诗意的层次上了,往下的答案,还是等待理智的西方人给我们吧。在这一段中,诗人以一种天真和执着,对着茫茫天空和一轮明月反复发问,表达了诗人对生命的一种热爱,对大自然一种追寻。虽然有问无答,但是绝不是颓废和绝望,而是哀而不伤的欣慰。而"但见长江送流水"一句,又将人类的情感赋予江水之上,明月有恨,江水无情,还是关注那随着江水和明月感慨无止的离愁别恨吧,于是引出下一段的男女相思。

　　接下来"白云一片去悠悠"总写游子与思妇。离别,是中国古代诗歌的一个"母题",而夫妻离别又是这个"母题"中的一个主要部分。古代旱路不通,而长江作为中国最大的水系,承载着交通干线的功能,一切的相思与漂泊都是与这条水系相关联的。"浦"是长江中比较大的石头,用来相送远去的游子;"青枫浦"是一个喻托,是指分手之处;而"谁家"和"何处"是互文,也是泛指。正因为离家的游子不止一个,诗人才有这样的设问,一种相思引出两地愁绪,一往一复,曲折有致。

　　总写之后,是分写,先从思妇的角度说起。丈夫远行在外,思妇徘徊于妆镜台前,无心理妆,那抑郁的神情连天上的月亮看了都感到悲伤,于是月亮在天上徘徊不肯离去,它愿意与思妇相伴,为她解愁,希望照见妆镜台前夫妻的团聚。但是,远行的丈夫却回不来,于是月亮的"心愿"也就无法实现了,月光追随着思妇的脚步,在"玉户帘中",在"捣衣砧上"。月光的照耀使得思妇更加感觉自己的孤独,于是想赶走多情的月光,而月光又是如此的眷恋人间,卷也卷不去,拂去还回来。作者用月光的追随来写思妇的相思,别致新颖地写出了思妇的愁闷。

接下来,作者又从自己"出主意"的角度写情人相思,"此时相望不相闻,愿逐月华流照君",既然你我相望却听不到对方的消息,倒不如追逐着月亮的光华的流动,让月光替你们去照耀那远行的人儿。"愿"在这里是"希望"的意思。这四句诗读起来有一点难度,尤其后两句,"鸿雁长飞光不度,鱼龙潜跃水成文","光不度"是个倒装句式,应该是"不度光","度"是"穿过"的意思;而"水成文"的"文"又是通假字"纹",意思是,鱼龙潜游得再深,也在月光下形成水面的水纹。合在一起,表达这样一个意思:我们总说"鸿雁捎书","鱼龙传情",实际上,鸿雁即使飞得再远,也穿越不过月亮的光辉;鱼龙潜游得再深,也逃不脱月光的照耀。与其寄情鸿雁、鱼龙,不如寄情月光。作者对月光寄托了无限的希望,把月亮当做传递情感的信使了。

接下来,诗人又回到了思妇的角度:昨晚又梦见了春花的凋落,知道春天已经过去了一半,远行的人还是无法回乡,江水已经流去了人生大好的时光,今晚江边的月亮也将沉落下去了。写到这里,作者突然从拟想的角度说游子,也许游子正走在回乡的路上,只不过乡路太遥远,一时回不来。"碣石潇湘无限路","碣石"显然是用了曹操"东临碣石"的句子,在这里代指北方;而"潇湘"指的是南方。南北方相距甚远,哪能马上赶回来呢?但是,在今晚,不知有多少游子正在乘着月色奔走在回乡的路途上,月亮是落下去了,但是,它对人间的感情没有"落"下去,它把这份眷恋之情挂在江树上,照耀着游子回乡,照耀着夫妻们团圆!

(二)艺术分析

《春江花月夜》远远超过了那些模山范水的山水诗,也不是那种简单的"羡宇宙之无穷,哀吾生之须臾"的哲理诗,更不是感叹离愁别绪的小儿女的抒情诗。而是将这些反复使用过的素材重新整合在一起，注入了新意。诗人在浩荡江月的感染下，将诗情、画意、哲理融为一体，汇成一种邈远幽美的意境，在一片迷茫空灵的月光之下，感悟着人间的美好。下面，我们从艺术的角度来分析这首"顶峰之作"。

第一、纵横交错，江月生辉。诗歌的横线或者说空间，是江；纵线或者说时间，是月。围绕着江和月，作者写了春之美，江之涌，花之媚，月之明，夜之静。从空间的角度，作者说了江海相平，海潮汹涌，江水婉转和江边的思妇、江边的游子；从时间的角度，作者写了江月初升，月照花林，月光徘徊，月落摇情。有江的地方一定有月，有月的地方一定有江，江水为月光增色，月光让江水生辉。江月相衬，组成了完整的诗歌形象，展开了一副美好的春江花月图。

第二、拟人的手法。作者大概是太爱他心中的这一轮明月了，所以，在诗歌中，作者直接写到"月"多达 13 处，而且在写"月"的时候，作者大量的使用了拟人的手法。比如说"海上明月共潮生"的"生"，作者没有用常见的"升"，而是用了"生"。在作者心目中，月亮，就像是大海中一个活泼泼的生命、一个婴儿一样，从海上诞生出来。比如，写到千百年来月光执着的照耀人间，为人类送去一弯清辉，作者突发奇想，认为月亮一定是在等待着什么人……再比如，在写到月光照耀思妇的那一段，作者用"徘徊"这样的词语来写月光对人间的眷恋、对思妇的同情；而思妇在月光的衬托下反而觉得沉闷，于是想把月光拂去、挥走，而月光偏偏不肯离去，于是难免有几分"可怜"了。又比如在全诗的结尾，作者想象着月亮虽然落下去了，但是因为离乡太远的游子正在赶路，所以月光将自己对人间的深情"挂"在江树之上，以月光之情"照耀"着游子回乡，夫妻团圆。拟人的手法使得月光更增加了几分人情、人性，也使全诗充满了一种哀伤的温暖。

第三、韵律的变化。全诗共三十六句，但是作为歌行体，可以换韵，张若虚换了九个韵脚，而每一个韵脚都与这一段的内涵紧密相关。比如第一段写江水浩大，用的是"中东辙"："平"、"生"、"明"，响亮嘹远，为洪亮级；当写到游子思妇时，用了"油求辙"和"怀来辙"："悠"、"愁"、"楼"，"徊"、"台"、"来"，这两个韵脚都是合口音，音色压抑而幼弱，属于柔和级；最后为了表示月光对人间的感情，也为了收尾有力，作者用了仄音的去声，"雾"、"路"、"树"。音韵的变化和平仄音的交错使用，使得全诗一唱三叹，前后呼应，展现出一种中国诗歌的音韵之美，实属难得。

第四、顶真格的使用。在诗歌哲理部分，诗人使用了一小段顶真格，"江畔何人初见月？江月何年初照人？人生代代无穷已，江月年年望相似。不知江月待何人，但见长江送流水"，在这一段中，作者一问环扣一问，用顶真格的方式，很好的表现了作者追问的急迫和天真。

总之，张若虚的《春江花月夜》，恢弘浩大，意境优美，跌宕婉转，哀而不伤，一个盛世的强音从这里奏响。而张若虚这样一个作品不多的诗人，也凭借一首《春江花月夜》的旧题翻出的新曲，孤篇横绝，竟成大家。

第十一讲　王维和他的山水田园诗

一、关于王维和他的诗歌

王维，字摩诘，生于 701 年，去世于 761 年。王维是唐代诗歌史上第一位称得起大诗人的作家，而且，从艺术的、文化的角度上说，王维更具有诗人的气质，这一点使他有别于杜甫、王安石、苏轼等政治气质过于浓烈的诗人。

在唐代诗歌史上，王维被称为"诗佛"，而他中年之后的诗确实充满了一种"禅"的味道，可偏偏他的名字又叫维摩诘（"维摩诘"是梵文，是一位菩萨的名字，汉语的意思是"无垢"），这究竟是有意为之呢？还是一个巧合？

应该是有意为之，因为王维的母亲是佛教徒。王维的母亲姓崔，是当时的大家族，王维的父亲很早就去世了，母亲没有再嫁，将他们兄弟五人哺育成人，"维摩诘"这个名字是母亲起的。王维与母亲的感情很深，母亲去世时，王维形销骨立，几不胜丧。

王维的仕途比较顺利，他十九岁就考取了进士，后经张九龄的引荐，在朝中做官，一直是文职官员，拜右拾遗。开元二十五年（737年），36 岁的王维为监察御史，供职于河西节度使幕府中。青年时代的王维是一个有大志的人，对仕途功名也充满了热情和向往，有一种积极进取的态度，说自己是"纵死犹闻侠骨香"，这是何等的年少轻狂啊！还写过许多和后来诗风完全不一样的作品，比如他写的《观猎》："风劲角弓鸣，将军猎渭城。草枯鹰眼疾，雪尽马蹄轻。忽过新丰市，还归细柳营。回看射雕处，千里暮云平。"虽说只是从旁观的角度去写打猎，但是那种阳刚进取之气概，还是很能感受得到的；再比如他的《使至塞上》中的名句，"大漠孤烟直，长河落日圆"，那种恢弘大气、那种大国的骄傲胸怀，都是明显的展露出来的。

但是王维终究是归隐了，虽然没有辞去朝中官员的职位，但是直到去世，他一直过着半官半隐的生活；而归隐的同时恰逢妻子去世，遂未再娶，独居三十年。是什么原因使得王维做出这样的决定？

原因应该是三点。

安史之乱之时，王维没有及时地随玄宗李隆基跑出去，为安禄山的叛军所俘虏。安禄山逼迫他做伪职，王维誓死不从，于是他想出了一个很"文人"、也很幼稚的方法，自服了许多泻药，导致自己得了痢疾。但是病情稍微缓解后，还是被逼迫做了"给事中"这样的官职。因为在叛乱中给叛军做过伪职，所以平判后肃宗李亨想杀他。王维的弟弟王缙愿代替哥哥去死，因为哥哥实在是太有才华了，也太冤枉了。肃宗感动于他们的兄弟情分，放了王维，并降职使用，但不久官职又升上去了，且步步高升，直到尚书右丞。但是安史之乱前后的世事变化使王维早已心灰意冷，中晚年之后更是无意于仕途荣辱，每每退朝后，焚香独坐，以诵禅为事。

第二个原因是张九龄的罢相。王维是受张九龄的推荐入朝为官的，但是因为和李林甫不和，张九龄罢相了。那么张九龄的离去使得王维失去了一个朝中的依靠，恰逢安史之乱的动荡，王维本来年轻时就好佛，正好宋之问又将蓝田别墅作为礼物送给了他，王维干脆就此归隐了。

第三个原因是我个人的观点，我认为应该是王维高贵的艺术气质使他过于鹤立鸡群了。王维是当时的大家，而这种大家风范还不仅仅表现在诗歌上，还表现在其他方面——他还是个全才。《旧唐书》中记载，有人得到一本奏乐图，不知其名，王维看过后说："这是《霓裳曲》第三叠的第一拍。"好事者集乐工演奏，果然一音不差。另外，王维的绘画也相当好，苏轼就曾经用"诗中有画，画中有诗"来赞美王维的诗画俱佳。也因为此，王维在当时的达官贵人和文人雅士中，有着极高的地位，《旧唐书》记载说："维以诗名盛于开元、天宝间……"王维所到之处，"凡诸王、驸马、豪右、贵势之门，无不拂席迎之。"

这样高的声誉，如果是李白，可能更多的是"仰天大笑出门去，我辈岂是蓬蒿人"的骄傲，但是王维生性好静，不以此为骄傲；而且，当一个人的艺术才能高到所有人都"拂席迎之"的地步时，寂寞和孤独必定会与之俱来。王维的归隐未必不包含知音难求的意味。

归隐之后的王维，诗歌写作的特点很鲜明，一个是写"静"，一个是写"净"。王维写"静"几乎是一绝。他写过大漠的旷静，"大漠孤烟直，长河落日圆"；写过山中的安静，"月出惊山鸟，时鸣春涧中"；写过自己的心静，"行至水穷处，坐看云起时"；甚至写对孤寂的一种享受，"兴来每独往，胜事空自知"。甚至整体的诗作都显示出一种令人不得不屏声敛气的"静"，"斜光照墟落，穷巷牛羊归。野老念牧童，倚杖候荆扉。雉雊麦苗秀，蚕眠桑叶稀。田夫荷锄立，相见语依依。即此羡闲逸，怅然吟式微。"斜晖下缓缓归来的牛羊，拄着拐杖等待孙儿的野老，荷锄而立的田间农夫，还有那桑叶下睡着的蚕虫……多么安静的画面，真不忍心有一点声音去破坏这样的乡间美景。

除了"静"，王维还爱写"净"，所以在王维的诗歌中，好出现"雨"、"水"和"泉"。可能王维觉得，只有水，才可以涤荡万物的尘杂吧，这也应了他"维摩诘"名字的汉语含义——"无垢"。比如"渭城朝雨浥轻尘"；比如"空山新雨后"；比如"新晴原野旷，极目无纷垢……白水明田外，碧峰出山口"；比如"日落江湖白，潮来天地青"；比如"泉声咽危石，日色冷青松"，等等等等。

王维诗歌的第三个特点就是苏轼说的"诗中有画"。王维的诗很具有画面感，他很讲究色彩的搭配，几乎一句一个画面，远近相衬，动静相关，虚实相合。比如他的《归嵩山作》："流水如有意，暮禽相与还。荒城临古渡，落日满秋山"，远景是秋山映衬下的落日，而秋山历来是色彩斑斓，层林尽染的，落日的色彩显然是暗红的；中景，是古老无人的荒城，斑斓的秋景之下，古城更显得荒芜和色彩单调，而这种单调恰恰与秋景、落日形成对比；而近景呢，是一条潺潺流水和渡口，同时与诗人来到渡口的，还有几只水上禽鸟。再比如他的《终南山》，"白云回望合，青霭入看无，分野中峰变，阴晴众壑殊"。这样的景色，即使是一个不很高明的画家也可以照章原搬地描绘出来。

所以，也难怪王维自己说自己"前身应画师"。

王维，以自己独特的写作，为唐诗真正盛世的到来，做了另一类的开拓，成为入唐之后的第一个流派——山水田园诗派的开创者。他继承了陶渊明和谢灵运二人的风格，但是又明显不同于前人，而是有自己的创新，终于成为一代大家，为后人所追慕。

二、赏析王维的诗《山居秋暝》

空山新雨后，天气晚来秋。
明月松间照，清泉石上流。
竹喧归浣女，莲动下渔舟。
随意春芳歇，王孙自可留。

王维的作品，太差的不多，基本上都可列入上品了，比如他的《鹿柴》、《鸟鸣涧》、《终南别业》、《汉江临泛》、《秋夜独坐》等等。但是千百年下来，精中选粹，优中择优，这首《山居秋暝》就是从"他是王维"这个角度上说，是最好的！

诗歌上来说"空山"，很多版本或者教材注释为，"空山就是安静的山"。错！既然空山就是安静的山，那作者为什么不干脆说"静山"而一定要说"空山"呢？而且，王维写过好几次的"空山"，比如"空山不见人，但闻人语响"，比如"夜静春山空"。尤其是"夜静春山空"，很显然，"空"不是"静"，因为已经交代了"夜静"了。那么，什么是王维笔下的"空山"？

在玩味"空"的含义时，我们不得不关注王维"诗佛"的名声和他诗歌中的"禅味"。想当初，禅宗五世祖弘忍欲传衣钵于后人，命得意弟子神秀做一个偈子，说说自己心中的"禅"是什么。神秀于是写到："身是菩提树，心为明镜台。时时勤拂拭，勿使惹尘埃。"神秀心中的"禅"，宗旨是"净"。弘忍并不满意。此时烧火的小和尚慧能口传一首，写到："菩提本无树，明镜亦非台。本来无一物，何处惹尘埃？"慧能心中的"禅"，宗旨是"空"。于是弘忍将衣钵传给了慧能，慧能成为中国禅宗的六世祖。王维的诗歌中充满了"禅味"，所以，王维笔下的"空"肯定与"静"和"净"有关，但又绝不是单一的"静"。"空"，并不是没有任何东西，而是指有物而无人。王安石有句"一鸟不鸣山更幽"，后人嘲笑此句是"死句"，原因就在这里，这不是"静"更不是"空"，而是"死"。王维写静，却是"空山不见人，但闻人语响"——有人声却无人影，反衬了山的旷静。所以在后面的诗句中，王维写了明月、松林、泉水、山石、竹林、莲叶等等，万物霜天竞自由，偏偏人是没有出现的，这才叫"空山"。

交代过空山，环境又是刚刚下过雨，雨水涤荡了山中的尘杂，"静"而"净"，符合诗人心中的感受。而此时的天气正好是层林尽染的秋季；时间呢，又是安静的傍晚。于是诗人走出了自己的住所，去欣赏他心中充满魅力的大自然。

颔联写山中美景，明亮的月亮从松树间照落下来，留下斑斑驳驳的树影；清澈的泉水从山石上流过，发出淙淙的声响。这一联写得非常的精妙：明月照松，是从上往下写，是彻彻底底的静态；清泉过石，是从近向远写，是视听具备的动态。动静相关，明白如话，却意味醇厚，显示出把握汉语的炉火纯青。

颈联接着写山中景色，"竹喧归浣女，莲动下渔舟"，竹林一片喧闹，哦！浣纱女归来了；莲叶一阵颤动，啊！打渔船出驶了。那么这里就有了问题了，前面不是说"有万物而无人影"么，此处不是出现了人影——浣纱女和打渔人？且慢，诗句中虽然写到了"人"，但是细细玩味，会发现，"人"并没有真正的出现，是诗人的推断。为什么推断浣纱女回来了呢？因为竹子的喧闹声；为什么推断打渔人出驶呢？因为莲叶的颤动。而实际上的浣纱女和打渔人都没有被诗人看见，因为竹林的深密挡住了浣纱女，诗人只闻其声未见其人；因为莲叶的厚密遮住了打渔船，诗人只见其形未见其船。所以才先写"竹喧"和"莲动"，否则直接写浣纱女、打渔船就可以了。但是，请进一步再想想，何以竹林挡住浣纱女？何以莲叶遮住打渔船？还不是因为山中安静，无人行走所致？正如王维在另外一首诗中说，"鹤巢松林遍，人访荜门稀"，为什么白鹤的巢穴在松林里遍地都是？那是因为"人访荜门稀"造成的，而"人访荜门稀"还不是山中的安静？这两句写的比颔联还要精妙，诗人要表达山中的"静"，却从"动"——准确说是"喧"写起，反而衬托出了山中的安静，这叫"以动衬静"。而且这两句的"动"，又不一样，"竹喧"一句是听觉的"动"，"莲动"一句是视觉的"动"；而且"竹喧"一句从远向近写过来，"莲动"一句又从近向远写过去。

我们再把颔联和颈联结合起来看，又会发现其妙处。颔联两句的句式是"明月+松间+照"，是"2+2+1"的句式；而颈联是"竹喧+归+浣女"，是"2+1+2"的句式。王维将五言的句式运用的如此娴熟，却毫无雕琢之感，堪称大家手笔。

如果把王维的诗和李商隐的诗做个对比，会发现，王维诗通体写景，单句写情；而李商隐的诗恰恰相反，他一般是通体写情，单句写景，比如《无题》中只有一句写景，"东风无力百花残"。这样的写法，单句永远值得关注。王维的单句写情，就是最后一句的"随意春芳歇，王孙自可留"，春天虽然美好，但是我更喜欢安静内敛的秋天，我这个王孙贵族愿意永远留在这空山之中，再也不愿意出去了。词句出自屈原的"王孙兮归来，山中兮不可久留"，王维反其道而用之，以明志作结，表达了自己远离官场的洁身自好。

最后，我们再从整体上看这首诗。

第一、这首诗的领起是"空山新雨"四个字，中间关键的四句，都是由这四个字所起。因为是"空山"，所以才有万物；又因为是"空山"，所以才只闻人声不见人影。而"新雨"——刚刚下了雨，则更加关键，正是因为刚刚下过雨，所以月光显得格外明亮，泉水才能陡涨，漫过了山石；正因为刚刚下过雨，所以浣纱女才会去趁着泉水清澈去浣纱，打渔人才会趁着河水上涨去打鱼。全诗虽然才八句，但是逻辑相当严谨。

第二、请注意这首诗的色彩。王维的诗很讲究画面感，所以苏轼才说他"诗中有画"，既然是"画"，就必定涉及到色彩，这首诗的色彩是一个字——绿。但是王维下笔的绿色不是一个层次，是多个层次的，也就是说，绿与绿并不一样。明月下的松林是一种暗绿色，远处雾霭中喧闹的竹林是一种淡绿色，脚下最近的颤动的莲叶是一种艳绿色；而且，三层绿色上下远近不一，松绿在上，莲绿在下，竹绿在远。而在整体的绿色中，一轮高挂夜空明月，又给这幅冷色调的画卷涂上了一点暖色。

　　王维的诗还有一个特点，就是通体用"赋"笔，很少用比兴。有人说，这首诗整体就是一个大比兴，以明月、清泉和浣纱女、打渔人的朴素生活来暗示自己的品性高洁。对此我个人持反对意见，我觉得那样就把王维这样一个有着很高的艺术天分的才子等同于一般的、喜欢托物言志的所谓"清官"了，反而降低了王摩诘的身价。

第十二讲　伟大的浪漫主义诗人——李白

我们在陈子昂那一讲中反复提到一个概念，叫做"生不逢时"，实际上，对于李白来说，他生活在盛唐时期，无论是他的性格，还是他的艺术才华，还是他表达情感的方式，李白都堪称是"生而逢时"了。虽然他无数次地说"大道如青天，我独不得出"；虽然他多次痛斥他所处的那个朝代是"珠玉买歌笑，糟糠养贤才"。以李白的性格和表达方式，他如果处在东晋，他会比陶渊明难受百倍，因为李白并不是一个能够安心归隐的人；如果他处在明清，那么他干脆就是悲惨的徐渭了。而且，李白不仅是"生而逢时"，还"死而逢时"——李白去世于盛唐刚刚结束的肃宗时期，如果他赶上压抑的晚唐，那么对于这位"诗仙"也是一件极其难过的事情。

李白是时代的产物，是盛唐的代表，是一个盛世的必然；李白的魅力就是整个盛唐的魅力。李白的诗歌，与张旭的狂草和裴旻的剑法，是公认的"盛唐三绝"，都是一个盛世张扬个性、并且允许张扬个性的代表。后人评价李白，往往把他和前面的屈原、和后面的郭沫若相提并论，实际上，李白与前后两者不可以等量齐观。屈原的浪漫主要表现在表达方式上，骨子里的屈原并不浪漫，他是三闾大夫；而郭沫若的骨子里是浪漫的，但是，时代的原因使得郭沫若的浪漫走向了一条歧路，他晚年的行为，为自己这样一位难得的大文豪涂上了不甚光彩的一笔，比如他的《李白与杜甫》一书，简直是笑柄了。但是李白不是，他是从内向外的浪漫，同时带有一种发自内心的天真，又恰好赶上了盛世。所以说，从民族性格的角度讲，李白，是中国的一个"瑰宝"！

一、李白的生平

李白，字太白，号青莲居士，生于701年，卒于762年。关于李白，我们首先感兴趣的是他的身世。李白的祖籍是陇西成纪，就是现在的甘肃秦安；但是李白出生于碎叶，当时属条支府，是大唐西域的重镇，现在在吉尔吉斯斯坦首府以东的托克亚克；5岁时回到四川江油。也就是说，在李白5岁之前，他已经随着家人游历了西北、西南的大半个中国，这样大面积的迁徙，原因何在？可以考证的论据是，李白的父亲李客（化名）是一个被通缉的商人。这样看来，李白出身于一个有文化教养的富商的家庭。

5岁时，李白随家人定居四川。四川地处中国的西南边陲，远离政治中心，而且四面环山，其民风与内地相差很大。四川出酒徒，出侠客，同时还出道士，川蜀大地是中国道教的圣地。这样的环境，对于李白影响很大，所以李白身上不光有诗人的特点，也有酒徒的特点，更有侠客和道士的特点，而后者更加明显。李白年轻时写过许多任侠放纵的诗句，比如"托身白刃里，杀人红尘中"（《赠从兄襄阳少府皓》）、"杀人如剪草，剧孟同游遨"（《白马行》）、"十步杀一人，千里不留行"（《侠客行》）、"笑尽一杯酒，杀人都市中"（《结客少年场行》）。一个年纪20岁左右的年轻人，为什么这么热衷于"杀人"呢？这是因为，大唐律法虽然完备，但是在蜀中这样山高皇帝远的地方还是有执行不力的地方；另外，蜀中侠客很多，任侠使气之风很盛，所以杀人不作追究也就理所当然了。李白离开四川的时候是25岁，这就是说，李白在这里度过了人生中价值观形成的关键时期，这对李白一生的影响不可能不大。

25岁时（724年）的秋天，李白走出了四川的大山，开始了他仗剑遨游的生活。他游洞庭、登庐山、过扬州、至金陵，最后定居在湖北的安陆。在十年多的时间里，李白几乎走完了大半个中国。李白之所以仗剑遨游，一则是见识一下祖国的大好山河，而他富商的出身也使得他有这笔遨游的资金；另一个原因是想借遨游来结识名人，为自己走向仕途做准备。在这个过程中，李白结过四次婚。第一次是经孟浩然撮合，与已故宰相许圉师的孙女结婚，婚后生有一儿一女。李白37岁时这个夫人去世，转年李白与一位刘姓女子同居，但是对这段事实婚姻李白不很满意，曾经写过诗歌讽刺这位刘姓女子，"会稽愚妇轻买臣，余亦辞家西入秦。仰天大笑出门去，我辈岂是蓬蒿人！"《(南陵别儿童入京)》估计是因为当时的李白一直没有走入仕途，而那个刘姓女子又瞧不起，于是李白将这个女人比喻为朱买臣的老婆，说她是不识货的"会稽愚妇"。一个男人这样称呼与自己有过一段感情的女子，两人的感情不和就可想而知了。之后李白又结过两次婚。

由于李白日盛的名声，再加上好友元丹丘和道士吴筠的推荐，天宝元年（742年），机会终于到来了，李白奉召入京，供奉翰林。这应该是李白一生中最风光的时候了，唐玄宗李隆基"降辇步迎"，就是从皇帝的宝车上走下来，特地步行了几步来迎接李白，这已经是很高的礼节了；不仅如此，而且"以七宝床赐食，御手调羹以饭之"。但是这样的日子李白只过了三年，就被玄宗以"赐金放还"的名义赶出了朝廷。关于李白的被迫离开长安，一般的教材上常常这样介绍，皇帝昏庸，李白只不过是一个点缀太平的御用文人，不能发挥作用，还被朝中权贵所馋毁，等等。但是实际是不是这样，大可值得怀疑。我们只说一件民间流传很广的故事——李白醉草吓蛮书，来佐证这样的观点靠不住。

这个故事的大致意思是：唐王朝收到一封来自番邦的国书，因是"外文"写成，所以满朝文武都不认识，更说不上回复了。而李白自称认识番邦文字，于是被请进朝中，翻译并回复国书。李白摆足了架子，让杨国忠为自己研墨捧笔，让高力士为自己脱靴划袜，然后喝足了酒，在半醉状态中，国书挥洒而成。这个故事是不是史实，没有得到证实。如果是史实，那么李白未免有几分得意忘形、不知天高地厚的小人嘴脸了；如果不是史实，那么文人雅士干嘛要编这种故事呢？千百年来中国的老百姓干嘛津津乐道这种故事呢？实际上，中国人心中有一种奇怪的"情结"，那就是，当自己不是官员时，痛恨官员，赞美与官府作对的行为，甚至不惜编排故事；而当自己是官员时，却未必是耿介正直之人。这种所谓的"与官府分庭抗礼"，在新中国成立之后又被誉为"反抗封建朝廷",就更加真假难辨,是非不清了。其实呢,在朝为官三年的李白,并不是一个合格的官员,狂傲的性格,放浪不羁的行为,加上政治上的幼稚,都使得李白不可能成为一个合格的官员,不可能适应中国古代的官场,所以被迫离开也很正常,不损人格;但是就此抬高李白,反而虚假。

离开长安之后,李白很是失望,说自己"我本不弃世,世人自弃我",并且愤懑这个世道是"玉不自言如桃李,鱼目笑之卞和耻。楚国青蝇何太多?连城白璧遭谗毁"。他继续漫游,来到了洛阳,见到了杜甫和高适,三人度过了一段快意纵情的时光。天宝十四年,即公元755年,安史之乱爆发,此时的李白正在庐山。动乱中玄宗李隆基躲到了四川成都,他的长子李亨在灵武临时即位,是为肃宗。不久李亨的弟弟李璘因为不满哥哥在动乱时的临时即位,扯起一支队伍,以平叛的名义,打算图谋李亨的新政。途经九江时,李璘邀请李白参加,李白以为报国的时机到了,加入了李璘的队伍,成为永王李璘的幕府。不久李亨以叛乱罪讨伐李璘,李白因为是叛乱队伍的一员被入狱,后被流放夜郎,转年才被赦免。参加李璘队伍,是李白一生中干的第二件政治上的大事,但是仍以失败告终,而且失败得比上一次还惨——他站错了队,这对李白是第二次的打击。761年,朝臣李光弼出征东南,剿灭安史之乱的残余,李白再次参加,无奈半途生病,只得退还,在当涂县令、他的族叔李阳冰家中休养,转年病逝在这里,享年62岁。

二、李白的诗歌内容

李白诗歌中表现出来的第一个内容,是对功名事业的积极追求。

我们以前总是以为李白是一个淡泊功名,与朝廷分庭抗礼的"斗士",其实并非如此。

中国古代的主体意识是儒家的,"安社稷"、"大济苍生"这样的儒家入世思想是整个社会的主要思想,任何人都概不能外,李白也是如此,对于功名和利禄,李白是很积极的。只不过,李白的表现和一般儒生不一样罢了。李白的出身不是正统的儒士文人,也不是官宦权贵，他出身于一个有文化教养的商人家庭，25岁之前又生活在川蜀地区，这样的经历影响了李白，他瞧不起屈原，说他是"投汨笑古人"，也看不起知识分子，说他们是"白首死章句"。李白甚至不愿意走正规的科举的道路——他没有参加过一次科举，但是又不愿意像岑参、高适那样走从军的道路。人生的路途被李白艺术化、理想化了，他羡慕诸葛亮、姜子牙、管仲、范蠡这样的人，想象着自己在风云际会之时，结交王侯，一匡天下，建立一番盖世奇功，然后功成身退，神话一般的消失于江湖。李白在诗歌中无数次的赞美80岁还垂钓渭水、90岁才被封为齐侯的姜子牙；仰慕不费一兵一卒就为刘邦收取山东72城的高阳酒徒郦食其，希望在自己的身上重演他们的传奇。但是李白就忽略了一点，到了大唐王朝时，中国的封建帝制已经非常完备成熟了，唐帝国早已经不是动乱相争的楚汉了，更不是文化初始的春秋战国了，所以，李白的理想、行为方式当然要在现实中屡遭失败，为此他愤懑不平。但是李白身上又有着文人的天真，所以他又能够随时振奋起来，一直保持着高度的自信和自负，保持着"天生我材必有用"的昂扬的精神风貌，这是他的优点，但也是他到了中晚年之后还犯错误（参加李璘的队伍）的一个原因。可以这么说，李白的积极用世和杜甫是一样的，只不过他把这种精神艺术化了、理想化了，脱离了人间烟火了。

　　当这种理想得不到实现时，李白便开始了与这个时代的分庭抗礼，表达出对这个时代和这种制度的愤懑。无论是在仗剑邀游时期，还是被迫离开长安，还是被流放夜郎，李白的心中都充满了怀才不遇的不平和对黑暗政治的愤慨。比如《行路难》中说："大道如青天，我独不得出。羞逐长安社中儿，赤鸡白狗赌梨栗。弹剑作歌奏苦声，曳裾王门不称情。"把自己比喻为不得意的冯谖。在《梁父吟》中他感慨自己第一次的政治失败："阊阖九门不可通，以额扣关阍者怒"，把皇帝比喻为只知寻欢作乐又喜怒无常的"天帝"，说他是"帝旁投壶多玉女"，是"三时大笑开电光，倏烁晦冥起风雨"。但是李白又能随时振奋起来，相信自己"长风破浪会有时，直挂云帆济沧海"。以前，人们认为李白是一个"斗士"，理由也是缘于这个方面。

当李白的这种叫骂就像拳头打在棉花上，得不到一点回应的时候，他就纵情山水，遨游天下，甚至炼丹服药，充满了对神仙境界的幻想。所以，讴歌大好山河，是李白诗歌中的第三个内容。李白本来就有很浓烈的道仙情结，当仕途不称心时，他就表现出任随自然、融入自然、对人生自由的一种向往来。李白写过许多歌颂祖国山河的诗歌，还没有一个诗人能像李白那样，热情而天真的赞美过祖国的大好河山，他写过奔腾的黄河，写过飞流直下的瀑布，写过静如仙境的庐山，写过高出极天的峨眉，写过五月天山的雪，写过异乡明朗的月。伴随李白的永远是两个东西，一个是酒，一个是月，尤其是月，李白把它人格化了，视它为自己最忠诚的伴侣，并且还相约来世再见。

最后一个方面，是对下层百姓的关注。这是李白决然区别与杜甫的一点，杜甫诗歌的第一个内容就是忧国忧民，而这个内容恰恰是李白诗歌中涉及最少的内容。这倒不是时代问题，李杜二人年龄仅相差11岁，应该是同龄人，只不过是出身和性格使然。这方面的代表作有《丁都护歌》，"吴牛喘月时，拖船一何苦！水浊不可饮，壶浆半成土"，写纤夫的辛苦；有《子夜吴歌》，"何日平胡虏，良人罢远征"，写赶制征衣的思妇们对丈夫的四年和对和平的向往；其中《宿五松山下荀家》是最典型的，李白游历时，晚上借宿一位姓荀的农村老太太家，真正看到了农民的艰辛，"田家秋作苦，邻女夜春寒"，秋收应该是田家清闲高兴的时候，但是农民还得劳作，而邻家姑娘夜间春米的声音深深震撼了李白，在他看来，这夜间的声音充满了凄凉。而劳作一个春夏的农民，却只能吃茭白——当时叫菰米，也叫雕胡，"跪进雕胡饭，月光明素盘"，面对此情此景，李白感到受之有愧，却又无法报答，只能是再三感谢，"令人惭漂母，三谢不能餐"。但是总体讲，李白对下层百姓的关注远不如杜甫和白居易等人。

三、李白诗歌的主要形式

作为大诗人，李白给我们留下了960余首诗作，样式比较完备。和诗圣杜甫相比，李白的律诗做得不好，而他做得最好的是两种诗歌样式，一个是歌行体，一个是绝句。

先说绝句。绝句是唐诗仅次于律诗的重要样式，但是绝句很不好写，因为绝句短，离首即尾，需要抓住一瞬间的画面，一刹那的感受，随笔即成。所以，好的绝句必须具备两个特点，第一是含蓄，不能流于浅薄，像儿歌民谣就不是好的绝句，这一点，李白的绝句做到了。试看他的《送孟浩然之广陵》："故人西辞黄鹤楼，烟花三月下扬州。孤帆远影碧空尽，唯见长江天际流。"初看很简单，几乎没有不懂的语法现象，但是细细揣味，大有文章可做。诗歌一上来称呼孟浩然为"故人"，就是交代关系——老朋友，接下来说了地点：黄鹤楼；说了环境：烟花；说了时间：三月；说了去向：扬州。在絮絮叨叨中，写出了对老友即将离去的依依不舍。后两句说相送，孤帆，就是把所有的征帆都送走了，只剩下孟浩然这一条船了，作者还不肯离去，而是看着孤帆远去，直至消失在碧空的尽头，但是作者还是不愿离开，而是看着孤帆消失的天际发呆……我们都有过送别亲友的感受，如果看着表，想着时间快点到，火车快点开，那是什么感情？如果看着火车远去，直至消失在铁轨的拐角处，那又是什么感情？李白对于老友孟浩然依依不舍、难解难分的情感，不着一字，却处处皆是，这是将绝句写到了极致了。

但是，正因为绝句短小——五言绝句才 20 个字——所以，在含蓄的同时，绝句又不能刻意，如果过于斧凿，就显得做作了，所以好的绝句还有一个特点，那就是自然。李白的绝句就能够在含蓄的同时做到自然，比如他的《静夜思》："床前明月光"，作者为什么一上来说"窗前"，而不是"窗前"不是"院中"呢？显然是躺在床上；而躺在床上却能看见"明月光"，显然是无眠，但是为什么"无眠"呢？没有说明。第二句说"疑是地上霜"，这个"疑"字用得妙极了！因为后面有"举头望明月"，说明作者"不疑"，但是明明"不疑"，干嘛说"疑"呢？实际作者在回避一个俗字——"像"，如果写成"床前明月光，像是地上霜"就诗味大减了。第三句写"举头望明月"，"举头"这个动作说明作者已经从"床前"走到了"窗前"，否则何以"举头"？当看到高悬于夜空的明月时，乡思一下子涌上心头，于是低下头来想着自己却原来离家许久了。"低头思故乡"不仅点明了主题，还破解了开头"无眠"的原因——想家！短短的四句话，20个字，绝句最忌讳文字上的重复，因为它短小，文字重复就会显得庞肿，但是《静夜思》却多处重复，"明月"和"头"都重复了两次，不仅不让人觉得笨拙，反而有一种儿歌般的清澈、透亮、天真，又写出了一个农业民族千百年的乡土情结，穿越古今，成为难得的佳作。李白优秀的绝句不胜枚举，这些作品都是他兴到神会，一挥而就的天然之作，刹那的感觉所表现出的人性的纯美和诗人的灵性，浑然天成，平易真切，李白的艺术天分实在是太高了。这样就难怪，杜甫有那么多成功的学习者、效仿者，苏轼可以"开门办学"收徒弟，有"苏门四学士"，但是没有人学得了李白，李白也教不出学生。

除了绝句，李白写的最好的诗歌样式是乐府旧题的歌行体。和律诗相比，乐府旧题的歌行体也叫"古风"，它不拘于长短，不拘于字数，不拘于韵脚，也不拘于对仗，灵活多变，一气呵成，适合李白偏重主观、兴发无端的个性。李白的歌行体，大气磅礴，一切千里，多采用第一人称来抒发感情，来议论事件，但是无论是抒情还是议论，都是李白式的，是跳跃式。比如他的《将进酒》，一上来的两个"君不见"，气势何等逼人！"君不见黄河之水天上来，奔流到海不复回。君不见高堂明镜悲白发，朝如青丝暮成雪……"极度夸张之下抒发了人生易老、青春易逝的感慨。比如他的《行路难》，"行路难，行路难，多歧路，今安在？"七言歌行忽然换做三言，顿挫跌宕，悲愤难平之情溢于言表。再比如他的名篇《梦游天姥吟留别》中，写天姥山"天姥连天向天横，势拔五岳掩赤城，天台十万八千丈，对此欲倒东南倾"，节奏急促，似疾风暴雨；但是，没有片刻的过渡，便悠然缓慢下来，"我欲因之梦吴越，一夜飞度镜湖月，湖月照我影，送我至剡溪……"，仿佛飞流直下的瀑布，突然遇到平缓宽阔的溪流，一下子就舒缓下来。而这种突转，我们不仅不感到突兀，还会体味到一种李白带给我们的奇特魅力。

李白的歌行体，完全打破了乐府旧题的固有样式，空无依傍，笔法多变，摇曳生姿，伴随着长短句式和音节的错落，呈现出飘逸浪漫的诗风，他的独特性格、非凡的气势、生命的活力和激情，还有那个朝代所特有的阳刚之美、张扬情怀、蓬勃的活力，都在李白的歌行体中表达出来了。真无法想象，没有了李白的盛唐，还是不是真正的盛唐！

四、赏析李白的《月下独酌·其四》

　　花间一壶酒，独酌无相亲。
　　举杯邀明月，对影成三人。
　　月既不解饮，影徒随我身。
　　暂伴月将影，行乐须及春。
　　我歌月徘徊，我舞影零乱。
　　醒时同交欢，醉后各分散。
　　永结无情游，相期邈云汉。

　　赏析李白的诗歌，是一件很难的事情。因为从某个角度说，李白的诗歌注重整体感，字字句句的拆解开，反而不好；再者，李白的诗歌并不难懂，"语不惊人死不休"不是他的追求，所以不需要做词语上的"赏析"。从另一个角度上说，李白的诗首首皆好，都可以赏析。所以为难。在这里，我们只讲他的这首《月下独酌·其四》。

　　这首诗是李白自编自导自演的一出"独角戏"，背景是"花间"，道具是"一壶酒"，而舞台动作却是变换多样的。

　　全诗以"行乐须及春"为界限，分为上下两部分。诗人一上来说"一壶酒"、"独酌"、"无相亲"，实际是强调了自己的孤独。而李白是忍受不了孤寂的，他不是陶渊明更不是王维，所以，一二句写"独"，下面一定得解决这个"独"的难题，找谁来解决呢？我们前面说过，伴随李白一生的是两样东西：酒和月，现在酒已在手，于是李白想到自己的"老朋友"——月，于是"举杯邀明月"。明月多情，一邀即来，这样，月、我、影，由一人变成了三人，冷清的场面一下子热闹起来。由一二句的"独"变成了"不独"。实际上呢？谁不明白，这个"不独"是"更独"，因为但凡还能有一个人陪伴李白，他也不会邀请明月，邀月之举分明是"独"到极点的不得已罢了。

　　但是随之，新的问题又出现，明月远在天边且不能与自己开怀对饮，而影子呢，又是默默无语，只能是徒劳的跟在自己的身后。好不容易邀请来的"两人"却不能使自己尽兴，李白甚觉无趣，于是，由三四句的"不独"又写回了"独"。

　　但是，诗人一则是无奈，实在找不到伴侣；一则是想得开，所以，虽然两个酒伴不能使自己满意，还是得将就。于是自我宽慰说，暂时伴随着月亮，带领着影子，真正的行乐，恐怕还得等待春天的到来了。在这两句中，"伴"和"将"看似随口而出，实则用得很妙。明明是"月光伴我"，而李白偏说是"我伴月光"，显示了李白永远以自我为中心的自负；而影子就在脚下，"将"的意思是"带领"，用"带领"说影子，不仅再次写出一种自负，而且也是拟人的手法。在李白眼中，万物都有生命，影子是"自家"的，又不能言语，自然要"带领"了。此时，作者又回到了"不独"的情境中，只不过这个"不独"连表象的都不是，而是内在的，因为"行乐须及春"的"春"，显然不仅仅是自然界的春天，更多的是政治仕途上的又一个春天、又一个机会。这组《月下独酌》写于744年，也就是李白入朝为翰林的第三年，即将被迫离开长安的前一段时间，从这句话可以看出，当时的政治处境已经让李白感到备受压抑。

　　到此为止，是诗的上半部。之所以说这是上半部，因为八句话被分为了四个部分，情感的路线图是"独"→"不独"→"独"→"不独"，与下面的"不独"→"独"→"不独"形成了对称的结构；其次，是上半部的八句话，实际是写了李白从把酒壶摆放在那里，到开始渐饮，到借酒浇愁的苦闷的全过程。

　　从"我歌月徘徊"开始进入了下半部分，"酒入愁肠愁更愁"，此时的李白分明已渐入醉乡，因为他自己已经且歌且舞起来。而当自己歌唱的时候，发现月光徘徊，依依不去，仿佛是在倾听自己的歌唱；在自己跳舞的时候，影子也像舞伴那样，虽然舞姿零乱，但是也在与自己共舞，于是作者感到了自己还是"不独"。

　　但是李白没有彻底醉倒，而是半醉中的清醒。月和影，在自己醒的时候与自己同交欢，而当自己醉倒时，月光仿佛飘然远去，而影子被自己压倒在床上，自然也就找不到。"醒时同交欢，醉后各分散"，作者又回到了"独"，是醉后的"独"。所谓月光渐远，实际是睡意朦胧所致；所谓影子不再，实际是倒身在床所致，显然李白已经进入大醉之中了。

在醉中，李白吐露了自己极度的痛苦，"永结无情游，相期邈云汉"，在这里，"游"是个名词，含义是"游伴"。月光远离，影子无语，这样的游伴自然是无情无义的家伙了，但是即便如此，李白也表示要与这两个游伴永远结交下去，而且约好了，在遥远的宇宙，在来世还要见面。"云汉"即可以理解为宇宙大自然，也可以理解为来世。李白仿佛在醉中才是最"清醒"的，他深知，自己在本世估计很难找到知音，也很难按照自己的方式实现"一匡天下"的梦想，所以只能幻想来世。但是，在来世能否实现自己的理想都很难确定，所以，孤独，恐怕是今生和来世都要相伴的了。既然相伴来世，那么岂不是永远的"不独"么？最后，诗歌在"不独"中作结。

之所以说后面的六句是一个部分，一来是因为这六句是以"不独"→"独"→"不独"对应着上半部写的，二来是因为这六句分明是"醉话"了。

我们开篇说过，与陈子昂相比，李白算得上是"生而逢时"了。其实呢，所有的大师又都是"生不逢时"的。因为，他们之所以能够成为这一领域的大师，必定要走在一个时代的前面，必定有超越其所处时代的成就，这个成就是他们成为大师的根本，也是后人发现、认定他们是大师的理由；但是，正因为这个超越时代的成就，也就必定造成他们"生不逢时"的哀伤。从这个意义上说，"生不逢时"是他们的宿命，人类的进步是需要付出代价和痛苦的，这个痛苦就由他们提前承当了。

第十三讲　伟大的现实主义诗人——杜甫

一、杜甫生平介绍

　　杜甫，字子美，生于712年，卒于770年。杜甫的先祖是东晋时名将杜预，祖父是武周时期著名的宫廷诗人杜审言。杜甫的家庭是典型的封建儒家官宦家庭，这种家庭叫"奉儒守官"，意思是信奉儒家用世精神，世代享受不纳税、不服兵役的特权。755年安史之乱时，杜甫43岁，他完整的经历了一个伟大时代从盛到衰的全过程，而且用自己如椽的巨笔，艺术的记录下了这个全过程，几乎唐史中能够找到的重大事件，在杜甫的诗歌中都有显现，有些在史书中没有记录的历史事件，杜诗中也有记载，所以杜甫的诗被称为"诗史"，杜甫本人被称为"诗圣"，杜甫是中国诗歌史上最伟大的（没有"之一"）的诗人，杜诗同时具有历史意义、教育意义和示范意义。无论杜甫本人"仁民爱物"的儒家精神，还是杜诗内容中"忧国忧民"的思想，还是杜诗表现出的"沉郁顿挫"风格，甚至杜诗中那种"语不惊人死不休"的对汉语言精美境界的追求，都影响了自杜甫之后的文学史，白居易、苏轼、辛弃疾、文天祥乃至谭嗣同，无不或多或少的受到杜甫的影响。

　　由于处于盛唐走向衰败的时期，所以杜甫的一生被清晰的划分为五个时期。

（一）青年漫游时期

　　杜甫的青年时代处于唐代的盛世，和许多少年轻狂的学子一样，杜甫也有过仗剑遨游的一段生活，这段时间是从他20岁到34岁为止。此间杜甫参加过两次科举，他是抱着"读书破万卷，下笔如有神"的自信去参加的，但是都没有考中。杜甫没有灰心，而是继续向东游历，见到了他心目中仰慕很久的泰山，写下了第一首《望岳》，在诗中杜甫相信自己的能力，早晚有一天会"会当凌绝顶"，到那时一定会"一览众山小"。漫游中杜甫结识了比自己大11岁、刚刚被朝廷"赐金放还"的李白，不久又与高适相识，三个人度过了一段快意人生的时光。

（二）十年困守长安时期

天宝六年，即747年，杜甫来到了长安，开始了他人生中的第二个时期，十年困守长安时期。此时的杜甫已经35岁，漫游应该结束了，他抱着"致君尧舜上，再使风俗淳"的政治理想，开始了他曲折艰辛的求官历程，这段时间整整经历了10年。这期间，杜甫又参加过一次科举，这是一次很特殊的科举，是玄宗李隆基自办的、专门用于选拔特殊人才的考试，目的是"广求天下之士"，哪怕有"一艺以上者"都可以参加。杜甫也在其中。但是这次考试被宰相李林甫操纵了，其结果是没有一个人考中。当李隆基不解时，李林甫的解释居然是"野无遗贤"，意思是全中国的贤能之士已经全部在朝廷中做官了，朝廷之外再也没有剩下哪怕一个贤能聪明的人啦！这应该是皇帝感到高兴的事情啊！这样荒唐的理由玄宗居然相信了，而杜甫再一次失去了通过科考入朝为官的机会。科举没有成功，就没有办法进入仕途，而没有办法进入仕途就意味着没有前程也没有经济来源。这段时间的杜甫，生活是相当悲惨的，他自己说"朝扣富儿门，暮随肥马尘。残杯与冷炙，到处潜悲辛"（《奉赠韦左丞丈二十二韵》）。在这样的情势下，杜甫经过别人点拨，为皇帝李隆基写了《三大礼赋》，实际上是吹捧歌颂"皇恩"陈词滥调，总算引起了皇帝的注意。到天宝十四年时，杜甫总算迎来了一个很低的职位——右卫率府胄曹参军，具体说就是管理兵器仓库的一个官，官职的等级为从八品下。唐代京城的官职最低为九品，八品是倒数第二，但是在八品中又分正八品上、正八品下、从八品上、从八品下。杜甫这个官职仅仅强于九品一点点。接受不接受呢？必须接受！因为没有机会了。十年困守长安时期是杜甫一生中经历的第一个悲惨的时期，因为祖先的荣耀已经散去，而杜甫又过于恃才傲物，过于相信自己的才华，所以一直生活在下层，在这段时间里，他写了大量反映社会现状的诗歌，比如《兵车行》、《丽人行》等等。

（三）动乱时期

接受右卫率府胄曹参军这个职位后，杜甫要做的第一件事就是回奉先老家，把和自己一直分居的妻子杨氏和孩子们接到长安，就在半路上，安史之乱爆发了。战乱之中玄宗李隆基逃亡四川，而杜甫安顿好妻儿之后，却没有及时随行逃出，夹在逃难的难民中向北方逃亡，不幸途中被叛军俘虏。因为杜甫的官职和名声都不如王维，所以伪军也不把他放在眼里，没有逼迫杜甫做伪职，只是在长安羁押，允许他出访游览，但是不允许逃出长安。第二年的春天，杜甫趁着莺飞草长，借草木掩护，逃出了长安，直奔凤翔，找在那里临时即位的肃宗。当时的杜甫形象非常悲惨，他说自己是"麻鞋见天子，衣袖露两肘"。杜甫在长安求官十年，一直生活在下层，刚刚获得官职，便赶上了动乱，这对于杜甫的一生实在是一个打击，但是从另一个角度说，一代诗圣就在这样的困顿中产生了。

安史之乱之前，大唐王朝处于千年不遇的盛世，所有的诗人、文人的眼睛都是向上看的，歌颂着这个朝代的伟大，张若虚也好，岑参高适也好，即便是李白的那种怀才不遇的牢骚，也是盛世的牢骚；而杜甫因为一直生活在下层，所以他更多地看到了这个朝代的危机，看到了百姓生活的困顿。安史之乱的爆发对所有人都是一个巨大的打击，许多诗人对战乱没有任何准备，他们还不习惯写下层的苦难，面对战争，只是抒情、只是慨叹，比如岑参说："强欲登高去，无人送酒来。遥怜故园菊，应傍战场开。"李白在后期写战争写的是最多的，尤其是在永王李璘军中时，但是李白更多的是写自己的抱负和不被理解的心情。唯有杜甫，继续着并且深入着他对下层的关注和描写。战争后期，许多盛唐时期的诗人经受不了打击，或者消沉或者抑郁离世，而杜甫却能够经历万般苦难，顽强的活下来，最后脱颖而出，成为这个时代最伟大的诗人。在这段时期内，他写过大量的反映百姓悲苦、社会动乱的诗篇，有《春望》、《月夜》、《哀江头》、《悲陈陶》、《北征》、《哀王孙》、《述怀》、"三吏三别"；他的著名诗篇《自京赴奉先县咏怀五百字》（简称《奉先咏怀》）就是在这段时间内写的。《奉先咏怀》很长，共500字，100句，是杜甫对自己十年困守长安的总结，诗歌表达了自己的政治理想和人生追求，表达了对社会的高度关注，也写出了对这个盛世的怀疑和担忧。最为关键的——也许杜甫本人并没有意识到——杜甫揭示了帝王专制制度最不合理的本质，那就是"朱门酒肉臭，路有冻死骨"。

安史之乱平叛后，杜甫官职由从八品下升至为左拾遗，从八品上，虽然只升了一级，但是这是个可以在皇帝身边当差，而且可以进谏的官职。但是仅仅几个月后，灾难又降临在杜甫身上，由头是他替一个叫房琯的好友辩护，从而开罪了皇帝。房琯是玄宗李隆基的老臣，曾经在玄宗在位时期提出过削减皇子权力、兵力，以防皇子拥兵自重、篡取皇位的建议，而安史之乱中，太子李亨在没有经过玄宗允许的情况下即位，迫使玄宗成为了太上皇，这件事足以说明房琯的担心不无道理，为此李亨暗中记恨房琯，但因为房琯是老臣，又不便得罪，还是让房琯担任了宰相职务。但是在之后的几次作战中，房琯不仅屡战屡败，而且经常不上朝，与一大帮旧臣聚集一起谈论老庄佛教。李亨认为房琯的行为是倚老卖老，不把自己这个新皇帝放在眼里，于是想罢免房琯。几乎所有的人都看得出来，这不过是老皇帝和新皇帝之间的矛盾，房琯只不过是一个说辞。但是杜甫凭借自己是左拾遗，而且与房琯是好友，站出来为房琯辩护，结果大大的惹恼了李亨。捎带着房琯从宰相被贬为邠州刺史，杜甫也被贬到华州参军。759年，杜甫赴任华州，正赶上关中大旱。看到百姓民不聊生的情景，想起自己官场的坎坷，杜甫心灰意冷，彻底放弃官场，辞官西行，开始了他人生的第四个时期——西南时期。

（四）西南时期

离开华州之后，杜甫带着全家先是到了秦州，就是现在的甘肃天水，又辗转到了同谷，经过一年的时间，最终到达了成都。这一年杜甫已经48岁了。杜甫在成都呆了将近五年，建立起了杜甫草堂，度过了一生还算安定快慰的时光。这一段时间的作品，相对来讲也是比较快乐的，比如《绝句•两个黄鹂鸣翠柳》、《春夜喜雨》、《闻官军收河南河北》等。之所以能够过得不错，一则是因为成都物产丰富，远离战争；另一方面是杜甫的青年好友严武一直担任着成都尹，给杜甫很大的资助和支持。严武在第二次担任成都尹的时候，向朝廷表奏杜甫为成都节度使署中参谋，检校工部员外郎，所以后人又称杜甫为"杜工部"。这一年杜甫已经53岁了。检校工部员外郎的官职是从六品，高于杜甫以前所任的官职，但是杜甫反而不很满意，因为工部员外郎这个职位相当于常务办公室主任这么个官职，事情琐碎而且起不到什么关键作用，更主要的是自己已经53岁了，却还是这样一个官职。但是就是这样一个不让人满意的官职，杜甫也没有干多久，因为765年，严武突然暴病猝死。严武的去世对杜甫是一个很大的打击，在四川他彻底失去了政治和经济上的依靠，没有办法，杜甫只得买船南下，离开成都，准备回到长安。

（五）漂泊时期

765年初夏五月，杜甫带着一家老小经过乐山、宜宾、渝州（今重庆），一路水路东行，第二年来到了夔州。夔州当地的官员对杜甫比较宽厚照顾，杜甫在夔州生活了一年零九个月，也建了一个草堂。但是夔州不是杜甫的目的地，他还是想回到长安，所以一年九个月之后，杜甫带着全家再次乘舟顺江而下，经过岳阳、洞庭等，来到了衡州，就是现在的湖南衡阳。到衡州的目的是打算投奔自己的好友、衡州刺史韦之晋，但是，就在杜甫到达的前夕，韦之晋病故了。这一年是769年。

漂泊中的杜甫穷困潦倒，从年轻时杜甫的身体就不是很好，患有焦渴症，就是糖尿病，晚年又患上了痹症，而且因为长年喝劣质的酒，杜甫有严重的肺病。除了依靠好友们接济外，就是指靠妻子杨氏捡拾药材、卖药材为生。晚年的杜甫，诗风更加成熟老到，这一段时间的代表作有《登高》、《咏怀古迹》、《秋兴八首》等等。

770年秋天，杜甫死在了漂泊的船上，享年不到59岁。关于杜甫的死，史实记载不清，但是死于"牛肉烧酒"之说却是流传最广的一个说法。大致意思是，杜甫被困在湖南耒阳，当地县令得知杜甫被困，带着牛肉烧酒去看望，杜甫因为几天几夜没有吃喝，自己身体又非常不好，吃得过多过快，引起疾病而死。但是这个说法一直没有得到确切的证据。

杜甫一直想回到长安，但是最终也没有回去，而是客死他乡。在杜甫去世43年之后，他的孙子杜嗣业才把杜甫的尸骨迁回故乡，安葬在先祖杜预的旁边，实现了他北归长安的梦想。

二、怎样阅读杜甫的诗

（一）理解杜诗中"忠君"的思想

和李白完全不同，杜甫的一生是"忠君"的一生，这不仅表现在杜甫渴望为官上，更表现在他对皇帝的感情上。古代把皇帝比喻为太阳，把遮蔽太阳的乌云比喻为佞臣小人，所以李白才有"白日掩徂辉，浮云无定端"的诗句。而杜甫呢，他把自己比喻为向日葵，说自己是"葵藿倾太阳"，是自己的本性所致，是"物性固莫夺"；甚至在动乱时说自己"每饭必念君"。在夔州时，杜甫吃到一种消夏食品，先将槐树叶子榨出汁，与面粉和在一起做成凉面，煮熟再风凉之后吃，色彩翠绿口感凉滑，非常好吃而且消暑。杜甫吃到这种食品时，首先想到的是，如果皇帝在夏天也有这种消夏食品，该多好啊，"君王纳凉晚，此味亦时须"（《槐叶冷淘》），这在后人心目中是不可理解的，尤其是我们读惯了李白那些揭露、讽刺黑暗官场的作品，更是觉得"这是伟大的现实主义诗人么？"关注社会、同情百姓的诗人应该是和黑暗朝廷分庭抗礼的啊！

关于这个问题，我们应该从这样的角度看，因为中国古代是农业社会，所以汉民族普遍具有一种务实的心理，中国文化一直没有产生"上帝"这样的外在宗教情结。但是，人必须有精神依赖，这个精神依赖就叫信仰，中国人的信仰不在"上帝"，而在于皇帝；另外，中国古代一直是家国一体的政治结构，皇帝是国体的象征。所以，无论是爱国还是爱民，都必须通过"忠君"这个方式来实现，否则就是一句空话。再说，杜甫出身于典型的儒家士大夫家庭，"奉儒守官"是他的家传，这就使他更加相信，唯有通过"忠君"才能实现一切。而

"忠君"的具体途径就是当官,不成为官员,"忠君"是没有机会的,是大打折扣的!关于这一点,我们可以从杜甫逃出长安之后的表现略见一斑。杜甫被俘后,找到机会逃出了长安,但是他没有马上去寻找失散的家人,而是到凤翔找刚刚即位的新皇帝李亨,这实际上是个很危险的举动,因为李亨是在战乱中自行即位的,老皇帝玄宗并没有驾崩,这个新皇帝算不算数?能不能在战乱中担起重任?平叛后老皇帝玄宗会怎么评价杜甫?都是未知数。但是杜甫知道新任皇帝是肃宗,便不顾一切去投奔。因为在杜甫看来,这个皇帝就是国体的象征,皇帝在,国家就在,恢复的希望就在。

但是杜甫的"忠君"不是愚忠,不是为了忠君而忠君,他忠君的落脚点是落在关注百姓、为国分忧这个点上的。他自己说自己是"穷年忧黎元,叹息肠内热",就是说一年到头为百姓担忧,想起他们心中就一阵热浪滚过;而自己又赶上盛唐,所以没有任何理由不贡献出一切,"生逢尧舜君,不忍便永诀!"但是杜甫也知道自己官运不顺,官职卑微,比自己地位高的官员有的是,"当今廊庙具,构厦岂云缺"。但是他仍然不肯放弃,所以,无论去国怀乡,还是任职朝中;无论是写自己的忧恼,还是写百姓的快乐;无论是念友思亲,还是自伤自艾,杜甫所站的角度永远是百姓。比如他写的《春夜喜雨》,作者何以"喜"呢?原因有三:这是春天的雨,而春雨贵如油;这是夜间的雨,因为白天下雨会耽误农民种地;这是细密的小雨,因为瓢泼大雨会砸坏出生的春苗。但是三个"喜",又有哪一个不是站在农民的角度去"喜"的?正是因为有这样的思想基础,杜甫才能把描述百姓生活,关注社会变化当做自己诗歌中的重要内容,他的诗才能成为"诗史",杜甫本人才被称为"诗圣"。

(二)理解杜诗"沉郁顿挫"的表达方式

"沉郁顿挫"既是杜诗的风格,又是杜甫的表达方式。沉郁是指感情深沉,顿挫是指表达感情的形式。杜甫的感情是深沉的,这一点在前面"忠君"这个问题上我们已经说清楚了,但是深沉的感情如何表达出来?这就叫"顿挫"。所谓的"顿挫",就是当这种深沉博大的感情即将喷薄出来的时候,杜甫用自己儒家的修养和内敛的性格把它抑制住了，让这种感情沉顿一下，再以一种低回、缓慢的方式转达、释放出来。所以读杜诗，酣畅淋漓的感觉很少有，更多的是品味后的压抑和沉重。比如他写贵族奢靡的生活，对比百姓的困苦，于是写出"朱门酒肉臭，路有冻死骨"的诗句，但是愤懑的感情没有喷发出来，而是将它压回去，变成"荣枯咫尺间，惆怅难再述"的叹息；再比如写回家后看到自己的小儿子饿死，"入门闻号咷，幼子饿已卒……所愧为人父，无食致夭折"，眼看悲痛难以自制了，但是沉默后的诗句却是"默思失业徒，因念远戍卒"——自己这个"奉儒守官"，享受不服兵役、不纳税的官宦人家的孩子，还是活活饿死的，那别人呢？我们说，杜甫的博大、杜甫的可贵就在这里，在这个"默思失业徒，因念远戍卒"的默想中……

（三）理解杜诗对于字句的精雕细琢

与李白、白居易完全不同的是，杜甫对于诗句、字句是精雕细琢的。他自己说自己是"语不惊人死不休"，又说自己是"晚节渐于律诗细"。杜甫非常善于练字，无论是古体还是律诗，用字常常达到一字之下别人难改的地步。但是杜甫的练字又不是用偏字、怪字，更不是贾岛式的"苦吟"，而是采用俗字，恰到好处的用在诗句中，使全诗顿生光辉。比如"月涌大江流"的这个"涌"字，杜甫直接省去了"月光如水"这个常用的比喻手法，而是直接用形容水的动词"涌"；再比如他写闻官军收复失地后妻子的高兴，"漫卷诗书喜欲狂"，用了"漫卷"这个词，"漫"就是胡乱的意思，杜甫的妻子杨氏是一个很有教养的知识妇女，而此时这个"漫"字，就把高兴的心情全写出来了。杜甫还善于在律诗中加入虚词和副词，这本是写律诗的大忌，但是杜甫用来却自然得体，比如"岱宗夫如何"的"夫"，这是个发语词，放在这里，就写出了杜甫初见泰山的惊讶和兴奋；比如"映阶碧草自春色"的"自"，就写出了蜀相诸葛亮祠堂的空寂，也写出了自己为这位前贤伤感的心情。另外，杜甫还喜欢在语法上做文章，或者打乱语序，比如"香稻啄余鹦鹉粒，碧梧栖老凤凰枝"，或者采用使动用法，比如"垂绿风折笋，红绽雨肥梅"的"肥"字。但是仔细揣味，这些字都是俗字、常用字。

（四）理解杜甫诗歌的基本样式

作为一代诗圣，杜甫的诗歌样式还算完备，古体歌行、绝句、律诗，均有建树，但是杜甫写的最好的，是律诗。杜甫的律诗占总量的63%，不仅数量多，表现内容广泛，更重要的是，他把律诗对仗这一特点发挥到了极致，而且浑然天成，看不出任何声律的束缚和雕琢的痕迹。以"浑然"为例，《闻官军收河南河北》和《春夜喜雨》是最好的例子；以声律严谨为例，杜甫最好的作品是《秋兴八首》和《登高》。《秋兴八首》是组诗，每一首都是严格的律诗，而八首又是层层深入的一首"大律诗"。其中第一首中"丛菊两开他日泪，孤舟一系故园心"，精妙到了难以置信的地步，"开"既可以是"丛菊"的谓语，当"开放"讲，又可以是使动用法，连接"他日泪"，解释为"使眼泪流出来"；而"系"字作为动词，既可以系船，又可以系住故园心。《登高》就更加的登峰造极了，明代学者胡应麟评价此诗说："一篇之中句句皆律，一句之中字字皆律"，称誉此诗是"千古七律第一"。《登高》之所以获得如此高的评价，确实不为虚言，因为一般律诗只讲究三四句的颔联和五六句的颈联对仗，对于首联和尾联并不做对仗要求，但是《登高》却通体皆对。最难得是的是，尾联的对仗还表现语法上，"繁霜鬓"和"浊酒杯"，都是使动，意思是"使白发增多"、"使酒杯浑浊"。总之，无论是在1400余首杜诗中，还是在唐诗史上，乃至整个中国诗歌史上，杜甫的律诗，都占有极其重要的地位。

除了律诗，杜甫的绝句也值得一提。相对于律诗，相对于李白的绝句，杜甫的绝句不仅少，而且很少被人提及。一来是因为律诗的光芒掩盖了绝句，二来是与李白相比，杜甫的绝句确实略逊一筹。绝句短小，包容不了杜甫博大的感情；绝句需要抓住一瞬间的感情、一刹那的画面，过于斟酌反而做作，不符合杜甫的创作理念。但是，尽管如此，杜诗中的绝句也有不少佳作，比如《漫成·江月去人只数尺》、《赠花卿》、《江畔独步寻花》等等；而杜甫作于去世之前的《江南逢李龟年》，不仅是杜甫最后的一首诗，也是杜甫写的最好的绝句，难怪后人称之为"压卷之作"了。

三、杜甫的地位

杜甫在世时，地位和名气远不如李白，甚至不如王维。杜甫能够被称为"诗圣"，能够与李白并列，缘于中晚唐之后。给杜甫最高评价的是元稹，元稹说到："上薄风骚，下该沈宋，言夺苏李，气吞曹刘……尽得古今之体势，而兼人人之所独专。"杜甫的伟大，不仅在于他诗歌上的成就（杜诗共1458首），更在于他身上集中体现了中国文化传统中的儒家思想，而且是儒家思想中最为可贵的部分——仁民爱物、忧国伤时。别人是"在其位而谋其政"，杜甫却是在不在其位都要谋其政；别人是"达则兼济天下，穷则独善其身"，杜甫却是达也好、穷也好，都要兼济天下。更为重要的是，他为后世的文人树立了一个思想情操上的榜样，杜甫心念国家，同情百姓的精神，在文人士大夫的人格形成上，有着不可估量的影响。直到南宋，文天祥被俘后还说："凡我意欲言者，子美先为代言之。"可见人格影响之深广。

从思想内容上说，继承杜甫最好的诗人是白居易，如果说杜甫树立起一面现实主义的旗帜的话，那么把这个旗帜发扬光大的，就是白居易。但是白居易有两处不如杜甫，第一是白居易在朝为官时敢说敢言，但是离职后不再关注朝政，没有将他所倡导的"新乐府"进行到底，变成了"不在其位不谋其政"了。第二是白居易过于强调诗歌的通俗易懂，在诗歌精美细致上，做的不如老杜。

从诗歌的艺术上说，真正继承杜甫、尤其在律诗上接席杜甫而当之无愧的，应该是李商隐，尤其是李商隐以"无题"为题目的律诗，写得无与伦比，甚至超过了杜甫。但是李商隐生于晚唐末世，时代没有给他提供一个更为广阔的关注社会、关注百姓的空间，而李商隐自己的性格和家世、经历等，也决定了他只能关注自己的内心世界。

另外还有一个问题，就是关于李杜"谁更好"的问题。李杜是浪漫主义和现实主义的两大高峰，但是二人却又是如此的不同：李之所有——与封建朝廷的分庭抗礼、对自由人格和个人尊严的追求，杜甫统统没有；而杜之所有——对社会的关注、对百姓深深的同情，李白一概没有。因此，有人抑李扬杜，说李白不关心下层，"觉悟不高"；有人抑杜扬李，说杜甫身上"有奴性"。如果从个人爱好上这么评价，不是不可以；但是如果从文学、诗歌的角度来说，这样的对比是错误的，用萧涤非的话说，李杜二人，"分则两美，合则两伤"；韩愈也说，"李杜文章在，光焰万丈长"。诗仙李白和诗圣杜甫，是中国诗歌史上的"双子星座"，是中国文化中最为瑰丽、神圣的风景，值得我们后人为之永远骄傲！

四、杜甫诗歌赏析

1、《望岳》

岱宗夫如何？齐鲁青未了。
造化钟神秀，阴阳割昏晓。
荡胸生层云，决眦入归鸟。
会当凌绝顶，一览众山小。

　　这首诗写于杜甫的青年漫游时期，一般诗集收录杜甫的诗篇，都是把这一首当做第一首来收录。当时的杜甫刚刚科考落榜，但是没有灰心，而是继续向东漫游，见到了仰慕很久的泰山。《望岳》共分三首，望东岳，望南岳，望西岳，但是毫无疑问，这首望东岳泰山的诗作最为出名，此后，一提起杜甫的《望岳》，自然就是望东岳了。
　　全诗的中心是一个"望"字，但是角度不同。
　　一上来，诗人看到自己心目中的泰山，非常兴奋和激动，冲口说出一句，"泰山啊，你让我来如何地形容你呢！"在这里，作者为了表达自己心中的喜悦和兴奋，用了律诗中很忌讳的一个语气虚词——"夫"，而恰恰是这个"夫"字生动的写出了作者激动的心情。那么如何形容呢？杜甫的角度非常奇特——齐鲁青未了！"了"，在这里是动词，意思是"了尽"、"包容"的意思。泰山横亘在山东，山之南为鲁国，山之北为齐国，所以现在的山东还称"齐鲁大地"，杜甫说，广袤的齐鲁大地都不能包容你的青青山色。如果说第一句的精彩之处在于"夫"字的话，那么第二句的精彩之处在于"倒装"，这个句子是倒装句，应该是"未了其青"。诗人为了突出泰山的广袤，将"青"放在前面，采用倒装的句式来写，这样就不仅写出了泰山的广袤，而且突出了泰山的地理位置，难怪后人说，"齐鲁至今青未了，题诗谁继杜陵人？"

首联写的是远望，接下来，诗人走到了山的脚下，写的是山下之望。如果说望远看到的是泰山之大，那么，从山下向山上望去，看到的是泰山的高。所以按照行走的逻辑，这句写山高，但是怎么描述呢？之前谢灵运写过《泰山吟》，其中写到山高的句子是"崔崒刺云天"，"崒"是个偏字，意思是险峻，虽然用偏字不是写诗的高明之法，但是一般诗人写山，先写其高，也是常见的。那么杜甫怎么不流于俗套来写这个"高"呢？杜甫用的诗句是"阴阳割昏晓"！这个句子用得太奇特了，他没有说山如何如何的高，而是说，泰山像一把利刃直耸蓝天，将天空划割为两半，一半昏暗如傍晚，一半明亮清晨，昏者为阴，明者为阳。"割"字是个极其常见的俗字，但是用在这里，却产生了"奇险"的作用，由此可见，以俗字起到偏字的作用，杜甫运用得是何其熟练。什么叫大诗人？这就是！不需要古怪的字眼，更不需要"两句三年得，一吟双泪流"，随笔写去，便出新奇。

按照上山的旅程，写过山下，自然写山上。所以颈联两句写的是山上之望。泰山之上，云环雾绕，大口呼吸一下山中新鲜的空气，仿佛能够把五脏六腑都洗涤一净，所以诗人用"荡胸生层云"来写山上的景观——云雾。但是这一句仍是倒装，应该是"层云荡胸"，但是"荡胸生层云"的写法，既写出了山上云雾环绕的景，又写出了被云雾涤荡之后心胸阔亮的感觉，可谓一举两得。云雾是山上的近景，还有远景，那就是大群大群的飞鸟。与"荡胸"一句相对应，杜甫写山上的飞鸟仍然是从主观写起，"决眦入归鸟"，这句话的意思是，使劲睁大眼睛，几乎把眼眶撑裂，才能把山上大群大群的飞鸟收入眼底。既写出了山上飞鸟之多，更是生动了写出了诗人惊奇的、努力的、目不转睛的观看时，那种惊讶和新奇，可谓神来之笔！

最后一句，许多人理解为山顶之望，其实不对，应该是想象之望——诗人还没有登上泰山的最高峰。因为"会当"是当时唐代的口语，是"一旦"、"一定要"的意思。以口语入诗歌，又是老杜的一绝，而且不觉其俗，却恰到妙处。诗人说，我一定要登山泰山之顶，到那时眼前必定是"一览众山小"的景观。从"会当"二字看，确实是还没有登上最高峰。而妙处就在这个想象之望：此时的杜甫踌躇满志、朝气蓬勃，充满了对未来的信心，充满了对自己、对这个时代的信任，相信自己有一天一定能够实现"致君尧舜上，再使风俗淳"的理想，到那时自己一定是万人之首，一定会"一览众山小"的。也应该是这个原因，所以，所有的诗集选择杜甫的诗，都是把这一首放在了最前面，连清代学者浦起龙都认为，"当以是为首"。

《望岳》一诗，围绕着一个"望"字，写了四层内容：远望、山下之望、山上之望、想象之望。八句话四联，句句有精彩非凡之处，可见，杜甫的"语不惊人死不休"既是一种诗歌语言追求，更是一种下意识的习惯，这个习惯在他青年时代就显示出来了，为他之后成为律诗的大师奠定了语言上的基础。

2、《春望》

  国破山河在，城春草木深。
  感时花溅泪，恨别鸟惊心。
  烽火连三月，家书抵万金。
  白头搔更短，浑欲不胜簪。

《春望》写于安史之乱时。756年夏，叛军攻破长安，杜甫准备去投奔在灵武即位的肃宗，途中被叛军捉获，押回长安。因官职卑微，没有被逼迫做伪职，叛军的看守也不是很严，转年，杜甫逃出了长安。这首诗恰好写于杜甫被囚禁的几个月内。

第一句就惊心动魄！国破山河在！国家与山河的关系，估计一般人都很少去考虑。它们的关系是这样的：有山河不见得有国家，但是有国家必须有山河；也就是说，"国家"这个政体不仅仅是概念上的，还必须落实在实体上，这个实体就是山河大地。没有山河大地作为依托的"国家"不是真正的国家，也不可能是长久的国家，这个例子在现代史上被反复的证明过。当国家安稳的时候，百姓把对国家的热爱落实在对山河的讴歌上，比如"我爱你中国"，那么爱中国的什么呢？"我爱你碧波滚滚的南海，我爱你白雪飘飘的北国……"但是，当国家破败的时候，人们看到仍然存在的山河大地，强烈的对比之下，就会痛彻心扉，于是"国破山河在"痛心疾首的呼号就喷发出来了。在这里，作者把"国破"与"山河在"同时写出，形成了强烈的对比；同时"破"字是个爆破音，有爆发力和冲击力，这个字音也产生了很大的震撼。

  第一句写过国破，第二句缩小了一个范围，由"国"的大范围缩小到"城"——"城春草木深。"长安城的春天到了，但是此时的长安再也不是那个"三月三日天气新，长安水边多丽人"的长安了，由于叛军的侵入，民众逃跑，城中无人收拾，荒败的野草高可没人了。如果说"国破"与"山河在"形成对比，那么"城春"和"草木深"形成了衬托，深可没人的草木反衬了长安城春天的凄凉。

  三四句再缩小一个"包围圈"，由长安城写到了城中具体的花草鸟儿。对于这两句话的理解，历来有两种，集中在"溅泪"和"惊心"的主语是谁。有的认为是杜甫，那么这句话就翻译为，"因为伤感时局，所以看见花我都流出了眼泪；因为含恨离别长安，所以听到鸟叫声都惊心动魄"。有的认为主语应该是花和鸟，那么就翻译为，"因为伤感时局，所以连花都流下眼泪；因为恨别长安，所以连鸟儿都感到惊心难过"。我个人趋向于后者，理由有三：一则，以花鸟写长安的破败更加生动；二则，符合诗人的写作思路——由国到城，由城到花鸟；三则，诗人作为主角的出现，应该是在最后。而且，"移情及物"是传统的写法，也说得通。国家的破败，使得花鸟都流泪伤心，那么可以想象，人何以堪！这句话表面看是写花鸟，实际是以花鸟借代长安城的民众，为五六句写民众中的一份子——自己的家人做了铺垫。

  五六句的"包围圈"再缩小一层，到了自己家人、亲人这一层上，而自己家人的处境，岂不就是所有百姓处境的一个缩影么！"有弟皆分散，无家问死生"，这不是战乱中所有百姓家庭的真实写照么！"烽火连三月"，实际上自叛军攻破长安，远不止三个月。"寄书长不达，况乃未休兵"，战乱中最担心的就是家人了，何况杜甫的妻子杨氏，不仅小杜甫14岁，而且是一个人带着孩子们，战乱中，"比闻同罹祸，杀戮到鸡狗"，鸡狗尚且不留，何况年轻的女人？而杜甫与家人远隔，"寄书问三川，不知家在否"，困难重重中能够收到家人的书信，真是抵得上万金了。"家书抵万金"既写出了收不到家书时的焦急，也写出了收到家书时的欣慰。中国自古交通一直不很发达，而中国人对于家庭、对于故乡又过于看重，所以，一旦战争爆发，人们就想起杜甫"烽火连三月，家书抵万金"，这一句就成为流传千古的名句。

最后一句，范围缩到最小——作者自己。"白首搔更短，浑欲不胜簪"，"浑欲"也是唐代的口语，意思是"几乎"。国家破碎，人民涂炭，烽火遍地，书信不通。一向为国、为民而焦愁不安的杜甫，此时更是万般无奈，不知如何是好，只能是搔首踟蹰，最后把头发都搔光了，连簪子都挽不住头发了。"白发"既是为国家而担忧，也是为自己不能效力而焦灼；"搔"是万般无奈下的动作；"更短"说明这种焦急和无奈不止一次、不止一时。

这首《春望》的精妙之处在于"包围圈"的缩小，诗人采用以大化小的写法，先从国家山河写起，缩小到城市，再缩小到城中的花鸟、民众，再缩小到家人，最后缩小到自己。就像一个电影镜头：远景——中景——近景——特写。最后，诗人白发飘飘愁闷焦灼的形象站立在我们眼前，因为有后面背景的衬托，这个形象尤为真实、尤为感人，其承托的意义也尤为厚重。全诗意脉贯通，气度浑然，杜甫爱国、思乡、眷亲、念友的悲悯情怀令人感动，千百年来，传颂不已。

3、《月夜》

今夜鄜州月，闺中只独看。
遥怜小儿女，未解忆长安。
香雾云鬟湿，清辉玉臂寒。
何时倚虚幌，双照泪痕干。

《月夜》是杜甫写给自己妻子杨氏的诗，因为杜甫一生没有写过爱情作品，所以这首"疑似爱情诗"在杜诗中算是比较奇特的一首。作品的写作背景与《春望》一样，所以这里不再赘述。

在婚姻上，和其他诗人不一样的地方在于，在允许多娶的唐代，杜甫终生只结了这一次婚，没有第二次婚姻，也没有姬妾，夫妻可谓白头到老。妻子杨氏比杜甫小14岁，是个很有修养的知识女性，杜甫曾经写到她"老妻画纸为棋盘"，这是他们漂泊在夔州时杜甫写的《清江》里的诗句，漂泊之中杨氏居然如此淡定，可见个人修为不同一般。但是，在杜诗中，杜甫又多以"老妻"相称杨氏，其实杨氏并不老，丈夫称妻子为"老妻"，更多的是一种"爱称"。

这首《月夜》的奇特之处不仅在于写给妻子，更在于写法，后人称之为"诗从对面飞来"，诗人没有写一句"我想你"，而是处处写"你想我"，殊不知，没有"我想你"，哪里来的"你想我"。这种写法影响了后世的许多人，李商隐的"晓镜但愁云鬓改，夜吟应觉月光寒"，柳永的"想佳人妆楼颙望，误几回、天际识归舟"，都是这种写法的翻版。

诗的题目叫"月夜"，但是诗人写的不是长安的月和夜，而是鄜州夜晚照耀着妻子的月。所以一上来说，"今晚鄜州的明月，可惜你只能是独自观赏了"。这句诗不仅写出对独自观月的妻子的体恤，而且更主要的是，它在暗示我们，曾经有多少个夜晚，夫妻二人是同赏明月的，所以才有"今夜鄜州月，闺中只独看"的肯定啊！而妻子独自望月的目的是什么呢？战乱之中难道还有玩赏之心么？显然不是！月，在中国诗歌中有固定的感情指代，其中思乡和思亲是关键。"独自望月"不仅暗示着曾经有过的共同赏月，还暗示妻子对丈夫的思念。而此时杜甫说"今夜"，实际也在暗示你我二人，能够推断你在今夜独自望月，显然，我杜甫也同样是彻夜难眠的呀。这就是"诗从对面写起"——诗人不说"今夜我在无眠中望月想着你"，而是说"今夜你肯定在无眠中望月想着我"。

但是我们知道，杜甫夫妻是有孩子的，而且此时孩子在妻子身边，那么何来"独看"呢？可以拉着孩子一起来看么，就算孩子已经入睡，

133

那么有孩子伴在身边，也算不得"独"啊！其实，杜甫的这句话是说，孩子还小，感觉不到战乱的危险，更不能理解母亲思念不知身在何处的丈夫的心情，所以即使儿女环绕，妻子的"心"是孤独的，言外之意，没有丈夫陪伴的妻子，永远是"独"的。这种体恤，只有夫妻之间才有。想到妻子的孤独，想到孩子们随着家人四处逃难而自己却帮不上什么，杜甫心中涌起一阵爱怜和愧疚之情，"遥怜"二字用得极好，既要"怜"却只能"遥"，这种不可及的感情是多么折磨人呐！

接下来拟想月光下妻子的样子，写得极妙。"香雾云鬟湿"，因为在月光下站立的时间太长了，所以夜晚的露水打湿了头发；而也是因为站立时间长，头发中的香气又侵染了空气，使得空气都充满了女人的芳香。这一句写的非常艳丽，雾气与发香互为因果，都为了突出久久的伫立、凝望，而望月时间之所以长，是因为思念之长。"清辉玉臂寒"，也是这个写法，清冷的夜晚，因为站立时间过久，妻子的玉臂一定感觉寒冷；而洒落在如玉的胳膊上的月亮的光辉，更显得清亮。关于这两句，有诗评家说，写得过于艳丽了，因为老杜一生不着艳情诗，何况这是在战乱之中。我个人的理解是这样的：一来，此时的杜甫44岁，而妻子才30岁，杨氏应该有少妇的光彩；二来，夫妻二人本来感情深厚，而此时妻子又不在身边，远方的思念会使得心中的形象更加美好起来。所以，虽然艳丽些，还是有道理的。

一处明月，两处相思。当杜甫在被困的长安思念远在鄜州的妻子，当不知丈夫音讯的妻子对月凝望时，都应该是伤心落泪的。杜甫在此时肯定是泪流满面，所以也想象着妻子望月流泪的样子，才有了最后两句，"何时倚虚幌，双照泪痕干"，盼望和平，盼望团聚，岂止是杜甫一家，战乱中家家不是如此么？但是和平什么时候能够到来呢？什么时候能够夫妻团圆，那时的月亮，照见的是始干的泪痕。作者说"泪干"，说"双照"，实际是暗示了此时不干的泪，两个孤独的人。

《月夜》中的"月"是诗眼，自己望月思妻，妻子望月念夫，儿女望月的不解，夫妻望月的期盼，都在这一个"月"下面了。而开头写"独看"，结尾写"双照"，互为照应；"看"，由人写向月；"照"，由月写向人。"独"，是现实的悲伤；"双"，是未来的希望。全诗在拟想对方中开始,在拟想未来中结束,而落脚点又一直是对方——妻子。章法紧密,词意婉转,后人称此诗是杜甫唯一的"爱情诗",不为无因。

4、《又呈吴郎》

　　堂前扑枣任西邻,无食无儿一妇人。
　　不为困穷宁有此?只缘恐惧转须亲。
　　即防远客虽多事,便插疏篱却甚真。
　　已诉征求贫到骨,正思戎马泪盈巾。

　　这首诗是杜甫离开成都漂泊到夔州时所作。当时的杜甫在夔州住了将近两年,得到当地官员的帮助,建了一个西草堂。不久,杜甫内地的一位吴姓亲戚为了躲避战乱前来投奔杜甫,杜甫就让这位亲戚居住在草堂里,自己搬到东草堂居住。杜甫在这个草堂住着的时候,周围种了一些枣树,有一位穷苦的老太太经常来打枣,杜甫不仅从来没有阻拦过,而且对老太太很和善。吴姓亲戚搬过来后,在草堂的周围扎了一圈篱笆,老太太打不了枣了,就向杜甫哭诉。杜甫写了一封书简劝说吴姓亲戚,后来又觉得好像没有说清楚,于是又写了一首诗去劝说。为了表示对这位年少于自己的亲戚的尊敬,杜甫尊称他为"吴郎",又用了"呈"这个字。这就是《又呈吴郎》这首诗的写作背景。
　　这是首律诗,但是以杜甫写律诗的水平来看,这不是一首特别出色的作品。之所以讲解这一篇,是因为它体现了杜诗的另一种风采。这是一首劝解、同时又暗含批评的诗作,但是吴郎是自己的亲戚,而且年轻,怎么劝解才能既让他明白,又让他接受,同时又不使他过于下不来台呢?这需要一种"批评的艺术",而这种"艺术"以诗歌的方式显现出来,就更加的不容易了。但是,老杜做到了,这就是我们选这首诗的理由。
　　第一句就是批评,但是杜甫却先从自己说起,说自己处理这件事的方法和态度,"堂前扑枣任西邻",我就任随那个老太太到我堂前扑枣。前面我们说过,杜甫喜欢倒装,这个句子还是倒装,作者把老太太的行为——堂前扑枣放在前面,直奔主题,一下子就抓住了读者的注意力，想必也一下子就抓住了吴郎的注意力。而"任西邻"既是做法又是态度，放在后面写，余味无穷，言外之意，"我能够这样做，你为什么不能呢？"批评对方，却先从自己说起，这就避开了正面交锋，转移了被批评者的注意力，使之能够心平气和的听取下文，老杜的水平，高就高在这里。

　　第二句转得更远，转到了老太太的处境上。这是一位没有儿女赡养，没有饭吃，而且是孤身一人的老寡妇，这样一位可怜的老太太前来打几个枣子来充饥，难道不值得我们同情么？以她的能力，她也只能是"扑枣"了，因为别的活计她已经干不动。看到这里，我们必须回到第一句，注意这个动词"扑"，杜甫用的是"扑"而不是"打"，一字之差，生动形象地写出了老妇人的年迈和无力，杜甫炼字的功夫不见斧凿随处皆是。

　　第三句，从对老太太的心理揣摩写过去，杜甫说，这位老妇人不是刁民更不是奸商，她打了枣子不是去买，而是充饥；她难道不知道打别人家的枣子是一件很不上台面的事情么？她难道不知道自己这样做是占人家的便宜么？知道！肯定知道！那为什么还要打呢？因为生活实在是困难而且无处投奔——"不为困穷宁有此？"这句话的亮点实有两处，首先"困"与"穷"二字，作者没有写成"穷困"，而是"困穷"，这不是玩弄文字游戏，而是完全不同的两个意思，"困"是生活困难，而"穷"是走投无路，无处投奔。而"困"应和了前面的"无食"，"穷"应和了前面的"无儿"。第二点，这是个反问的句子，"宁"当"难道"讲，有力地写出了杜甫的同情，"如果不是因为生活困难又没有儿女可去投奔，难道她能做这种事情吗？"而这种反问想必会震慑年轻的吴郎，这比直接批评还要管用。

　　写到此，杜甫还没有休笔，而是更深入一层，从老太太的心理感受写过去：杜甫说，这个老妇人憨着脸皮去打别人家的枣子，一定是心怀恐惧的，因为我们的生活地位总比她高一些的，那么，我们就应该不仅让她来打枣，而且要对她好一点，让她打得安心，打得自在，打得没有心理障碍！"只缘恐惧转须亲"，"转"在这里当"反而"讲。什么叫做体谅？什么叫做与民感同身受？看看杜甫的《又呈吴郎》就知道了！与杜甫相比，之后的诗人也写过对百姓的同情，但是这种同情更多的旁观，是恻隐，是焦灼，比如白居易的《观刈麦》，已经写得很好了，但是，这个"观"字还是使自己置身于外了。陕西民谣曰："唐代诗圣有杜甫，能知百姓苦中苦"，这就是杜甫与白居易等诗人的高下之分。

以上四句，一气贯穿，杜甫从自己的角度、从"打枣"这件小事说起，层层深入，步步推进，目的是启发、批评这位远来的亲戚。

但是这首诗的题目叫《又呈吴郎》，所以必须有针对吴郎的批评，否则就离题了。第五六句就是写给吴郎的。但是因为前面的铺垫，所以，此处再批评吴郎，量他也能接受了。但是杜甫还是先给吴郎"下台阶"，"即防远客虽多事"，这句话的主语是老太太，说那个老太太，她一见你到来，就处处提防着你，这是她的女人心思，见识浅，多事！言外之意，她不了解你吴郎，你不是那种不大度的人。在这句话中，请不要忽略一个非常微妙的字，"虽"，这个关联词的加入，为后面的直接批评做了很好的转折。虽然是老太太多事，但是你呢？你一上来就插满了篱笆，好像真的要阻止她打枣呢？她本来就心怀恐惧、提心吊胆的，你这么一做，她当真了。言外之意，也不能怪老太太告你的状，你确实是太较真了，不懂得体贴人呢！

真正的批评就第六句，但是有了前面的五句做铺垫，吴郎肯定心悦诚服了。这首诗告诉我们，批评不在于话语多少，在于见效；而如何见效？杜甫就是榜样。

这首诗的段落划分也很有意思，一般律诗是前、后四句各一层意思，但是《又呈吴郎》是前六句是一层，围绕的中心是"打枣"。但是杜甫绝对不会拿"打枣"这样的小事做文章的，他一定要申发开去。所以最后两句才是全诗的结穴。"已诉征求贫到骨"，杜甫说，那个老太太多次诉说过，因为"征求"，她已经贫困到了极点。"征"就是征兵，就是打仗，因为征兵和战争，老人失去了儿子，"征"是前面"无儿"和"穷"的根源；"求"是赋税，因为赋税过高，老人衣食无继，"求"是前面"无食"和"困"的根源。也就是说，国家的战乱是造成老太太"无食无儿"、"困穷"的根本原因。但是，老太太的情况是个案么？显然不是，像老太太这样的困穷百姓到处都是，他们同样生活在水深火热中，持续十年的战乱影响了所有人的生活，就算是你我这样的官宦人家，也被迫躲避到西南。想到这一层，你吴郎还会为几个枣子而斤斤计较么？更何况，战乱还没有终止，那么，给百姓带来困穷的"征求"就不会停止，百姓的苦难只会加重不会减轻，想到这里，难道不让人感慨万端、泪湿衣襟么！

写到此，全诗主旨全出，如果说前面的《春望》是以大化小的写法，那么这首诗就是以小化大，由一个孤寡老妇"打枣"的小事联想到国家的危难、人民的痛苦，这才是杜甫要费这么大的力气，两次劝说吴郎的根本原因所在。

从艺术手法来说，《又呈吴郎》从另一个角度显示了杜甫"练字"的功夫，那就是大量的关联词、虚词的使用。这是一首劝解、批评对方的诗作，杜甫既要让吴郎明白自己讲的道理，又得顾及这个年轻人的面子，让他能够接受。否则，对方抵触心理过强，就算再明确的道理，也达不到目的。同时，既要写出自己对打枣的老太太同情，又不能让老太太感到官宦人家高高在上的虚假。所以，杜甫巧妙的使用了关联词和虚词，比如"宁有此"的"宁"，"只缘恐惧转须亲"中的"缘"和"转"，"即防远客虽多事"中的"即"和"虽"，"便插疏离却甚真"中的"便"和"却"，还有最后一联中的"已"和"正"。尤其是"宁"、"转"、"虽"、"却"四个字，堪称神来之笔，杜甫千回百转的柔肠，被这几个字展示得淋漓尽致。律诗讲究的是高度浓缩和精炼，虚词和关联词属于散文的写法，"以散文体入韵文律"，这是杜甫的一大开创，读来既有诗歌的韵致，又有散文的灵活——律诗还可以这样写——杜甫不愧为这一诗歌样式的高手。

5、《咏怀古迹·其三》

群山万壑赴荆门，生长明妃尚有村。
一去紫台连朔漠，独留青冢向黄昏。
画图省识春风面，环佩空归月夜魂。
千载琵琶作胡语，分明怨恨曲中论。

《咏怀古迹》一共五首，全部写于杜甫漂泊途中滞留夔州时期。夔州三峡一带，名胜古迹很多，其中包括宋玉、诸葛亮、王昭君、刘备、庾信。"五首"就是写的这五个人。在这五首诗中，写王昭君的这一首是最能显示杜甫一生怀抱的作品，也是五首中最好的作品。而且值得注意的是，五个人中，唯有王昭君，不仅是唯一的女性，而且她的贡献既不能在政治上与诸葛亮、刘备相提并论，也不能在文学上与宋玉、庾信平起平坐。那么，杜甫为什么要写王昭君呢？在这里，我们不得不花费一些文字来介绍王昭君的一生。

　　王昭君，名嫱，南郡秭归（今湖北秭归县香溪）人，西晋时因为避司马昭的讳，又称"明妃"。汉元帝时，王昭君以"良家子"的身份成为"后宫佳丽三千人"之一，但入宫数年不被招幸，心怀怨愤。恰逢匈奴呼韩邪单于来朝，元帝以五美女赐给呼韩邪单于，王昭君自请随行。昭君临行时光彩照人的形象使得汉元帝大为惊讶，也很是后悔，但是又怕失信与匈奴人，于是只得放行。以上记载出自于《后汉书·南匈奴传》，应该算是可信。

　　但是民间流传的版本不是这样，比历史记载要曲折得多。王昭君之所以不被宠幸，是奸臣毛延寿从中捣鬼，因为汉元帝凭借毛延寿给各位美女所画的画像，来决定与谁共度良宵，美女们只得贿赂毛延寿这位画师，把自己画得美一点，也好获得皇帝的宠幸，万一能够生下一儿半女的，就有做皇妃的资本了。偏偏王昭君不肯贿赂，所以毛延寿将王昭君的画像上点了一颗落泪痣，谓此丧夫痣，王昭君因此不被招幸。后匈奴求和，王昭君应诏自荐，汉元帝见后宫有此等美人，后悔万分。昭君的出塞确实起到了安抚边疆的作用，"边城晏闭，牛马布野，三世无犬吠之警，黎庶忘干戈之役"。三年之后，丈夫呼韩邪单于亡故，留下一子，当时王昭君请回，但是不被汉成帝允许；王昭君以大局为重，忍受极大委屈，按照匈奴"父死，妻其后母"的风俗，嫁给呼韩邪的长子，与之生活十一年。后来因为王莽改制，匈奴不承认新朝，祸患又起，王昭君眼看和平局面毁于一旦，倍感痛心，在忧怨中死去。王昭君去世后，被葬于今呼和浩特市南郊，墓依大青山，傍黄河水；传说王昭君生前思念故乡，但是最终没能实现回归故乡的愿望，所以昭君墓即使是到了秋草枯黄的季节，仍然长满青青绿草，后人称之为"青冢"。

关于王昭君的故事，不少文学家写过各种版本，其中比较有名的是马致远的版本和曹禺的版本，这里不再赘述；不少诗人也写过王昭君，李白、庾信写过《王昭君》，欧阳修和王安石写过《明妃曲》。但是杜甫的《咏怀古迹·其三》却与这些作品完全不同。

诗的开头两句，起势非常高，杜甫采用拟人的手法，说群山万壑就像接到命令一样，齐刷刷地奔赴荆门去了，因为在那里有一个著名的小村庄，这个小村庄出生过一个叫"明妃"的女人。这样写显然是衬托、歌颂王昭君的。但是有一个很明显的问题：是不是写得有些过高了？这样惊天动地的写法，献给一个和亲的女子确实有些不恰当，再说历史上和亲的女子很多，文成公主就是，其作用不比昭君差，何必如此抬高王昭君呢？我们先存疑，放下不谈，看后面的句子。

颔联写昭君的一生经历，"紫台"是指皇宫，"朔漠"是指漠北匈奴生活。诗人说，王昭君的一生是由两部分组成的，皇宫内院和万里沙漠。这样的写法很震人心魄，因为皇宫内院的"紫台"代表着昭君年少青春的耗损，如果不是有和亲的这个意外，王昭君一定是和历史上所有的白头宫女一样，在深宫内院自残其身了。而"朔漠"所代表的万里沙海，也不是什么好事情，虽然昭君后来和单于夫妻恩爱，边疆也因为昭君的和亲而安定了多年，但是，昭君毕竟是一个江南少女，她走的那一年不过 18 岁，一个江南少女在言语不通、习俗迥异的异乡，是怎么艰难的度过生活，就可想而知了。而昭君的一生就是由这两部分串接起来，幸也不幸也？昭然若揭！"独留青冢向黄昏"又是写昭君的去世，王昭君的第二任丈夫去世后，昭君想回到内地，但是不被允许，最后昭君留在了异乡，昭君有过儿女，有过两任的丈夫，但是，在杜甫看来，昭君还是"独"的，没有回归故乡的人，灵魂上是"独"的，一个"独"字写出了昭君内心的忧伤。而这种孤独只能面向黄昏来诉说。这一句的妙处在于，"黄昏"既是指时间——傍晚时分游人散去的凄凉，又是指空间，因为沙海是黄色的，当风暴起来时，满天昏黄。"黄昏"二字，兼写时间空间，用词精巧。

诗的精彩之处在于颈联两句。"画图省识春风面","春风面"是指美人的容貌。历史上,许多昭君故事的杜撰者都把王昭君的悲剧归结到毛延寿身上,唯独杜甫认识到了事情的本质,汉元帝,一个无能而昏庸的国君,仅仅凭着一张图画来认识后宫美人,使得佳人的命运由毛延寿来摆布,才造成昭君数年不被招幸,自荐其身,最后被迫出塞的悲剧。而昭君在第二任丈夫去世后致书汉朝,希望能够回归,但是生性更加昏庸懦弱的汉成帝不置可否,导致昭君最终死在草原,没有回归故乡,据说昭君死前将自己的首饰寄回,所以才有"环佩空归月夜魂"的感叹。在这里,杜甫直接指出,王昭君的故事是一个悲剧,而这个悲剧的制造者,不是毛延寿,而是元、成两代皇帝。继而我们想到,中国古代后宫女子所有的悲剧制造者,都是当朝的皇帝,而其中的偶然事件,只不过是悲剧的一个导火索罢了。也因此,杜甫笔下的王昭君故事,就远远超过了王安石和欧阳修了。

王安石的《明妃曲》是这样描述的,"明妃初出汉宫时,泪湿春风鬓脚垂。低徊顾影无颜色,尚得君王不自持。归来却怪丹青手,入眼平生未曾有。意态由来画不成,当时枉杀毛延寿……"在王安石的这首诗里,提到了一个概念,叫"意态","意态"可以理解为女子的气质、韵致等等,是精神层面的东西。王安石认为,昭君之美,在于其气质和韵味,不在于容貌,而"意态"这类精神上的东西是画不出来的,所以毛延寿也是冤枉的,王安石把这个悲剧归结为毛延寿画技不高。而欧阳修又是这样表述的,"汉宫有佳人,天子初未识。一朝随汉使,远嫁单于国。绝色天下无,一失难再得。虽能杀画工,于事竟何益……"

欧阳修认为是天子的识别能力太差,运气也不好,既是杀了画工毛延寿,又有什么用呢?显然,这两个观点都使得这个故事主题轻飘化了。

最后的尾联有些隐晦难懂,"千载琵琶作胡语","琵琶"这个词儿是胡语,后来多引申为外来音乐,而关于王昭君的故事,历来是胡语传诵,估计大家听不懂了;而这个故事又过去了千载,估计大家更加听不懂了。杜甫强调"千载",强调"胡语",都是在暗示大家对王昭君故事的不解、不懂，为后面自己的理解做铺垫。杜甫说，唯有我杜甫，懂了这个故事，这个故事中有一个中心，那就是怨恨——"分明怨恨曲中论"。昭君心怀故乡，我杜甫心怀长安；昭君日夜想回去却终不如愿，我杜甫也日夜想回归估计也很难如愿；昭君的悲剧是"恨帝始不见遇"，而我杜甫也是一生有志不得伸展……在这里，杜甫是把自己当做王昭君的知音来写的，这样我们就理解了开头，何以这样高抬王昭君，何以这样惊天动地的"不匹配"了。杜甫分明是借王昭君书写自己的怀抱，奔赴荆门的"群山万壑"不光是写给王昭君的，更是杜甫写给自己的。

《咏怀古迹•其三》眼界开阔，笔力雄健，从昭君遗址的环境描写青冢独留、魂归故里的想象，把一个弱女子的悲剧放在历史的时空中取考量，虽然难以跳出那个时代的窠臼，但也实属难得。同时，在若即若离之中，隐含着对自己身世的感叹和一生怀才不遇、晚景漂泊的嗟讶，显示出这位诗圣自哀自艾的伤感，读来令人唏嘘不已。

6、《登高》

风急天高猿啸哀，渚清沙白鸟飞回。
无边落木萧萧下，不尽长江滚滚来。
万里悲秋常作客，百年多病独登台。
艰难苦恨繁霜鬓，潦倒新停浊酒杯。

《登高》写于767年，距杜甫去世还有三年。此时的杜甫，身体每况愈下，而经过安史之乱的大唐王朝也是江河日下，不可逆转了。就在这一年，杜甫漂泊到了夔州，夔州在长江之滨，地势相对比较高，就在这个秋季，杜甫登高远望，写下了千古第一律诗——《登高》。

在古典诗歌中，一直有所谓的"有章无句"和"有句无章"的说法。所谓的"有章无句"是说，一首诗整体不错，但是具体哪一句特别好，似乎也说不上来；而"有句无章"是指，整首诗算不得好诗，但是个别句子却流传千古。比如元稹的"曾经沧海难为水，除却巫山不是云"，尽人皆知，能够记住后面诗句的，估计不多。杜甫的《登高》却是"有章有句",章句皆佳。许多诗评家高度评价过这部作品,这里不再一一赘述了。

《登高》的主题是"悲秋",那么作者因何而悲呢?原因有三:1、悲季节之秋。汉民族是农业民族,所以秋天不仅代表着收割,而且代表着一切生命的肃杀、结束。所以,在中国人心中,这个"秋"总是和"愁"相关联的,何为"愁"?心上秋——"愁"这个字是有"心"上面的"秋"组成的。2、悲个人之秋。此时的杜甫虽然才56岁,但是身体非常不好,有肺病,还兼有"痹症",就是现代医学上的半身不遂;即便是没有这些身体上的不适,一个年近花甲的老人也难以实现他"致君尧舜上,再使风俗淳"的理想了。3、悲国家之秋。杜甫是完整的经历了一个盛世走向衰落的全过程,与李白王维还不相同的是,杜甫一直生活在底层,他更早的预感到这种衰落的到来,却又无力阻止。而此时,安史之乱过去了整整12年,中兴的希望仍然渺茫。

先看首联的第一句,"风急天高猿啸哀",作者站在长江的一个制高点,因为站得高,所以感觉江风非常大,在江风的劲吹之下,天更显高远;在"风急天高"的背景下,猿猴的叫声显得格外凄厉。诗歌一上来,大笔粗线勾勒,雄浑辽阔。接着,诗人的目光从高处向下移动,因为是秋季,回落的江水将江岸洗涤得分外干净,沙滩也显得洁白;在"渚清沙白"的衬托下,大群的飞鸟回旋往来。诗人一上来写了六个景物:风、天、猿、渚、沙、鸟,写法却并不相同:前三者是亲身所感,后三者是目力所见;前三者是大笔勾勒,后三者是工笔细描。两者结合,作者为我们描绘出了一幅萧瑟秋江图。

颔联集中了晚秋夔州的特征,抬眼望去,落木萧萧而下,俯视脚下,江水滚滚而来。在这两句诗中,请大家注意这样一个词,就是"落木"。落木实际是秋天的落叶,那么诗人为什么不写"落叶"而是写"落木"呢?显然是有喻指的,诗人眼前之境,绝不仅仅是纯粹的秋景,而是情中之景,心中之景。萧萧落叶,既显示出一个昌盛的王朝走向衰落,又写出自己脆弱的生命即将走向尽头;而滚滚江水,既显示出国家的江河日下,不可扭转,又暗示了自己年华逝去,韶光不再!较之"落叶","落木"更准确,更能强调这种国家衰落和生命的脆弱是存在于根本上的、而不仅仅是表面上的。

　　诗歌的主题是"悲秋",到了第五句,这"悲秋"二字才写出来。我们前面说了悲秋的三个原因,在这里,杜甫又细致的交代了悲秋的具体缘由。第一,"万里"。从辞别长安到华州,再到天水,再到成都,再到夔州,杜甫一路漂泊,所看到的是国家满目疮痍,百姓民不聊生,这样一个"穷年忧黎元,叹息肠内热"的诗人情何以堪?第二,"作客"。前面说过,"忠君"是杜甫的政治追求,而"作官"是杜甫的政治途径,只有通过作官和忠君,才能达到拯救社会、关心百姓的目的,否则一切都是空言。但是从辞去华州参军起,杜甫一直远离朝廷,以"作客"的形式漂泊各地,心有余而力不足,怎么能不悲伤呢?第三,"独"。安史之乱后,许多朋友、诗友去世了,不仅仅因为年事已高,而是经受不住国家走向衰亡的打击,760 年储光羲去世,761 年王维去世,762 年李白去世,763 年至交房琯去世,765 年高适、严武同年去世……杜甫说自己是"亲朋无一字,老病有孤舟","孤寂"是悲秋的第三个缘由。第四,"多病"。杜甫身体不好,肺病、痹症、焦渴症(就是糖尿病)一直折磨着杜甫,而秋天就是身体最脆弱的季节。第五,"百年"。"百年"不仅夸张了"多病"的时间之久,而且"百年"又是死亡的代名词。杜甫仿佛预示到自己不久人世,用"百年"来说自己。想想看,以万里之遥、以百年之久、以作客之独、以多病之身,对着萧瑟的秋景,怎么能不悲呢?这个"悲秋"写得何等沉重!

　　最后两句,"艰难苦恨繁霜鬓,潦倒新停浊酒杯","艰难"是指国事,"潦倒"是指个人;"繁"和"浊"都是使动用法,意思是"国事艰难,使我如霜的白发又增加了许多;个人的潦倒,使我无钱买酒,使得酒杯也浑浊了"。而个人的潦倒不堪,白发增多,扶病断炊,又是因为国事的艰难造成的。假如我们要给这首《登高》找出一点点不足的话,那么就是这个结尾有些"弱"。诗的开头四句,背景宏大;中间两句,历数悲秋之由,时空纵贯,沉痛万分;而结尾却以自己的戒酒为结,未免有些托不住了。同样的毛病,在前面我们说到王勃的《送杜少府之任蜀川》的最后一句上,也出现过,但是总体上不影响这是一首难得的好诗。

最后，我们看一下这首千古第一律诗的艺术特点。

第一，家国一体的悲悯情结。杜甫写诗，从来是将个人与国家紧密联系在一起的，或者由小化大，或者由大化小，单纯的写个人感受几乎没有。在《登高》中，从第三句起，无不是先国家后个人。"万里悲秋常作客"是写国家，"百年多病独登台"是写自己；"艰难苦恨繁霜鬓"是写国家，"潦倒新停浊酒杯"是写自己。而"无边落木"两句，又把国家和自己交汇在同一句中。在杜甫心中，国事即己事，己事为国事，二者何尝有一刻间离？

第二、"通体皆对"的对仗手法。律诗讲究对仗，但是也仅仅是要求在颔联和颈联中，首联与尾联不要求对仗。但是杜甫以自己对汉语言"语不惊人死不休"的追求，采用了通体对仗的方法。首联，"风急"对"渚清"，"天高"对"沙白"，"猿啸"对"鸟飞"，而补语"哀"对应"回"（注："回"在这里不是动词，是形容词）。颔联，"无边"对"不尽"，"落木"对"长江"，"萧萧下"对"滚滚来"。而"萧萧"形容落叶，故而用"艹"字头；"滚滚"形容江水，所以用"氵"字边。颈联，"万里"与"百年"，时空相对；"作客"与"登台"，虚实相对。尾联，"国事艰难"对应"个人潦倒"，而且"繁"与"浊"出现了语法现象的对仗，实属一绝！

第三，"句中对"。所谓的"句中对"是指，一个对仗上下句之中，还有自身的对仗。比如首联，除了一二句对仗外，在第一句中，"风急"对应"天高"，是自我感受；"渚清"对应"沙白"是眼前的景色。所以胡应麟说《登高》是"皆古今必不敢道，决不能道者"，又赞美这首诗是"旷代之作"，确实不为虚言。

第十四讲 "诗鬼"李贺和他的《金铜仙人辞汉歌》

一、关于李贺

李贺,字长吉,生于790年,卒于816年,他才活了27岁!

除了夭寿,李贺大概是唐代诗歌史上命运最悲惨、性格最古怪的诗人了。他是唐代皇族的远亲,但是与李渊家族几乎攀不上什么关系了。这种"贵族远亲"的命运往往悲惨,就像《红楼梦》中的贾瑞一支,他自身是贵族远亲,所以有着一份骄傲和高贵,但是因为是"远亲"了,贵族的所有好处都惠及不到他身上,一旦落魄,还不如平民;可是他自己又放不下架子,不肯融入平民中,而平民呢,也不会接纳、接近他们。所以说,所有的"皇族远亲",包括"皇叔"刘备,都是这样纠结一生的,李贺就是其中的一员。他自己总是以"皇孙"、"唐诸王孙"来称呼自己,不过是给自己一个精神上的安慰罢了。

李贺的另一个"悲惨"之处在于,他实在是太聪慧了!据说他的诗歌很早就惊动了当时的大文豪韩愈,当韩愈和好友皇甫湜驾着马车前去探望李贺、一试真假时,李贺提笔写出《高轩过》一诗,当时的李贺仅仅7岁!

但是这样的聪慧,却遇上了另一件让他郁闷难平的事情,那就是他不能参加科举。因为李贺的父亲叫李晋肃,为了避父亲名字中"晋"的讳,李贺不能考"进士",因为"晋"与"进"同音。虽然韩愈为李贺辩护,还专门写了一篇《讳辩》,但是也无济于事。这样就把李贺的前途给堵死了,他只能借助"皇亲"这个美称,当一些可有可无的小官,比如奉礼郎。奉礼郎是这样一个官职,在皇亲朝会或者祭祀先祖的时候,奉礼郎负责使不同级别的皇亲跪在不同的位置上。这个官职相当于过去西方国家的歌剧院中给贵族引路的"领位员"。奉礼郎位置虽低，但又必须是皇亲来承担。李贺受不了这种屈辱，仅仅三年，便辞官而去了。

特殊的身份、过人的才华、家境的贫寒和仕途的艰难，使得李贺形成了一种古怪的性格，他好沉迷于幻想之中。每日清晨，他骑着瘦驴，带着小童，背着锦囊，到郊外远游，随行之处若有所感，立即写在一张纸条上，扔在身后的锦囊中，回家仔细整理成诗。几乎是天天如此，而李贺偏偏是身体孱弱之人，如此近乎自虐般的写作，让他的母亲又怜又气，说这不是写诗，分明是在"呕心"。

李贺本人不仅身体孱弱，而且长得"细瘦"，"巨鼻"，"长指爪"，实在说，这样的形象有几分怪异了，但是他却在诗歌中总以"壮士"自称，写出一些很昂扬的诗篇，比如，"男儿何不带吴钩，收取关山五十州"等诗句。这些诗句并不是他的亲身经历，甚至连他周围亲朋好友的亲身经历都不是，那么我们只能说，李贺过于生活在幻想之中了。

这样的身世和性格，再加上他夭寿的年龄，决定了李贺不可能对社会有一个较为全面、较为理性的认识，也决定了他采用一种怪诞、幽僻、冷艳的诗歌风格。

李贺的诗有两个比较明显的特点，一个是好用极端的怪字，比如"啼"、"泣"、"乱"、"冷红"、"寒绿"、"瘦"、"跳"、"叫"等；一个是他好写坟墓，好写死亡，甚至好写埋在地下面的凝固的血迹。比如他写坟墓，"月午树立影，一山唯白晓。漆炬迎新人，幽圹萤扰扰"，半夜时分，一山惨白，死去多年的老鬼举着火把迎接刚死的"新人"，而旷野中的萤火虫跳来跳去……多么的阴森恐怖！他写血迹，"漆灰骨末丹水砂，凄凄古血生铜花"，一个沾满人血、被埋在地下多年的箭头，黑处如漆，白骨如末，而沾在上面的人血，因为多年的埋葬已经和铜臭长在一起，泛出斑斑驳驳的花纹来……惊悚到了极点！就算他写音乐，也是用古怪的字眼，比如"老鱼跳波瘦蛟舞"等等。这样的写作手法，一则说明了李贺的内心世界和性格，另一则也是他希望以怪异赢得大家注意、认可的一种方式。无奈的是，后一个设想失败了。

李贺所处的时代是安史之乱之后的中唐的开始，经过巨大动乱之后的帝国王朝没有了开元初的激昂和恢弘，一切都是在小心翼翼中进行着，也许李贺生在盛唐，还可以结识李白这样的人，但是中唐时期只有现实的白居易和韩愈。所以，李贺除了赢得一个"诗鬼"的雅号，在诗歌史上占有一席之地外，李贺获得的，和他的年寿一样的少！

二、《金铜仙人辞汉歌》赏析

序：魏明帝青龙元年八月，诏宫官牵车西取汉孝武帝捧露盘仙人，欲立置前殿。宫官既拆盘，仙人临载，乃潸然泪下。唐诸王孙李长吉遂作《金铜仙人辞汉歌》。

茂陵刘郎秋风客，夜闻马嘶晓无迹。
画栏桂树悬秋香，三十六宫土花碧。
魏官牵车指千里，东关酸风射眸子。
空将汉月出宫门，忆君清泪如铅水。
衰兰送客咸阳道，天若有情天亦老。
携盘独出月荒凉，渭城已远波声小。

公元813年，做奉礼郎仅仅三年的李贺借生病辞去了这个让他感到屈辱的官职，由京城回洛阳，途中作此诗。

这是一首咏史诗。中国的历史不仅漫长，而且一直在"复制"，大致的模式是：开国皇帝克勤克俭、体恤百姓，到了第三四任皇帝，气度恢弘地将帝国推向高峰，而到了晚年，这个将帝国推向高峰、创造过奇迹的皇帝一定变得昏庸无能，最终导致一个帝国走向覆灭。汉如此，唐也如此。而历朝历代留下的古迹，无不提醒着当朝君臣，切莫走前朝的老路，但是最终，又必定成为前朝的"复制品"。李贺写这部作品时，距离大唐灭亡还有90多年，但是衰败的迹象已经很明显，藩镇割据，西北边陲一直不安定，国土沦丧，满目疮痍。除此之外，作为皇室远亲，李贺更有着为国家担忧的本能。因为一旦大唐灭亡，他这个李姓的皇亲就什么也不是了，中国"成王败寇"的历史循环，当朝新政是不会承认上一朝的"贵族"的。能像李渊那样将隋朝的杨姓皇亲都供奉起来的，实在是不多。《金铜仙人辞汉歌》所抒发的正是这样一种交织着家国之痛和身世之悲的情感。

诗中所提到的金铜仙人，为汉武帝所造。汉武帝是带领汉代走向昌盛的一代皇帝，其地位相同于唐玄宗。但是也和唐玄宗一样，晚年沉迷了、颓废了。唐玄宗是沉迷于美色，而汉武帝是沉迷与长生不老的仙术，曾经建了一个高20丈、合10围的金铜仙人，仙人手捧一铜盘，盘上放置一个玉碗，承接晚上的露水，到第二天清晨，让宦官取下玉碗，合着碗中的玉屑吞服，以求长生不老。曹操的儿子曹丕称帝时，处处仿效汉武帝的做派，后来干脆派宦官到西安，拆除金铜仙人，想把这尊铜像运到洛阳，传说金铜仙人在临载时，流下眼泪。但是最终因为铜像太重，载到半路，被扔在了霸城，只象征性地把那个铜盘带回去了。李贺的这首诗，就是在这个史实和传说的基础上写成的。

李贺的诗，总体上怪异幽僻，这首诗也不例外，但是作为借古讽今的大主题作品，这首诗应该是李贺诗的上品，在所有的咏史诗中，也是称得上优秀的。全诗分为两个部分，从开头到第四句的"三十六宫土花碧"是第一部分；之后，到结尾，是第二部分。串接每个部分的，是一个字——"眼"，就是从谁的眼光看过去。

第一部分是作者李贺的眼，或者说，是李贺看历史。

茂陵是汉武帝刘彻的陵墓，那么"刘郎"是谁呢？刘郎就是汉武帝。传说在汉武帝死后，其魂灵看到国家的衰败，于心不甘，经常在半夜出来游荡，有人听见过刘彻灵魂游荡时骑马奔驰而过的嘶叫声；但是早晨一看，什么也没有，"夜闻马嘶晓无迹"。作者起笔不凡，以"刘郎"——刘家的小伙子，来称谓汉武帝，一下子拉近了历史与现实、帝王与平民的距离。作者说，无论你是帝王也好平民也好，是文人也好是流寇也好，死了就是死了，谁也不可能长生不老，就像那个埋在茂陵里姓刘的家伙吧，也不过是历史的秋风中的一个过客罢了；他再于心不甘，也改变不了朝代更迭的残酷现实。表现了李贺兀傲不羁的性格和反对等级观点的激烈精神。

接下来作者以自己的冷眼打量着当年的汉宫，画廊里的桂树还在散发着秋日的芳香，但是，后宫佳丽出入的三十六宫，却早空空如也，因为无人行走已经是长满了青苔。一个曾经昌盛过的帝国变成了这般荒凉阒寂的面貌，让人惨不忍睹的同时，又不仅让人想到，百年之后的大唐将会是怎样？会走历史的老路么？会再次上演着无数次上演过的物是人非的悲剧么？

从"魏官牵车指千里"开始，诗人转换了角度，由诗人的观察点转向那个铜人的观察点。在这里，李贺将前来卸载铜人的官员称之为"魏官"，显然这是站在铜人的角度去说的，李贺将铜人人格化了，借他的眼在看历史，借他的嘴在说感受，"那个魏官牵着车子来强行来拉我了，他要把我拉到千里之外的洛阳去"。这个铜人，是历史兴衰的见证者，经历了曾经的"得宠"和之后的衰败，眼前的情景使他感慨万千。所以一出东关，便感到极其地不适应，连东关的风都是"酸"的，"酸风射眸子"，其实，哪里是风酸，分明是因为心中难过而心酸，因心酸而眼酸。

铜人在离开长安时，没有一个人送别他，只有天上的月亮看到这样改朝换代的一切。明明是月光照耀铜人，但是作者却说，是铜人带领着月亮，"将"是带领的意思，而铜人眼中的月亮也是有所归属的，是"汉月"——汉朝的月亮。想到自己当年的得宠、今日的落魄，铜人既为自己、也为这个曾经的帝国流下泪眼泪，"忆君清泪如铅水"。"铅水"这个词用得古怪，却又十分准确，李贺之前没有人用"铅水"形容眼泪，所以说"古怪"；而铜人是金属做成的，他流的眼泪自然是"铅水"了，所以又准确，符合铜人的"身份"。更为重要的是，铅是比较重的金属，所以"铅水"还写出了这份历史的沉重。作者以拟人化的手法，通过铜人流泪这个极具想象化的情节，将自己的主观感情与铜人这个客观物体糅合在一起，含义极为丰富，想象极为奇特。

接下来，诗人又转换了角度——前面是铜人看历史，此时是衰兰看铜人。铜人被强行卸载，走的时候除了天边的"汉月"，无一人相送。于是，曾经与铜人共处过朝朝暮暮的兰草，齐刷刷的列队于道边，去送这位原来是"主"、现在是"远行客"的铜人，秋冬季节，衰败枯萎的兰草送别铜人，这是何等萧瑟悲凉的景象，不正代表着王朝的衰败么！而衰败的兰草、凄苦无助的铜人、还有天边孤寂的汉月，都是由诗人心中之愁情而幻化出的眼前之愁景，用李贺自己的话说，"我当二十不得意，一心愁谢如枯兰"。所以，为了暗示自己的愁，衰兰必须"出场"。

到此，我们再捋一遍诗歌眼光的转换：诗人之眼看历史→铜人之眼看魏官→衰兰之眼看铜人。李贺三次转换角度，已是离奇不经了，索性放开手脚，再次转换一个角度，跳出人间，直写天上——老天之眼看人间：老天爷啊，你睁开眼睛看看吧，人间的朝代更迭如同走马灯一般，你方唱罢我登场，何时是个尽头呢！如果老天有情，恐怕也看厌了，把自己看老了，"天若有情天亦老"。李贺心中的悲苦、对时代的担忧、和这种担忧的无处诉说，已经压得自己无法承受，只好仰面苍天，以老天的衰老来分担自己的悲情。这句被司马光赞为"奇绝无对"的诗句，使得李贺的这首咏史诗提高到了一个非凡的档次，也使得这首诗成为所有咏史诗中难得的精品。而更让人想象不到的是，这个"奇绝无对"的句子，千年之后有了下句，"天若有情天亦老，人间正道是沧桑！"

激动之后回归平静。铜人并没有被带走，而是被留置在霸城，象征性地把铜人手里的铜盘带走了。于是乎，诗人最后一次转换角度，由铜人看铜盘，"携盘独出月荒凉"，他们带着盘子走了，那个盘子本是"我"的一个部分，现在它独自走了，"独出"，是站在铜人的角度写出了铜人对铜盘的怜悯。最后，作者又采用了拟想的方式，铜人想象着，在渐行渐远铜盘的眼睛中，曾经熟悉的渭城越来越模糊；在铜盘的耳音里，曾经熟悉的渭水的波涛声，肯定是越来越远、越来越小了，直到一切都看不见、听不清……

李贺的这首《金铜仙人辞汉歌》，借物说事，借古说今，中间反复变幻角度，虽然并无怒目圆睁的怨怼，但是心中的不平和幽愤却溢于言表；遣词造句怪诞奇峭却又准确到位。而且在韵律的选择上，特意使用了仄音"客"、"迹"、"碧"、"里"、"子"、"道"、"老"、"小"，来作为收尾音，沉重而压抑。《金铜仙人辞汉歌》问世后91余年，大唐步大汉之旧尘走向分裂与衰亡，而李贺却早在这个帝国衰亡之前，好歹以"唐诸王孙"的身份去世，虽然是"生不逢时"，也算是"死得其所"吧。

第十五讲 白居易和他的"新乐府"

一、关于白居易

（一）白居易生平简介

白居易，字乐天，出生于 772 年，去世于 846 年，享年 75 岁，在古代算是高寿的了。白居易生活的年代属于"后大师时代"，杜甫去世了两年，经过安史之乱的大唐虽然在努力走向中兴，但是远非盛唐可比，中唐的诗人们开始走一条关注现实、关注社会的务实的道路，李白式的浪漫飘逸、王维式的逍遥归隐，在这个时代均找不到了。

和李白杜甫相比，白居易的仕途要顺当一些。他十八岁参加科举，一举得中。但是按照唐朝的规定，得中的进士并不能够马上入朝为官，必须等相应的官员退下来，才可以补缺，这叫"白衣进士"。韩愈就做过十年的白衣进士。但是，如果想立即成为朝廷的官员，也不是没有办法，还必须参加一个叫"拔萃"的单独考试。白居易要求参加"拔萃"，当时给他考试的，是著名诗人顾况。顾况看到这个年轻人的名字叫"居易"，半开玩笑地说，"长安米贵，居不易"；白居易自信地拿出自己的诗作，就是那首"离离原上草，一岁一枯荣。野火烧不尽，春风吹又生"呈顾况，顾况看后大为赞叹，说："有才如此，居亦何难！"从此白居易名声大振，授秘书省校书郎，807 年为翰林学士，元和三年（即 808 年）授左拾遗，810 年改官为京兆府户曹参军。元和十年（815 年）因"越职言事"被贬为江州司马。元和十五年，穆宗即位，被召回朝中，历任各种大小要职，一直到会昌六年（846 年）去世。

（二）白居易的艺术主张

在所有的唐代诗人中，白居易是唯一一个明确提出诗歌创作的艺术主张、并且身体力行按照自己的主张去做的人。他提出，诗歌应该是"非求宫律高，不务文字奇；惟歌生民病，愿得天子知。"这段话说明了白居易三个观点：第一，诗歌的写作内容。白居易认为诗歌应该以关注百姓、关注社会为根本，所以应该"惟歌生民病"，其他的都不重要。第二，诗歌的写作目的。白居易认为，诗歌写作应该是用来干政的，最后应该被皇帝知道，这样才能起到"致君尧舜上，再使风俗淳"的作用。第三是诗歌的艺术上。白居易认为不应该在音律、炼字上过于下功夫，"语不惊人死不休"属于文字游戏，是"务文字奇"，没有任何用处。一句话，白居易强调诗歌的教化作用、功能作用。在这三点主张中，"愿得天子知"是中心，这个中心决定了写作内容，也决定了写作技巧。也因此，对于自己的两位前辈——李白与杜甫，白居易都不是很看得起。对于李白，他是基本否定的，说李白是"索其风雅比兴，十无一焉"；对于杜甫，他只认为"三吏三别"之类的属于好诗。在《新乐府序》中，白居易将标准定得更加明确："其辞质而径……其言直而切……其事核而实……其体顺而肆。"就是语言要质朴无华，议论要直白显露，写实要真实饱满，形式要流畅通俗。并总结道："总而言之，为君、为臣、为民、为物、为事而作，不为文而作。"传说白居易上朝时，将这种风格的诗歌写满在笏上，呈现给皇帝，权贵纷纷"扼腕"，担心白居易不知把自己哪一部分不合民心的东西写给皇帝了。

从根本上说，白居易的艺术主张实际是汉代儒学传统诗论的直接继承和再现，这样的诗作对于皇帝体察民情、顺应民意是有一定作用的，但是如果以这个为标准，特别是唯一的标准，则会过多强调诗歌的功利作用，将诗歌导入政治附属的狭窄的歧途。表面看，白居易和杜甫很相似，实际上大不相同，杜甫诗歌中的所见所感和生民的疾苦，与自己的遭遇是融为一体的，形成一种发自内心的、无需展示给谁看的悲怆情怀，并不是为讽喻而讽喻，更不是把"愿得天子知"作为目标的。这也决定了杜甫为什么"不在其位也谋其政"，而白居易在被贬之后就会放弃这种诗歌的写作。所以，后人在给杜甫和白居易下定义时，一般是这么表述的：杜甫，伟大的现实主义诗人；白居易，杰出的现实主义诗人。个中高下，自己品味。

当然，也正是因为白居易通俗易懂的诗风，所以白居易的诗流布很广，甚至连日本、朝鲜都流传白居易的诗歌。他的好友元稹说到白居易的诗是，二十年间，"墙上无所不书，口中无所不道"。甚至野史传他写完诗歌，要念给不识字的老太太听，只有做到了"老妪能解"才休笔，否则就改。据白居易自己写的《与元九书》中记载，有一位军使，打算买一歌妓，谈好价钱后歌妓反悔，理由是"我诵得白学士之长恨歌，岂同他妓！"可见白居易独特的诗风为他自己赢来了多么大的声誉。

（三）白居易的诗歌分类

白居易将自己的诗作分为四类，分别是：讽喻诗、感伤诗、闲适诗和杂律。其中符合他艺术主张的讽喻诗，共一百七十余首，就是后来的"新乐府"。这其中又分为两个小部分，一部分属于"时事诗"，一部分属于"妇女诗"。

时事诗是白居易新乐府中的精华。

白居易关注社会、关注百姓、关注时事，为此，他写了大量的这方面的作品，比如《观刈麦》、《卖炭翁》、《采地黄》、《杜陵叟》、《新丰折臂翁》等等。这些作品有一个相同的特点，就是白居易自己总结的，"首句标其目"，在第一句要标识出诗歌的题目，实际就是诗歌的中心事件；"卒章显其志"，在诗歌的最后一部分，要有一个"中心思想的总结"。比如《新丰折臂翁》的结尾说："君不闻开元宰相宋开府，不赏边功防黩武。又不闻天宝宰相杨国忠，欲求恩幸立边功。边功未立生人怨，请问新丰折臂翁。"以新丰折臂翁悲惨而离奇的经历说明，为民着想的宋开府和穷兵黩武的杨国忠，究竟哪一个有利于民众，有利于社会安定。

这一部分的诗作总体上不错，但是由于白居易"教化"目的过于强烈，所以，有些诗写得絮叨而俗气，过于直露。比如《天可度》中说的，"天可度，地可量，唯有人心不可防……海底鱼兮天上鸟，高可射兮深可钓。唯有人心相对时，咫尺之间不能料"。这就不像诗歌倒像是顺口溜了。

第二小部分是妇女诗。在唐代诗人中，最关注同情妇女的诗人是白居易和李商隐，白居易写过许多关于妇女的诗，比如《上阳白发人》，真实生动的描述了那些"入时十六今六十"终身被幽闭在上阳宫的可怜的宫女们；再比如《井底引银瓶》，告诫那些为了一时的情爱而私奔的女孩子，"为君一日恩，误妾百年身，寄言痴小人家女，慎勿将身轻许人！"又比如著名的诗篇《母别子》，写古代男人喜新厌旧。抛弃旧妻的主题，在诗歌中屡见不鲜，比如最早的《诗经·氓》，包括我们前面讲过的汉乐府《上山采蘼芜》，但是白居易敏锐的关注到了另外一个问题，就是被抛弃的旧妻，不仅要忍受无端被休弃的悲伤，还要忍受与亲生儿女离别的伤痛，因为孩子是不可以带走的。《母别子》写的就是这个内容，"母别子，子别母，白日无光哭声苦……新人迎来旧人弃，掌上莲花眼中刺。迎新弃旧未足悲，悲在君家留两儿。一始扶行一初坐，坐啼行哭牵人衣。以汝夫妇新燕婉，使我母子生别离。"

总而言之，白居易的讽喻诗，其政治意义远远高于艺术价值，倒是那些不被他自己看好的闲适诗、杂律，有不少脍炙人口的好作品。

二、关于元稹与白居易

在诗歌史上，元白并称，元在前，白在后，事实上确也如此，元稹的现实主义创作要早于白居易。在相识之初，元白就有过唱酬之作，后来两人都被贬，一个在江州，一个在通州。白居易写给元稹《舟中读元九诗》，"把君诗卷灯前读，诗尽灯残天未明。眼痛灭灯犹暗坐，逆风吹浪打船声。"元稹回复《酬乐天舟泊夜读微之诗》，"知君暗泊西江岸，读我闲诗欲到明。今夜通州还不睡，满山风雨杜鹃声。"

在新乐府的创作上，无论是艺术主张还是作品内容，元稹和白居易都极为相似，甚至当时人们称之为"元白体"；但是总体上说，元稹的地位不如白居易，尤其是后来，元稹官高位显，没有将新乐府关注民生、关注社会的写作进行到底。我们现在提起元稹，更多的是他写给妻子韦丛的《遣悲怀·三首》和他的自传小说《会真记》,也叫《莺莺传》。实事求是的说,《遣悲怀》是中国古代诗人怀念妻子的诗作中,写得最好、最感人的,尤其是"其二"和"其三"。

其二:昔日戏言身后意,今朝都到眼前来。衣裳已施行看尽,针线犹存未忍开。尚想旧情怜婢仆,也曾因梦送钱财。诚知此恨人人有,贫贱夫妻百事哀。

其三:闲坐悲君亦自悲,百年都是几多时。邓攸无子寻知命,潘岳悼亡犹费词。同穴窅冥何所望,他生缘会更难期。惟将终夜长开眼,报答平生未展眉!

其中"诚知此恨人人有,贫贱夫妻百事哀"和"惟将终夜长开眼,报答平生未展眉"两句,如果没有对妻子深厚的感情,是写不出来的。而对照元稹无情抛弃莺莺的事实,尤其感慨人性的复杂,难以用"好人"、"坏人"来一言概之。

三、白居易《新丰折臂翁》赏析

《新丰折臂翁——戒边功也》

新丰老翁八十八,头鬓眉须皆似雪。
玄孙扶向店前行,左臂凭肩右臂折。
问翁臂折来几年,兼问致折何因缘。
翁云贯属新丰县,生逢圣代无征战。
惯听梨园歌管声,不识旗枪与弓箭。
无何天宝大征兵,户有三丁点一丁。
点得驱将何处去,五月万里云南行。
闻道云南有泸水,椒花落时瘴烟起。
大军徒涉水如汤,未过十人二三死。
村南村北哭声哀,儿别爷娘夫别妻。
皆云前后征蛮者,千万人行无一回。
是时翁年二十四,兵部牒中有名字。

夜深不敢使人知，偷将大石捶折臂。
　　张弓簸旗俱不堪，从兹始免征云南。
　　骨碎筋伤非不苦，且图拣退归乡土。
　　此臂折来六十年，一肢虽废一身全。
　　至今风雨阴寒夜，直到天明痛不眠。
　　痛不眠，终不悔，且喜老身今独在。
　　不然当时泸水头，身死魂孤骨不收。
　　应作云南望乡鬼，万人冢上哭呦呦。
　　老人言，君听取。
　　君不闻开元宰相宋开府，不赏边功防黩武。
　　又不闻天宝宰相杨国忠，欲求恩幸立边功。
　　边功未立生人怨，请问新丰折臂翁。

　　《新丰折臂翁》（后简称《折臂翁》）可以说是集中代表白居易"新乐府"诗歌理论的一部作品，也是白乐天写得很不错的作品。除了"首句标其目"、"卒章显其志"外，新乐府的诗作还有个特点，就是它都有一个副标题。这首诗的副标题是"戒边功也"，副标题是作品的写作目的，也就是说，《折臂翁》的写作目的、或者说"愿得天子知"的内容，是防止边疆战事的。

　　南诏，华夏大地西南地区一个古老的部落，周天子分封建诸侯国，并没有南诏这个国家。公元738年，生活在南诏一带的白族建立起自己的少数民族政权，南诏王是阁罗凤。大唐王朝对于这种部落政权的政策是，先认可，再施以"皇恩"安抚，之后如果有机会便收入版图。唐玄宗认可了南诏国，封阁罗凤为云南王，不久派入了太守。750年云南太守张虔陀与阁罗凤发生争斗，引起纠纷，于是剑南节度使率兵攻打南诏，大败；不久，杨国忠为了请功，私下派人潜入云南挑起械斗，然后再派剑南留后李宓攻打云南，又败。先后有20余万人死于这种无谓的战争。诗人有感于此，写下了这首《折臂翁》。

　　诗歌分为三大部分，第一部分从"新丰老翁八十八"到"兼问致折何因缘。"

白居易很会讲故事，一上来先让主人公出场。新丰县在陕西，是当时杨国忠征兵的"重灾区"，而且几次征兵后，男性村民几乎死光了。但是，在这个几乎没有男丁的新丰县，却生活着一位88岁的老翁，不仅高寿，而且子孙满堂了，这是多么新奇少有的事情啊！最吸引人的，是这个老翁的肢体特点——他少了一条胳膊。于是白居易像是自言自语，更像是代替读者询问，"问翁臂折来几年，兼问致折何因缘。"由此，很自然的转换叙述角度，由白居易的第三人称叙述，转为老翁以"我"的角度自述，并进入故事中心。

第二部分是中心段，从"翁云贯属新丰县"开始一直到"万人冢上哭呦呦"为止。头四句说的是大唐盛世的情景，有实景介绍，但是更多的是对曾经有过的盛世的回顾，也就暗讽了因为边功消耗国力、造成安史之乱的错误。"翁云贯属新丰县，生逢圣代无征战。惯听梨园歌管声，不识旗枪与弓箭。"接下来作者用了一个百姓的口语"无何"，这个口语没有可以相对应的现代汉语，大致的意思是"天知道啊！"天宝征兵云南的战事开始了，而这次出征的地点是"五月万里云南行"，作者强调"五月"是说天气的酷热，强调"万里"说明征途之遥远。这已经让出征者恐惧了，而更恐惧的是一个可怕的传说，"闻道云南有泸水，椒花落时瘴烟起。大军徒涉水如汤，未过十人二三死。"南方有一种叫做"瘴气"的东西，当地人适应气候，不会有什么不适的反应；但是北方人却无法适应。瘴气是一种湿气，沾在皮肤上，会使皮肤靡湿、溃烂。没有正式开战，十人就有三人死在这种湿气里。作者——或者说老翁在描述这段恐怖经历时，用了"闻道"这个词，意思就是"听说"，在消息闭塞的古代，越是不坐实的消息越容易使人相信、使人恐惧。整个村庄弥漫着惊恐的气氛，"村南村北哭声哀，儿别爷娘夫别妻。皆云前后征蛮者，千万人行无一回。"这个老翁很会讲故事，在铺垫了大背景之后，才说起自己的经历，这样就把一个离奇的故事讲述得很让人相信，很吸引人听下去。

当时老翁才24岁，正好在男丁（18岁以上为"丁"）这个年龄段，而且花名册上已经有了名字了。怎么办？去就是一个字，"死"。在这种情况下，这个年轻人在夜晚无人知晓的时候，用一块巨石自己砸断了自己的左臂。不知道下了怎样的决心，忍了怎样的剧痛，才完成了这样的自残行为。但是小伙子成功了，因为这条残疾的胳膊，他无论是打仗还是举旗，都不堪其用。在这里，老翁用了一个词——"从兹"，也就是在此之后征兵云南的事情还有，但是因为他的残疾，每一次、每一次都躲过了。那么我们不禁要问，这样"奏效"的方法为什么没有人仿效呢？很显然，这不是一个谁都下得去手的举动啊！所以老人才顺势说到："骨碎筋伤非不苦，且图拣退归乡土。"以此结束了第二段的第一小部分。

  这一部分实际是叙述，接下来有一大段老人的感慨。因为有了背景的铺垫，所以叙述就显得合理；而因为有了这段合理的、惊心动魄的叙述，所以后面的感慨、或者说抒情，就显得自然而然了。"此臂折来六十年，一肢虽废一身全"，其实，保全的岂止是"一身"？而是整个家庭乃至家族，所以他有了家庭，有了儿孙，有了玄孙，否则这些都无从谈起了。也就难怪老人虽然在"风、雨、阴、寒、夜"都痛苦难当，但是仍然是"不悔"，不仅"不悔"，而且是"且喜"，因为"老身今独在"。可见整个新丰县能够活下来的，就是他一人了，"不然当时泸水头，身死魂孤骨不收。应作云南望乡鬼，万人冢上哭呦呦。"老人以笑当哭，是何等的沉痛！

  有了这样一个离奇而惊心动魄的故事，诗歌顺利地进入了第三部分，就是作者白居易的议论。"老人言，君听取"，这个"君"用得巧妙。中国早就有说书的行业，作为转述故事的说书人，"君听取"一般是指听众，直接翻译为"您可听好了"，但是，因为白居易的故事是"愿得天子知"的，所以这个"君"，同时还暗指皇帝、国君的意思，以下都是这样的双重含义。

  那么"君听取"又听取什么呢？白居易没有直接说自己的观点，而是举了两个截然相反的例子，一个是开元时的宰相宋璟。开元年间，天武军牙将郝灵佺在边疆杀敌有奇功，但宰相宋璟没有在当时就对郝灵佺论功行赏，而是隔了一年，只授他为郎将，为此郝灵佺气得吐血而死。但是，为了防止边将为邀功而滥用武力，也为了抑制年轻皇帝好大喜功、开疆扩土的野心，同时防止内地与少数民族无谓的纠纷，保证边境的安宁，牺牲一个战将是值得的。这就是宋开府"不赏边功防黩武"的做法。而杨国忠与之相反，不仅大赏边功，而且为了达到自己邀功请赏的目的，私下挑起械斗，再派内地百姓去所谓的"平叛"，实际上是把内地和边疆十几万人的生命视作儿戏，不仅造成千千万百姓家庭的悲剧，也耗空了国库，导致安禄山乘虚而入，一个盛世就此走向衰落。

那么，究竟是开战还是戒战？已经不言而喻了。所以，虽然诗歌副标题是"戒边功"，但是作为文学样式，白居易并没有硬邦邦地将直白的观点"抛"出来，而是用了这样的收尾，"请问新丰折臂翁"——新丰折臂老人的故事，就是最好的回答！

读完这首诗，我们不能不佩服白居易讲故事的本领，这种诗歌的写法，慢说是在李白杜甫，就是在中国整个诗歌史上，也是很少见的；就算他的支持者、合作者元稹，同样类型的诗，其写作技巧也远逊于白居易。这类优秀上乘的新乐府作品，确实为中国古代的诗坛添了一支奇葩。其次，是诗歌事、情、理的交融。白居易以事说理，理中含情，寓情于事。自己所看到的事——遇见折臂老人和老人自己经历的事，完美自然的融为一体；而自己的感情又化在老人的感情中。直到最后，"戒边功"的主体只字未提，但是主旨早就豁然开朗。我们不能不说，这样的"愿得天子知"的诗作，是很具有冲击力和感染力的，无论是对天子，对大臣，还是对百姓。

第十六讲 "自辟宇宙"的李商隐

一、关于李商隐

在讲李商隐之前,我们把唐诗再捋一遍:初唐、盛唐的诗歌充满着一派昂扬奋发的精神和气质,诗人的眼睛是向上看的,他们更关注国家的前程和个人的未来;安史之乱之后,社会的变故和人民的涂炭,使得诗人的眼睛开始往下看,关注民生,关注社会;经过反复的中兴和努力,这个国家还是不可逆转的江河日下,于是诗人失去了最后的动力,他们的眼睛开始向内看,关注自己的内心世界。晚唐时,隐士情怀、淡泊的诗风开始兴起,这其中,最伟大的诗人是李商隐。在唐诗已经全面走向下坡路的时候,李商隐以自己的创作,力挽狂澜,为唐诗涂抹上最后一笔艳丽的色彩,画上一个完满的句号。从李商隐之后,唐诗真的像鲁迅说的那样,"写完了"。

(一)李商隐生平介绍

李商隐,字义山,号玉溪生,河南沁阳人,生于812年,英年早逝于858年。李商隐的身世非常令人唏嘘感叹,但这种唏嘘感叹并不同于李贺,李贺的悲惨很大程度上是他自诩贵胄和怪异的性格造成的,但是李商隐不是。首先,李商隐的家族中好像有一个早衰的基因,从他的曾祖起直到他的父亲、叔叔,父系家族中的几代人都过早去世,很少有活过50岁的,而李商隐去世时还不到46岁。"早衰"是李商隐心中的一个阴影。第二点是,父亲去世时,李商隐还不到10岁,他是独子,与母亲二人扶着灵柩回归老家郑州,从此寄人篱下,虽说是亲族,但是竟也和陌路一样了。这两点,形成了李商隐敏感、多愁和伤感的性格。而偏偏,李商隐又天资聪慧,容貌文弱秀气。

837年，26岁的李商隐进京赶考，正赶上牛李党争最为激烈的时候。晚唐时的党争，实际上是平民官员与贵族后代之争。以牛僧孺为代表的牛党认为，平民官员出身下层，关注社会，且富于朝气，是朝廷依赖的对象；而以李德裕为代表的李党则认为，贵族后代自幼浸染在皇宫内院，对于国家的礼仪、礼节往来更加熟悉，不需要从头学习，他们更关心朝廷安危，才是治国的栋梁。两党各自有自己的拥趸，各自拉拢党羽，而且互不相让；而晚唐卑弱的政局又无可奈何于他们。李商隐就是在这个时候进京赶考的，他遇上了牛党的重要成员令狐楚、令狐绹父子。令狐楚对李商隐相当看重，不仅将家中御赐的锦袍送给李商隐，而且亲自指点他写作诗文；令狐绹还在837年帮助李商隐考中了进士。可以这么说，令狐父子对李商隐绝对是有恩的，虽然这种帮助有拉拢党羽，证明自己"理论"可行的嫌疑。但是，与此同时，李商隐也获得了李党主要成员王茂元的赏识，王茂元是贵族派李党的成员，看重出身和亲戚关系，所以他的做法就更加的直接一些了，干脆把自己的小女儿嫁给了李商隐，"以小女妻之"。而李商隐不仅与王茂元存在着地位上的悬殊，更让人不可理解的是，李商隐曾经有过一次婚姻，所以，王氏可以说是彻彻底底的"下嫁"了，这也看出王茂元为了让李商隐"成为"贵族的用心之深。

但是一个人是不可以同时依附两个党派的，尤其是李商隐，作为下层知识分子，受牛党提拔后转而依靠李党，这简直不能容忍，所以牛党以"背恩"而谴责他。但是这里有一个问题，李商隐的"背恩"究竟是无意为之呢？还是有意投靠？似乎说不清楚。唯一能够参考的是，李商隐转依王茂元是在令狐楚去世仅仅两三个月。这就不能不令人怀疑李商隐的人品了。在唐书的记载中，对李商隐的评价是"此人不堪"。

因为同时依附、也同时得罪了两个党派，所以李商隐的仕途很不顺畅，他一直沉沦，在党争之间受尽夹板气，仅仅担任过九品的校书郎、正字等官职，而且为时很短，更多的时间是以幕僚的身份辗转于外省，远离家室，漂泊各地，夫妻分居最长时间达5年。李商隐的婚姻属于政治婚姻，但是夫妻感情还是不错的，可惜王氏不到40岁就去世了，而他们的子女却寄居长安，他自己却辗转各地，加重了内心的苦闷。时世的衰落、家世的悲惨、个人的处境，使本来就内向、敏感、伤怀的李商隐更加的凄苦愁闷；再加上他超人的才华，就使得他的诗作格外细腻、含蓄、情感丰富而隐蔽了。

（二）李商隐的"无题诗"

李商隐现存诗作有600多首，在晚唐诗人中，李商隐是比较关注国事的，写的关注国事的诗作也是比较多的，比如《贾生》："宣室求贤访诸臣，贾生才调更无伦。可怜夜半虚前席，不问苍生问鬼神。"李商隐也是比较清醒的意识到国运走向不可避免的衰亡的诗人，这一点仅看他的那首"向晚意不适，驱车登古原。夕阳无限好，只是近黄昏"就知道。但是，李商隐写的最好的，能够让大家记住他的，还是他的那些以《无题》为题目的"无题诗"，乃至于人们一想起"无题诗"就想起了李商隐，一想起了李商隐就想起了"无题诗"。更为奇特的是，几乎所有的"无题诗"都是爱情诗，这些《无题》，可能是作者一来不知道该给它们起一个怎样的更恰当的名字，也可能是作者根本就不想告诉我们他究竟要表达什么。于是，虽然是仁仁智智，但是，爱情——却是大家都认同的主题，哪怕是表象的主题，于是李商隐赢得了"少见的、纯粹的爱情诗人"的称号。

我们先说"少见"。中国古代的爱情作品并不少见，但是如果仔细观察会发现，它们一般是大量存在在民歌中，比如《诗经》、汉乐府、南北朝诗歌等等；在文人作品中，表现爱情的是词，而不是正统的诗。诗过于庄严了。而李商隐是用"诗"这个艺术样式写爱情的、而且是写得比较多的作者，在这个角度上，我们说李商隐是"少见的爱情诗人"。

再说"纯粹"，何谓"纯粹爱情"呢？难道还有"不纯粹"的爱情呢？有！中国的爱情诗词，擅长写两个内容，一个是夫妻情，比如杜甫的《月夜》、元稹的《遣悲怀》、苏轼的《江城子》等等。我们不能说夫妻情不是爱情，但是总体说来，夫妻情，尤其是中国古代的夫妻情，更多的是亲情，是"恩爱"，而"恩爱"二字，是"恩"在先"爱"在后的，往往写来庄重有余而缠绵不足。中国的爱情诗还擅长写一个内容，那就是艳情，是士大夫或者浪荡才子与青楼歌妓、红颜知己之间的感情。这类的内容，柳永写过，比如《雨霖铃·寒蝉凄切》，晏殊写过，比如《鹧鸪天·彩袖殷勤捧玉钟》。这类作品并不是不感人、不真实，而是他们过多的关注女性的服饰、容颜、姿态等，其中或多或少、有意无意地流露出男性对于女性的一种玩赏的态度。

而李商隐的爱情诗不是这样的。首先，李商隐笔下的爱情定位于青年未婚男女之间那种生死不离、椎心泣血的爱情，而不是夫妻情爱；同时，李商隐是以一种平等的态度去看待他眼前的那个女子，从感情的角度而不是色欲的角度去写他心中的女性和爱情，这样就区别了艳情诗。李商隐从来没有写过女人的服饰、着装、容貌、姿态等等，而是关注她们的内心世界。可以说，在唐代诗人中，除了白居易，最关注同情女性的，当属李商隐了。但是和白居易不同的是，李商隐的关注是发自内心的同情和焦灼，而没有丝毫"愿得天子知"的目的。在他看来，爱情应该是生命中最有价值的东西，分量应该重于生命。在李商隐之前，还没有一个诗人以当事人的立场来描述爱情的刻骨铭心、生死不渝，也正因为这一点，李商隐笔下的爱情才是"纯粹"的爱情。

想弄懂李商隐的"无题诗"，还需要关注一个问题，就是李商隐笔下的恋爱主角是谁，就是说，是谁和谁在谈恋爱。李商隐的爱情不是皇亲贵族之间的爱情，也不是"你耕田来我织布"的平民爱情，而是士大夫与大家闺秀之间的爱情。士大夫与大家闺秀都受过良好的教育，这一点决定了他们的爱情是高贵的，是大气的，是典雅的，他们对于精神上的追求远胜于肉体上的媾和。但是，又因为他们是士大夫和大家闺秀，受过正统的教育，所以决定他们之间的表达是含蓄的，是不敢越雷池一步的，也必定是痛苦的、无奈的、甚至于是绝望的。"身无彩凤双飞翼，心有灵犀一点通"，"春心莫共花争发，一寸相思一寸灰"，"刘郎已恨蓬山远，更隔蓬山一万重"，"春蚕到死丝方尽，蜡炬成灰泪始干"，这些难以结合、却又目成心许的爱情，穿越了千百年的时空，打动了无数的读者，为我们再现了那个时代人性中最纯正、最高尚的一面，也间接的使我们看到了中国古代知识分子在情爱上的精神风貌。

在艺术风格上，李商隐的"无题诗"的特点是凄美而朦胧。凄美，不需做太多的解释，这种无法言明、不易排遣的感情本身就是凄美的，我们只说"朦胧"。李商隐的诗难懂，难懂在于，他并不是去记叙一个具体的事件，也不是抒发一种具体的感受，更不是用一两个比喻或者象征来暗示某一种情感；他是用一连串的、改造过的、具有象征意义的意象来表明他心中那种流动不定的感情。这样就使得他的诗有一种张力和深度，读者明明感受到了，却无法用语言表达清楚。他告诉我们这样一个事实：诗是不需要把话说明白的！诗在于"意会"之间，这是他的一个贡献。在中国诗歌已经完成了人类大部分领域的探索之后，李商隐又触摸了最后一个领域——心灵世界。这方面，《锦瑟》堪称代表：锦瑟无端五十弦，一弦一柱思华年。庄生晓梦迷蝴蝶，望帝春心托杜鹃。沧海月明珠有泪，蓝田日暖玉生烟。此情可待成追忆，只是当时已惘然。

从开头的两句看，内容是追忆流水华年。按照常规的写法，应该是直接写 40 多年的感慨，但李商隐不是，他一连用了四个典故。庄生晓梦迷蝴蝶的故事尽人皆知，仿佛是说人生如梦，但是又不是；望帝春心托杜鹃的故事，写化作杜鹃啼血的杜宇，熟知白居易"杜鹃啼血猿哀鸣"的人，没有不知道其意义的，那么李义山是在说自己这一生于心不甘么？是，又不完全是；"沧海月明珠有泪"是传说，那拖着一条鱼尾的鲛人，那对着月亮留下的、化作珍珠的眼泪，是写自己微贱的身世和悲苦么？似乎是又不尽然；同样，"蓝田日暖玉生烟"貌似是最明确的，写才华被埋没不被发现，但是也不确定。这些典故和传说构不成一个完整的境界，但是，那种纠结于其间的惆怅、寂寥、失望、伤感，又是每一个读者都能清清楚楚感觉的到的。

从诗歌内容上和艺术特点上看，李商隐谁都不像，他只像他自己。但是，如果从律诗的发展来说，李商隐更像杜甫。在律诗的唯美追求上，李商隐接席杜甫而当之无愧。只不过杜甫将律诗唯美的追求融汇于江山和市井中，所以内容与艺术并驾齐驱了；而李商隐将律诗唯美的追求转向内心世界了，这在以前太少有了，于是，唯美才被凸显出来。从唐诗史的角度说，李商隐的贡献不亚于李白杜甫，因为他用自己独特的创作展现了古汉语诗歌描述心理的潜能，而这个潜能的展示，无论是古汉语还是现代汉语，都没有人达到李商隐的水准。这就难怪清代学者吴乔云说："唐人能自辟宇宙者，唯李杜、昌黎、义山。"李商隐确实是继浪漫主义的李白、现实主义的杜甫、文起八代之衰的韩愈之后的，再次开辟诗歌宇宙的大家！

二、李商隐诗歌赏析

（一）《无题·昨夜星辰昨夜风》

昨夜星辰昨夜风，画楼西畔桂堂东。
身无彩凤双飞翼，心有灵犀一点通。
隔座送钩春酒暖，分曹射覆蜡灯红。
嗟余听鼓应官去，走马兰台类转蓬。

和李商隐所有的以"无题"为题目的诗歌一样，这首诗依旧是扑朔迷离。争议的焦点在于，这首诗的写作背景。有人说是写自己在禁宫中的一次艳遇，对象是一位歌女；也有人说是对岳父家中的一位姬妾的爱慕；还有的说，对某家主人的家眷的单相思。但是都没有确定。与这首诗同时的，还有一首七绝，其中有"岂知一夜秦楼客，偷看吴王苑内花"两句，从这两句诗看，这首诗更像是第二种情况，就是那个女子已经有所归属。当然这都是猜测，但是有两点是可以肯定的：第一，作为主人公"我"，李商隐在这首诗中出场了；第二，诗中引起李商隐倾慕的女子，绝对不是妻子王氏——当然，李商隐所有"无题诗"，女主角都不是王氏。

那么这首诗究竟写的是什么呢？套用现在的一句话，写的是李商隐的一次"一夜情"，不过这个"一夜情"的落实点，在于"情"上，而不是"一夜性"（现在所说的"一夜情"大多是"一夜性"）。

诗人一上来好像有意识的在"触犯"律诗的大忌，因为律诗讲究字斟句酌，重复、甚至絮叨是不可以的。但是李商隐显然是重复了，而且有些絮叨，"昨夜"就出现了两次，而且"东"、"西"的地点似乎也絮叨了。但是仔细品味，却大不是这样。我们有这样的体会，当对于一段感情或一个人物特别在意、特别上心的时候，我们往往会回忆起有关那段感情或者人物的点点滴滴，也许在别人看来，这些点点滴滴没有什么实际意义，但是对于动了真情的当事人，却不是这样的。李商隐正是基于人类的这一心理特点，来写首联的。"昨夜的星辰"和"昨夜的风"，还有那具体又具体的地点，都承托着诗人难以忘怀的情感，有着别样的意义；之所以交代的这么细致、这么絮叨、这么自言自语的出神儿，完全是因为昨晚上那次偶遇实在是太难以忘记了；而且仅仅隔了一个夜晚，便恍若二世，你我便成为永隔了，而且恐怕在当时就已经料到，成为永隔、不能再见是肯定的，只是当事人自己不愿意相信罢了。

三四句直接由回忆写当时的场景，李商隐爱上了那个女子。那么我们知道，相爱的人是有肉体上的追求的，而且也是应该的，不是什么低贱的事情。不伴随肌肤之亲的爱情说到底是残酷和虚伪，但是显然，李商隐与这位女子没有实质上的、或者说身体上的接触，所以才有"身无彩凤双飞翼"的描述，来暗示自己和心仪的女人的隔阂。但是，一向看重精神之爱的李商隐将常用语翻出来新意，这就是"心有灵犀一点通"。传说犀牛的角的正中间有一条贯穿始终的白线，被人们视为灵异之物，李商隐正是在这个传说的基础上，展开想象，赋予相爱人心灵上有灵异的感应，即使没有半句言语，没有肌肤之亲，眉眼之间的传递也早已将对方的心思了然于胸了。在逻辑关系上，这两句话又互为衬托，"心有灵犀"的精神相通，反衬了肉体不能会合的痛苦；而"身无彩凤"的身体上的相隔，又反衬了精神的高贵和默契的难得。应该说，灵与肉的结合才是爱情的根本，但是当客观原因使得两者不能兼具时，那么，追求精神上、心灵上的相通显然远远胜于肉体上的媾和了。李商隐就是这样将矛盾的感情互相渗透交融着，在哀婉的叹息和不足中，赞美着他心中情愫的美好。

接下来的五六句，与首联有异曲同工之妙，也是在细节的回忆中强化着对那段偶遇的难以忘怀。"隔坐送钩"是唐代贵族聚会时玩的一种游戏：桌上铺着桌布，游戏者相对而坐，在桌布的下面将玉钩传与对面某人手中，然后大家猜传到了谁的手中，猜中后传钩人被罚喝酒；"分曹射覆"也是一个游戏，"分曹"就是分小组的意思，先把东西放在盂盆里，然后用手巾盖上，让大家猜是什么物件。实话说，这种类似于"击鼓传花"的游戏没有多大技术含量，更多的是来烘托一种快乐的气氛。宴席上，灯红酒暖，觥筹交错，笑语喧哗。但是需注意的是，这是贵族们玩耍的游戏，作为底层官员的李商隐，他只有看的份儿，没有参与的资格。看着自己心仪的女人和别人玩耍得这么热闹，而自己只能是身处其外，无法不更加感受到"身无彩凤双飞翼"的遗憾，也只好用"心有灵犀一点通"来安慰自己了，诗人以别人的乐景衬托自己的哀情，此刻的凄清和孤寂翻出一倍。

但是，即便是这样身处其外的遗憾也是享受，因为它太短暂了，天很快就亮了，而作为一个下层官员，除了到点应差，打发一天又一天寂寞无聊的校书生涯，又能如何？在诗的最后，李商隐将自己比喻为飘转不定的蓬草。将爱情的惆怅与自己身世飘零结合一起，扩大了这首诗的内涵，与其说李商隐"斗胆"去爱一个不属于自己这个阶层的女人，不如说李商隐借助和这个女人的邂逅，来展示那个反衬自己身世卑微的场景罢了，这是李商隐的敏感，也是他的宿命。

最后我们要说的是这首诗的写作角度。首先看时间，实际上诗歌是从"今天"的角度回忆过去的，中间的四句全是昨夜之情景，最后两句又回到了今天；其次再看主角，首联是从自己的角度写过去的，中间四句全是写对方，最后又回到了自己。而写今天、写自己，是实写；写昨天、写对方，是虚写，扑朔迷离，变幻不定。这种写法让读者不得不怀疑，究竟有没有昨晚艳遇的那件事，而这首诗的精彩处就在真真假假之间，何况还有千古名句"身无彩凤双飞翼，心有灵犀一点通"流传至今呢！

(二)《无题·来是空言去无踪》

来是空言去绝踪,月斜楼上五更钟。
梦为远别啼难唤,书被催成墨未浓。
蜡照半笼金翡翠,麝熏微度绣芙蓉。
刘郎已恨蓬山远,更隔蓬山一万重!

和《无题·昨夜星辰》相比,《无题·来是空言》一首的水准要高得多。

这是一首直接写男子为情所困的诗作。"梦"是全诗的"诗眼"。古代诗人写梦中之境的作品不少,比较经典的是苏轼的《江城子·十年生死两茫茫》,但是和苏轼的作品相对照,我们会发现,李商隐写"梦"完全不同于苏轼。苏轼写梦境,是严格按照"梦"的过程写的:先写梦前的思念,"不思量自难忘";再写梦中的情景,"小轩窗,正梳妆,相对无言,惟有泪千行";最后写梦醒之后的悲痛,"料得年年肠断处,明月夜,短松冈"。而且,因果关系很顺畅:是梦前的思念导致做梦,是梦中的情景导致梦后的伤感。但是李商隐不是,他是完全打乱了顺序,与其说在写一个梦境,不如说写这个梦带给他的感伤。

第一句便出语不凡,"来是空言去绝踪"。诗人在写这个句子的时候,他的梦已经醒过来,梦醒后回想着梦中的景象,自言自语:"你说过你会回来的,可是你的话早成了空言,你这一走便绝了踪迹!"梦醒时分,天还没有亮,又难以入睡,那么能干什么呢?如果是一个现代的男人,也许会在一个情梦的醒后,点起一支烟吧?李商隐的举动是,把目光游移到了窗外,此时,月斜楼上,天边已经微曦,悠长凄清的钟声从远处传来。

李商隐的诗歌有一个特点,那就是通篇写情,个别句子写景,"东风无力百花残"是这样,"月斜楼上五更钟"也是这样。楼外的月亮和远处的钟声,这些过于实在的东西,不仅把诗人拉回现实,也衬托着梦境的虚幻,更让作者感觉到梦境的不真实,自然也就更加衬托了作者半夜独坐的孤寂和凄冷了。

那么作者梦见的是什么呢？到此为止，诗人才写出自己的梦境，"梦为远别啼难唤"。他梦见的是，心仪的女子在前面走，"我"跟随其后，一路呼唤，对方却就是不肯回头。梦境是心头所想，这样的梦正反映了情人远别给作者造成的深刻的心灵之痛，乃至于这样一个孤立的情景出现在梦中。

也许是因为梦境太不清楚，几乎没有情节；也许是梦境过于复杂，一时难以诉说。所以，在梦醒之后，作者要做的第一件事，就是以最快的速度把梦境记录下来，生怕时间一长，自己忘怀了，所以作者不假思索、奋笔疾书。这种下意识的状态，快得连作者自己都无法理解，仿佛被一个什么东西"催逼"着一样。等一口气写完了，静下心来，长舒一口气，再细细看时，才发现，因为写得太快，也因为自己怕蘸墨耽误时间，乃至于字迹写得稀稀拉拉的。这句话的妙处在于，它是反着写的。如果按照顺序，先写自己担心蘸墨耽误时间、不等墨汁砚好就急于动笔，就显得过于理性、过于无趣了；但是作者是先写自己奋笔疾书，再写书信完成后的一个观察——"墨未浓"，就有了起伏，就翻出了新意了。而书信写成之后的这个意外发现，使得"催"这个字格外的生动、形象，写出来作者一定要记录那个梦境的心理执着，也就写出了那个梦、梦中的那个女子对于李商隐的重要来了。

书信写完，仿佛了了一段心事，再次坐下来，静静的打量着这间与那个"她"共度过一段美好时光的房间，"金翡翠"是指绣满翡翠鸟的帷帐，"绣芙蓉"是绣满芙蓉花的被褥。帷帐、被褥，是实在的生活用品，但是，象征着爱情的"翡翠"、"芙蓉"又使得这现实场景变得亦真亦幻起来。"蜡照半笼金翡翠"，这句话是一个极大的矛盾的句子。因为，当我们把蜡烛点燃时，光线就算再微弱，也不会只照半间房屋，怎么会"蜡照半笼金翡翠"呢？诗人分明是在告诉我们，缺少了那个心上人的帷帐里，永远是半边黑暗，无法照亮的黑暗。而当初她用过的被褥上，仿佛还飘散着她的体香。从这两句看，李商隐所描述的这个女子肯定不是王氏，那么是谁？无法求证。和《无题·昨夜星辰》一样，这样真实的感情描写，让我们还是相信，出场的主人公就是作者自己；或者说，将主人公假想为诗人自己，更能增加诗歌的感染力。

也许是天彻底亮了的缘故吧，梦幻终于消失了，诗人彻底清醒过来，意识到会合无缘，于是借助典故来写自己。在这里，"刘郎"有两个解释，一个解释是说一个叫刘晨的人，入蓬山采仙药，得遇仙女，与之成为眷属，半年之后回家，发现自己的子孙都历经七代了。想重返仙境，却发现蓬山遥远，已经无法回归了。另一个解释是汉武帝刘彻，为了求得长生不老，派童子到蓬山采不老药，结果因为蓬山过于遥远，童子一去无返。两个解释都通。在这里，李商隐以"蓬山"借代自己梦中的那个女子的居住之地，指相会的遥不可及。"已恨"分明是借"刘郎"之恨写自己之恨，而"更隔"则将这种痛苦推到了绝望的境地。

在这里我们不禁要问，这个"相隔"究竟是客观地理上的，还是主观地位上的？我想，把它理解为主观地位上的更好。李商隐所心仪的那个女子未见得远在天边，极有可能是近在眼前的，但是与《无题·昨夜星辰》一样，又一个他不该爱却偏偏爱上的人吧。

情爱题材，是文学的一个母题，问题是把这个母题处理为叙事的还是抒情的，有分教。显然，与白居易等人相比，李商隐更愿意把情爱故事处理为抒情的。他把生活中的素材"压榨"到了极点，也升华到了极致，所有的事件的具体信息全都不存在了，存在的只是一段感情过去后刻骨铭心的感觉，这感觉却概括了人类爱情的全部特点。所以，假如从"流传"的这个角度上说，白居易的诗，更多的是在横向流传，即"墙上无所不书，口中无所不道"；而李商隐的流传更多的是纵向的流传，它穿越了古今，打动了一代又一代身陷情网的人的心灵，这才是李商隐诗歌朦胧的魅力。

（三）《无题·相见时难别亦难》

相见时难别亦难，东风无力百花残。
春蚕到死丝方尽，蜡炬成灰泪始干。
晓镜但愁云鬓改，夜吟应觉月光寒。
蓬山此去无多路，青鸟殷勤为探看。

与李商隐其他的"无题诗"相比,这首《无题·相见时难别亦难》无疑是最出色的,也是流传最广的。在分析这首诗之前,我们先说一个历来争议的问题,那就是李商隐的爱情诗,写的究竟是不是爱情。很多研究李商隐的人认为,李商隐笔下的爱情不是真正的爱情,而是一种"喻托"。因为古代诗人历来有以外物比喻自己的习惯,比如屈原,就喜欢用香草美人来比喻自己;还有些诗人,以身份卑微的姬妾来比喻自己在官场的地位;以爱情关系比喻官场关系,比如张籍的名句"恨不相逢未嫁时",写的就不是爱情,而是借一个女子诉说与相爱的人相见恨晚,委婉地回绝黑暗官场对自己的邀请。所以,李商隐以爱情为喻托,来写自己对牛李两党的一片忠心、一片苦心,也不是说不通。

但是,既然如此,为什么还有争议呢?主要是因为,李商隐的爱情实在是太"爱情"了,他把这种人类独有的、最美好的感情,写得太真挚、太细腻、太感人了,于是,不管它是不是有喻托,人们更愿意相信,这不是喻托,就是爱情。将这样美好伤感的情爱喻托为官场,犹如采鲜花做中药,功能效果代替了美丽,未免太可惜了。所以,关于李商隐的爱情究竟是不是真的"爱情",也许在文学史的研究上有意义,对于文学的赏析,还是放下为好——这如果不是爱情,还有什么是爱情!

一对深情相爱却被迫分离的男女,不知因为一个什么意外的原因,得以相见了。但是相见之时,分手在即,所以诗人一上来说,"相见时难别亦难!"关于离别与相会,古代诗歌早有描写,最出名的篇章是江淹的《别赋》,"黯然销魂者,唯别而已矣",这里说的是"别";民间说"别时容易见时难",这里说的是"见"。但是到了李商隐这里却翻出了新意,将"见"与"别"合在一起写,而且强调了两者之间的因果关系:因为相见实在是太困难了,所以离别时才分外的难受、难堪。

于是第二句写景,因为离别时心理上的难以承受,所以,以泪眼观景,景中都是泪,在作者眼中,东风无力,百花凋零。李商隐是写景的"吝啬者",同时也是写景的高手,他的诗中很少出现景色,一旦出现,就一定是为着他的"情"而服务的。东风就是春风,人的心情不同,眼中的景色自然不同,同是秋风,有人说"秋风秋雨愁煞人",而在毛泽东眼中却是"不似春光胜似春光"了。李商隐笔下的景,是融进了他全部感情的景,所以才有无力的东风和凋零的百花。

三四句是千古名句,但是这两个句子何以流传千古?应该说,从七点来交代:

1、此句承托第一句。第一句说的"相见难",那么以后的相见估计更是难上加难,既然一别成永隔,于是作者从"我"的角度——就是自己的角度向对方表达衷心:我就像那春蚕,我就像那蜡炬,对你的衷情是绝对不会改变,让我变心是一件不可能的事情,除非我的生命在这个世界上消失。向对方表白自己今后的忠于爱情,是这两个句子最简单、也是最根本的含义。

2、请注意作者在表白感情是使用的两个比喻,"蚕"和"烛"。我们知道,蚕的目的就是吐丝,烛的作用就是燃烧,作者用这两个意象来比喻自己,是在表达这样一个意思:我就是春蚕,我就是蜡烛,为你吐丝、为你燃烧不是我的痛苦,而恰恰是我的义务所在;如果有一天我不再吐丝、不再燃烧了,那么我的生命就完结了,我生命的意义也就不存在了。在这里,作者把为对方而付出的痛苦比喻为自己的一种"必然",道出了爱一个人的本质,那就是付出和痛苦,而当你真正爱这个人的时候,付出和痛苦未必不是一种享受。

3、请大家不要忽略这两个句子中的副词"方"和"始"。"方"和"始"的含义都是"才"、"刚刚"的意思,作者在说一种顺序:吐丝尽了与生命完结的先后,燃烧尽了与生命完结的先后,作者强调的是,相思与痛苦的完结在先,生命的完结在后。这种顺序告诉我们,爱情胜于生命,也重于生命。

4、请注意这两句诗中"谐音"的使用。"谐音"本是南北朝民歌中南朝民歌常用的手法,"丝"谐音"思","莲"谐音"怜","碑"谐音"悲"等等。李商隐学习了这种写法又升华了这种写法,他笔下谐音的爱情,荡漾的激情仍在,但是高贵多了,干净多了。"丝"谐音"思",是见之于内的缠绵;"烛泪"拟形"人的眼泪",是形之于外的伤感。内外交融,写尽了爱情的悲伤。

5、再看这两句诗的平仄对仗,上句,"平平仄仄平平仄",下句,"仄仄平平仄仄平",对仗如此工稳。须知,李商隐是河南沁阳人,千百年后我们用普通话来朗诵这两句诗,仍然是平仄契合,朗朗上口。

6、这两句诗有着极大的升华空间。千百年来,人们传诵着这两句,它已经远远超出了其初始的含义,而升华为一种对爱情、对事业、对我们生命中任何一种我们认为有价值的、值得为之付出的东西的追求,我们都愿意为之"春蚕到死"、"蜡炬成灰"而无怨无悔,显示出人类精神追求的高贵!

7、前面说过,这两句是从"我"——自己的角度写给对方的,是表达衷心,由此引出下面的两句,"晓镜但愁云鬓改,夜吟应觉月光寒",由对方写向自己。

"春蚕到死丝方尽,蜡炬成灰泪始干"两句,无论在内容上、感情上、音韵上、结构上还是精神升华上,都做到了天衣无缝又浑然一体,它被传颂千古,不为无因!

承接颔联,于是自然写到自己所相思的那个永隔天涯的女子,作者拟想着对方现在的情景,早晨起来整理容装,你一定会为"云鬓"的改变而愁苦。"云鬓"二字,一来说年龄,古人历来有用头发暗示年龄的说法,"云鬓改"显然是年华逝去,青春不再,于是愁闷难当;但是女人的"云鬓改"又暗示着已为人妻的身份的改变,因为古代女子的婚否,是以发型为标志,对方"但愁云鬓改",是为自己成为人妻,相会更加无望而愁;而清晨理容,又有"女为谁容"的整体上的伤感。一句之内三层含义,层层皆通。

接着写夜晚,"夜吟应觉月光寒",晚上吟诗时,估计没有人为你披上一件衣服,更相信没有人能够懂得你吟诗的内心,所以,这个"寒"是身之寒、心之寒。

但是这两句话的妙处还不仅仅在这里,在于作者的推测——"应"是推测的意思,"你一定是……"由己推人,若不是自己在万分地惦念着对方,何来拟想着对方的愁苦和寒冷呢?所谓的"不说我想你,而说你想我"。显然这是用了老杜"今夜鄜州月"写法的影响,即"诗从对面飞来",但是李义山更加的含蓄,模拟前辈却不见半点斧凿痕迹。而颔联与颈联形成往来,更是一绝。

最后以"蓬山"作结,"蓬山"是海上仙山,虚无缥缈,以此来说相思之人的居住处,如蓬山一样遥不可及。至此我们也就明白了,为什么"相见时难",因为相隔太远;为什么"别亦难",因为一旦离别再难相见。但是作者又不甘心停留在"刘郎已恨蓬山远"的基础上,而是再翻出一层新意,从"青鸟"的角度说起。"青鸟"是西王母手下的使者,专为传递信息,所以对于青鸟来说,再远的蓬山也是"无多路",算不上太漫长的路途。拜托你殷勤一些、勤快一点,为我去探望那个今生难见的人儿吧。这句话的妙处在于这个"看"字的读音,不应该看"kàn",而应该读"kān",意思是"试一试"。如果读音不对,不仅破坏了平仄,关键是意蕴全无了。作者在表达这样一个心愿,我的情人远在天涯,我这一生是再也见不到她了,但是天涯海角对于你青鸟来说,算不得遥远,拜托你替我探望探望她,至于你能不能到达,能不能找到,估计也没有把握,只好请你去试一试了。这是以希望之笔写绝望之情,胜过了"刘郎已恨蓬山远,更隔蓬山一万重"。

李商隐的这首《无题》,实乃千古难得之作,除了我们上面的讲解外,八句诗在结构上又形成回环之势。第一句,两个"难"字形成因果关系,这是第一个回环;颔联,从自己写向对方,承托了第一句"相见时难",同时引出颈联,这是第二个回环;最后两句收拢全文,又回扣了第一句的"相见时难"和"别亦难",给出了两个"难"的理由,形成最后一个整体上的大回环。全诗回环往复,不可中绝,象征着生命虽然能够完结,爱情却永存人间的美好和坚贞。而李商隐,也因了这一首首赞美爱情的"无题诗",在中国诗歌史上、文学史上占有不可动摇的地位,为中国古代文学做出了巨大的贡献,留下了永不磨灭的光辉!

第十七讲　词的介绍与花间词派

一、什么是词

从广义的范围上说，诗和词都属于韵文文学的范畴；但是从狭义的体裁上说，诗和词又是完全不同的艺术样式。诗，是先写出内容，之后再考虑是否配乐；而词，是先有固定的曲式，然后往里面填入内容，所以写词也叫"填词"。准确说，词，属于音乐文学。

词不是汉民族的文学样式。在隋唐末年，西北少数民族的音乐慢慢传入中原，这种音乐叫"胡乐"，因为这种音乐常常用于宴会的时候，所以也叫"燕乐"，"燕"和"宴"是通假字。为这种"燕乐"所配上的歌词，就叫"词"；又叫"曲子词"或者"曲子"；因为所配的文字长短不齐，所有又叫"长短句"。在宴会上唱曲的歌女们文化素质普遍不高，所以，演唱的曲子一般都很俚俗，主要是男男女女、卿卿我我、离愁别绪的，而且是用于助兴的，不可能太长。所以，和《诗经》、汉乐府起源于民歌一样，最早的词也是民间文学。在敦煌出土的《敦煌曲子词》充分证明了这一点，比如这两首《望江南》，"莫攀我，攀我心太偏。我是曲江临池柳，这人折了那人攀，恩爱一时间。""天上月，遥望似一团银，夜久更阑风渐紧，为奴吹散月边云，照见负心人。"就很有代表性。

与诗最大的不同点，是词有一个叫做"词牌"的东西，词牌是音乐的名称，不是词的题目，所以一般说，词牌跟这首词的内容没有什么关系，词牌《贺新郎》绝对不是写新婚燕尔的事情，也许最初的这首词是关于新婚的，但是词牌一旦固定下来，就与最初的含义没有关系了。比如《沁园春·雪》，"雪"才是题目，而《沁园春》是词牌；

同样，《虞美人》、《念奴娇》、《鹧鸪天》、《水调歌头》等等都是词牌。

词还有一个特殊的单位名称，叫"阕"，所以一般不叫"一首词"，而是说"一阕词"或者"一片词"。"阕"（也叫"片"）实际是音乐伴奏时的过门，过门的前面部分，叫"上阕"或者"上片"；过门的后半部分叫"下阕"或"下片"。

词还分长短，一般说，60字以下的叫"小令"，"小令"很短，能一口气唱完，所以不再分上下阕；60字到120字的叫"中调"；超过120字的叫做"慢调"，最长的词可达200字之多。

词刚刚传入汉民族时，先是在民间流传，很快被文人仿效。据说第一个写词的文人是张志和，他的那首《渔父·西塞山前白鹭飞》被认为是第一首文人词。但是总体上，文人不大会掌握这种长短不齐的写法，而是先写出诗，再用加减字数的方式去凑。所以最初，词的地位是比较低的，文人们管它叫做"诗余"，就是诗的边角下料，李白、白居易等都写过词。而且，因为词是在宴会上所唱，受这一点影响，再端庄的文人写起词来，也是让人不可相信的靡艳。他们往往在酒席上，以手指蘸着酒，在酒桌上写出几句，之后哈哈笑过，便"自扫其迹"了。

在唐代，词一直没有得到很好的发展，只停留在宴席歌会、青楼妓馆中。这是因为唐代的诗歌实在是太好了，与唐诗比，词几乎看不到一点光彩；而唐代后期，唐诗虽然写得不如初唐盛唐，但是韩愈提倡的古文运动，又使得唐代的散文很兴盛。所以整个唐代几乎找不到词可以落脚之处。只有到了宋代，词才有了自己的发展空间。一则是唐诗写得太好，如同大山一样压在宋人面前，宋人无法跨越，只好另辟蹊径；其次，和唐代人豪迈、阳刚的性格相比，宋代人的生活更加精细、精致，性格也更加的内敛、细腻。如果说唐代是男性的、带有野蛮气质的时代；那么到了宋代，汉民族的气质彻底改变了，走向了真正的文明时代。所以，以歌唱男女之情、离愁别绪、花园小径为主题的词，才有了发展的空间。

任何艺术样式必须是这样的：只有有了空间才能发展，只有发展才有数量上的可观，只有完成了数量上的累加，才能完成质量上的提升和理论上的研究。词也不例外。正是因为脱离了唐诗的羁绊（当然也因为宋人过于理性，他们实在不会写诗），宋词才获得了广阔的空间，才有了大量的作品，于是流派产生了。词的正宗流派，是婉约派。那么什么叫婉约派呢？可以从这么几点去断定，主角：俊男靓女；故事：伤春悲秋、离愁别绪；场景：花园小径、江头岸边。这其中有几位大家，比如柳永、晏殊、李清照等。在婉约派发展到了成熟时期，苏轼创立了他的豪放派。苏轼曾经就自己的词风和婉约大家柳永对比，来问他的侍妾朝云姑娘，据说朝云姑娘是这么回答的，"柳七之词，须二八佳人，持红牙玉板，唱杨柳岸晓风残月；先生之词，须关西大汉，抱铜铁琵琶，歌大江东去。"可见二者的不同。但是总体上，婉约派是"词之正宗"。

有了流派，就有了理论研究，宋人根据诗与词的差异，总结出它们的不同，比如"诗庄词媚"，比如"诗言理，词言情"，比如"词，言诗之不言"；李清照则一言蔽之："词，别是一家"。虽然宋人所说的"诗"的特点实际上是指宋诗的特点——理性，但是诗词之间的差异大体上说的不谬，总结来说，词的风格是婉约的、明丽的、流畅的。我们可以这么比喻，如果说诗是气势磅礴的交响乐，那么词就是温馨入内的流行曲；如果说诗是北方端庄大气的少妇，那么词就是南方明媚可人的少女；如果说诗是电影院中看的大片，那么词就是每一集陪着流泪的电视剧。

二、词的发展

和其他文学样式一样，词的发展也是经过了一个从民间到文人、从粗糙到精致化严谨化的过程。比如，敦煌曲子词中男女的海誓山盟是这么表述的，"枕前发尽千般愿"；而文人却是这么表述的，"说尽人间天上，两心知"。这就是差异，而任何文学的发展，都需要、也必定有这样的差异。在这个发展过程中，除了下面我们单独列出来说的"花间鼻祖"外，影响了词的发展走向的，有这么几位大家。

第一位是柳永。柳永是北宋人，他原名不叫柳永，叫柳三变，字耆卿，因为排行在七，所以又叫"柳七"。在词史上，柳永被称为是第一个致力写词的文人，有人戏称他是"写词专业户"。这是因为柳永长年混迹与勾栏瓦肆、青楼妓馆中，为那些歌妓们写词作曲，以写词来养活自己。中国的历史上不存在西方那种以"稿费"养活自己的专业作家，柳永应该算得上一个了。他曾经参加过科举，在试卷上写下了"忍把浮名，换了浅斟低唱"，被皇帝看到，十分不满，批语为"何要功名？且去填词！"第一次科考失败后，柳永更加放浪不羁，干脆做了一个幌子，上书"奉旨填词"四字，调侃自己。第二次科考仍不中。第三次改了名字，叫"柳永"，总算蒙混过关，考上了。此时柳永已经是 44 岁的人了，官至屯田员外郎，所有后人也叫他"柳屯田"。柳永一生穷困潦倒不务正业，死后家无余财，还是几个和他相好的妓女出钱，把他埋葬了。传说柳永下葬那一天，京师的所有娼妓歇业一天，叫"吊柳七"。

柳永因为长年混迹于歌妓中，为她们填词写曲，这样决定了柳永的词有两个特点，第一，是逐渐加长。大概是因为歌妓们唱的曲子必须足够长，才能留得住客人，所以柳永必须把曲子写得很长，于是，词由之前的小令过渡到了慢调，而柳永制作的慢调，有的多达 200 字。曲子加长了，实际是词的容量扩展了，使词具有和长诗一样的表现力，这是柳永的一个贡献。第二，也是因为给歌姬们写词，柳永很注意词的节奏和顿挫。所以，柳永的词朗诵起来便是抑扬顿挫、朗朗上口了，更可以想见当初演唱时是多么入耳好听，这一点，只要读一读他的《八声甘州》就可以感受出来。也因此，柳永是第一位对词的发展产生过影响的大家，他的词流传很广，"凡有井水饮处，即能歌柳词"，堪称词中的白居易了。

第二位对词的发展做出巨大贡献的，当然是苏东坡。苏轼之前，婉约派为主，场景无非花园小径，故事不过伤春悲秋，主角都是俊男靓女，充满了甜腻腻、粉嫩嫩的情调。当此时也，苏轼横空出世，他以自己豪放旷达的性格、以他写诗作文的大手笔、以他沉浮官场的人生经历，他不再写男男女女、卿卿我我，而是写历史——"大江东去，浪淘尽千古风流人物"；写打猎——"老夫聊发少年狂"；写人生感悟

——"明月几时有,把酒问青天",于是创立了一个与婉约派完全不同的流派——豪放派。苏轼不认为"诗庄词媚",更不认为词必须"言诗之不言",苏轼认为,词就是诗的一种,他是用写诗的气度和手法来完成词的改造的,所以才有"以诗为词"的评价。假如说,柳永的贡献在于他改变了词的长短,从而扩大了词的容量的话;那么,苏轼的出现就改变了词的品格,他把词从一个狭窄的范围内彻底解放了出来,让词走上了一条大气、豪迈、充满阳刚气质的道路,也让宋词与唐诗并驾齐驱成为了可能。如果没有苏轼,就没有之后的辛弃疾,我们今天所看到的词,品味要低得多了。

苏轼之后,对词的发展有贡献的还有李清照和周邦彦二人,但是,真正对词做出贡献,或者说第三次改变了词的走向的,是辛弃疾。辛弃疾是南宋人,与北宋词人不同的是,南宋词人从始至终充满了一种报国无门的悲壮,这种悲壮被写到词中,不可能不改变词的走向;而辛弃疾与众不同的地方还在于,他不是纯粹的文人,而是上马杀贼的战将。这两点都决定了,尽管苏轼已经将豪放派创立了出来,但是仍不足以容纳辛弃疾的英雄怀抱,他必须突破。于是,方言俗语、历史掌故、散文手法等等,均被辛弃疾充分的利用到了词中。假如"以诗为词"第一次改变了词风,那么,辛弃疾的"以文为词"就将宋词引向了一个几乎没有边际和羁绊的境界了。

总之,诗和词是完全不一样的东西,也正是因为二者的不同,词又在宋代得到了长足的发展,所以有了"宋词"的美称,成为中国古代文学皇冠上又一颗光辉夺目的巨钻,以独特的风情神韵与唐诗争奇斗艳,代表着一代文学之盛。而且,从受到喜爱的程度上说,人们往往爱词超过爱诗;从文学入门的角度说,人们往往是先爱上词,后来才开始接触、读懂诗的。

三、关于花间词派

唐代的末年,陷入了与汉末一样的大分裂中,北方中国是五个朝代,即后梁、后唐、后晋、后汉、后周,朝代一直在更迭,社会在更迭中动乱。而南方不同于北方，那里是几个相对较为安定的割据政权的小国家，他们既没有实力、也没有雄心去完成统一中国的大业，相反，在南方相对富庶的地方声色犬马，苟且偷安。其中的西蜀和南唐是两个词文学的中心。

"花间词"这个说法，起自于后蜀赵崇祚。他编成了一本词集类的书，叫《花间集》，收录了南唐西蜀等南方国家的18位词人的500首作品。欧阳炯在总结这一类词人时说："绮筵公子，绣幌佳人……举纤纤之玉指，拍按香檀。不无清绝之词，用助娇娆之态。"在这样的风气之下创作出来的作品，自然是轻艳浮靡的，言情不外是伤春悲秋，故事不外是男女邂逅，道士怀春，宫女幽怨；艺术上是极尽文采繁华，轻柔艳丽。所以叫做"花间词派"。

花间词派的第一位应该是温庭筠，他的词被《花间集》收录了66首，因为他是第一个全力写词的人，所以被称为"花间鼻祖"。他的最好的作品是那首《梦江南》："梳洗罢，独倚望江楼。过尽千帆皆不是，斜晖脉脉水悠悠，肠断白萍洲。"但是总体说，温庭筠的词范围狭窄，而且过于讲求感官直觉，比如写女子梳妆的两首《菩萨蛮》，很典型："水精帘里颇黎枕，暖香惹梦鸳鸯锦。江上柳如烟，雁飞残月天。藕丝秋色浅，人胜参差剪。双鬓隔香红，玉钗头上凤。"颇黎枕、鸳鸯锦、秋色的藕丝线、参差不齐的春花、双鬓下的腮红和头上的凤钗，构成了明丽的画面，冲击着视觉感官，眼花缭乱。而女主人公无聊打发时间的愁闷并没有直接写出来，而是暗含在其中。

另一位与温庭筠齐名的词人是西蜀的韦庄。韦庄的词虽然也很明艳缠绵，但是明显不同于温庭筠，他更加的明朗自然些，写女孩子的爱情更接近南朝民歌的风格；而且韦庄的词一般是围绕着一个事件写开来的，情感流露很流畅。比如《女冠子》："四月十七，正是去年今日别君时！忍泪佯低面，含羞半敛眉。不知魂已断，空有梦相随。除却天边月，没人知。"写女孩子与情人的分手，完全用白描的手法，看似平铺直叙脱口而出，但是个中的感情却无法不打动人。而另一首《女冠子》写男孩子梦见情人，更是写得好！"昨夜夜半，枕上分明梦见，语多时。依旧桃花面，频低柳叶眉。半羞还半喜，欲去又依依。

觉来知是梦，不胜悲！"尤其是"频低柳叶眉"一句，既然是"频低"，说明有"频频抬眼"的动作，不然何来"频低"？此人不说"抬眼"，而说"频低"，生动的写出了女孩子那份娇嗔；而"半羞还半喜"的神态，与"欲去又依依"的样子，分明再现了青春少女初次接触男女欢爱时那种既惊讶、惊喜，又害羞和茫然的神态。还有一首《荷叶杯》，写一个男子，结识了一个风尘女子，分手多年之后，即便再想相见，也甚觉无趣的那种惆怅，"记得那年花下，深夜，初识谢娘时。水堂西面画帘垂，携手暗相期。惆怅晓莺残月，相别。从此隔音尘。如今俱是异乡人，相见更无期。"人生的无常尽在不言中！所以说，虽然温韦并称，但是，韦庄地位略高于温庭筠，韦词更加有深度，也更加耐读一些。

　　除了温庭筠韦庄外，第三位应该是南唐的冯延巳。他不再侧重女子的容貌服饰，也不再强调一个具体的事件，而是着眼于某一个虚化的事件带给他的情感上的波动，虽然内容还是在女子闺怨中打转转，但是深入描写心理感受，有几分李商隐的味道。比如他的这首《鹊踏枝》："谁道闲情抛掷久？每到春来，惆怅还依旧。日日花前常病酒，不辞镜里朱颜瘦。河畔青芜堤上柳，为问新愁，何事年年有？独立小桥风满袖，平林新月人归后。"此人为什么"病酒"、"朱颜瘦"？没有说，但是，为了某一件事情而消损了自己，却是谁都有过的经历。更为难得的是，冯延巳已经开始塑造人物形象了，这个"新月人归后"的独立者，和清风吹过的小桥，构成了一幅多么幽怨的画面啊！也因此，王国维说："冯正中词虽不失五代风格，而堂庑特大！"冯延巳已经开始显露出脱离花间词派的迹象，向着大气的文人词作上发展了。

　　总之，唐五代的花间词派，是宋词发展中一个重要的阶段，为民间词向文人词的过渡做了准备，也为大家的出现做了准备，之后出现李后主这样的大家，就是自然而然的事了。

第十八讲　南唐后主李煜和他的词

一、南唐与李后主

　　唐代败灭之后，中国再次陷入南北分裂，北方是五个更迭的朝代：梁、唐、晋、汉、周；而南方是相对稳定的并列的十个国家，其中比较大的国家是南唐。南唐包括了今天江西的全部，还包括了江苏的西部，福建的北部和安徽两湖等部分地区，地域达千里，辖30多个州郡，是中国江南最为富庶的地区。南唐立国38年，经历了三代皇帝，先主李昇，中主李璟，后主李煜。到李璟时，国家最为昌盛，李璟也动过进军中原一统天下的心思，只可惜有一统之心，却无知人之明，他所相信的几个大臣都是奸臣，当时被称为"五鬼"，几次征讨全以失败告终，还消耗了不少的国力，将位子传给李煜之后便与世长别了。

　　李煜李后主，生于937年，死于978年，他只活了42岁。李煜原名叫李重光，是李璟的第六个儿子，但是他前面的五个哥哥都先后夭折了，所以，一般宫廷中常见的为了争太子而引起的争斗，李煜根本没有经历过，他是在一片和平和温馨的环境中成长起来的，真可谓"生于深宫之内，长于妇人之手"。李煜性格温和而善良，艺术天资极高，他通音乐、会写诗、能填词、懂绘画，几大艺术门类几乎无所不晓。

　　22岁时后主与大臣周宗的长女成婚，这就是历史上的大周后。大周后温和贤惠，而且和李后主一样，有着很高的艺术天分，经常与丈夫唱和填词，李后主为这位美丽的少妇写过不少艳丽的词句，比如写大周后唱曲子，"……一曲清歌，暂引樱桃破……绣床斜凭娇无那，烂嚼红茸，笑向檀郎唾。"写大周后唱歌，不是张开嘴唱，而是那曲子仿佛"藏"在口里，是曲子把樱桃般的小口给"引破"的；然后写唱饮之后回到闺房，斜倚绣床，将嘴里嚼烂的樱桃啐向自己的丈夫。这种娇憨放诞的夫妻之间的引逗，写得既放浪又不失真实和美好。后来大周后因为自己的儿子夭折而致病，在大周后生病卧床的三年里，她的妹妹进宫侍奉，于是这位小姨子与李后主私通在一起。同样，李后主为这位小姨子也写了不少诗句，比如写他们瞒着生病的大周后幽会，"刬袜下香阶，手提金缕鞋。画堂南畔见，一晌偎人颤。奴为出来难，教君恣意怜。"为了防止弄出动静，小姨子提着鞋子、光着脚就跑出来了，而且自言自语说，出来一次好为难啊！要你一次爱个够！少女那种对情爱的渴望和愧对姐姐的担心，写得很生动传神。后来大周后去世，李后主就娶了这位小姨子，这就是历史上的小周后。小周后活泼天真，一片少女的憨痴，也令李煜陶醉。姐妹两人给了李后主非常美满的情爱生活。

其实，在李后主即位的前一年，即960年，北方的大宋已经统一了北方国土，攻下南唐是早早晚晚的事情。李煜的大臣徐锴在临死之前竟然"欣慰"地说："吾今乃免为俘虏矣！"一个大臣都为自己的"死而逢时"而高兴，可见李煜压力之大。他所祈求的，就是别在自己这一朝君主亡了国就成，于是自去皇帝称号，向北方称臣，并年年奉送珠宝、金帛、美女等等，每当大宋攻克一地，李后主必派遣使者前去祝贺并奉送贺信。但是，大宋的皇帝要的不是李后主的贺信和金银珠宝美女，他要的是江南这块富庶的土地。974年，李煜37岁那年，大宋派曹彬将兵伐南唐，一举攻破首都南京。见国家破亡，李后主无力抵抗，于是裸露着半个身子手执白衣投降。"肉袒而降"是投降的最高礼节，也是最为屈辱的礼节了，总算保住了命。宋太祖封他为"违命侯"。自此以后，李后主带着全家数十口北上大宋，南唐宣告灭亡。他在临行时曾作诗曰："江南江北旧家乡，三十年来梦一场……云笼远岫愁千片，雨打归舟泪万行。兄弟四人三百口，不堪闲坐细思量。"

从一代君主，变为异国他乡的阶下囚，这样的差距实在是太大了，终日里，李煜白衣纱帽，以泪洗面，无聊度日。太祖去世后，宋太宗即位，据说开始时对李煜还算客气，去掉了他"违命侯"这个羞辱的封号。相传太祖在位时,曾经与李煜闲坐,说:"闻卿在国中好作诗?"请李煜当时作一首,李煜看着手中的扇子吟道:"揖让月在手,摇动风满怀!"太祖赞道:"好一个翰林学士!"又说:"若以作诗工夫治国家,岂吾俘也!"但是李煜真的不是那块治国的材料,历史的玩笑将他推到了皇帝的位置上,于李煜、于国家,都是个错误和痛苦;岂止李煜,好像许多南方的才子们都不是治国的材料,而只是风流才子和浪漫文人,一旦被推到了国主的位置上,除了变成亡国之君,他们似乎也"变"不成别的。所以,陈后主如此,李煜也是如此,难怪后人说这类人是"做个才子真绝代,可怜薄命做君王"——国主这项"工作"实在不是江南才子们应该承担的!

但是总体上说,李后主的内心是极其痛苦的。不光是从君主到阶下囚这样巨大的变化,还有的就是精神上的压抑和感情上的被羞辱。自己的女人小周后是被俘的"命妇",什么地位没有,但是必须按照时间规定入宫侍奉宋太宗,所谓的"命妇",不过是战胜国皇帝的玩物罢了。据传说宋太宗有几分变态,"行幸"时还让画工绘制下来。有宋人无名氏绘制过一幅《熙陵幸小周后图》,图中的宋太宗,面色黧黑,身体胖硕,而小周后是江南女子,身材娇俏,四肢纤秀,被五个太监强行架住,眉头紧皱,头扭向一侧,面露不胜之色。这样的"行幸"近乎于强奸了,而且每次入宫都是数十日。出来后小周后对着李煜泣涕詈骂,李后主能做的,除了支着耳朵听着,就是想办法回避小周后。他在《岁暮题牖》中写道,"万古到头归一死,醉乡葬处有高原",可见必死之心早就有了。

978年七夕前夜,宋臣徐铉奉命探视李煜,问起李煜在宋这几年的感受,李煜口无遮拦,说:"悔不该错斩了潘佑、李平。"潘佑李平是李后主的大臣,曾经多达八次劝谏李后主不要这么奢靡,应该将力量放在军事上,抵抗北方大宋的觊觎。李后主认为是故意给自己的难堪,并且认为是李平在背后指使,于是杀掉李平,命潘佑自杀。此时,在大宋已经三年的李后主说出这样的话,分明是表达了对大宋的愤恨。宋太宗动了杀心。

978年的七夕,是李煜42周岁的生日,李后主在自己被软禁的小楼里写下了最后一首词《虞美人》，写一句唱一句，当第一句"春花秋月何时了"传出来，宋太宗已经准备好了牵机药酒。牵机药酒据说是一味剧毒的毒药，服后破坏人的中枢神经，使人抽搐不止，手脚和头部蜷缩在一起，如同被某个机关牵引着一样，故名"牵机药酒"。后主七夕晚上服下药酒，转天早晨才死去，可见死得很痛苦。李后主死后不久，小周后悲痛欲绝，不久也郁郁而死。

二、关于李后主的词

李后主的词前后分为三期，第一期是写他在宫中的快乐玩耍，代表作是那首《木兰花·晓妆初了明肌雪》，此时的李后主对人生是眷恋的；第二个时期是大周后去世，娇憨天真的小周后不能满足他对精神生活的全部要求，代表作是那首《相见欢·无言独上西楼月如钩》，此时的李后主，对人生的态度是觉得它太无常了；第三个时期是亡国被俘之后，代表作很多，不再一一列举，此时的李后主对人生是厌倦的。而李后主真正有价值的作品，是第三期的作品。

纵观李后主第三期的作品，其实品味也不是多么的高，无非写一个无能的亡国之君，在自己的国家丢失之后，自己的后悔。但是李后主的词却赢得了后世很多人的喜爱，词学家对他的评价也不低。比如王国维就用"释迦、基督担荷人类罪恶之意"来高度赞美李后主的词——这是在内容上；又说"词至李后主而眼界始大……严妆佳，淡妆亦佳，粗服乱头不掩国色"——这是在语言上的。王国维为什么对李煜做如此高得评价呢？

读李后主的词，不应该在"亡国之君的悔痛"这个小圈子里打转转，而应该看到，李后主所描述的，是人类共有的一种感情，这就是，当一种最为美好、最为珍贵的东西瞬间消失时的痛心和迷惘。这种痛心与迷惘在永恒的大自然的周而复始中，尤其显得沉重。即便是到了更加进步的时代，到了天下大同的时代，我们还会承受亲人离去、爱人背叛等等感情，这种感情与李后主失去自己国家的感情是一样，当我们要描述这种感情时，还是会想起李后主的"流水落花春去也，天上人间",还是会想起他的"剪不断理还乱",想起他的"问君能有几多愁,恰似一江春水向东流"。也是基于这个道理,王国维才用"血书"来形容李后主的文字,才将李后主比喻为担负着人类罪恶的释迦和基督——虽然这个比喻有些过高了。更为可贵的是,李后主作为一代君主(虽然南唐属于小国),却在文字的表述上有着一派天真的赤子之心,不矜持,不做作,对自己的后悔、无能、软弱毫不隐瞒,而是直抒胸臆,既无刻意的斧凿,也无夸大或者回避。李后主以最真挚、最朴素的语言,写出了人生的愁和恨,催人泪下,感人至深,打动了无数读者,引起了历代的共鸣,不愧为词史上的第一位大家。

三、李后主的词赏析

1、《破阵子·四十年来家国》

四十年来家国,三千里地山河。
凤阁龙楼连霄汉,玉树琼花作烟萝,
几曾识干戈!
一朝归为臣虏,沈腰潘鬓消磨。
最是仓皇辞庙日,教坊犹奏别离歌,
垂泪对宫娥。

很多人看到"辞庙日",以为这是李后主亡国"肉袒出降"的即时所作,其实未必,这首词极有可能是后主事后的追悔。苏轼曾经责问过李后主这首词:"后主即为樊若水所卖,举国与人,故当恸哭于九庙之外,谢其民而后行,顾乃挥泪宫娥,听教坊离曲!"苏轼的意思是,你李煜既然把祖宗的国家和人民全给害惨了,就应该先拜过祖庙,然后向国民谢罪;你自己不这么做,反而对着宫女们哭哭啼啼,还有空听教坊的送别曲,简直是太离谱了!所以苏轼用"全无心肝"来责骂李后主。其实呢,一来这首词未必是李后主辞别时的作品;二来,以苏轼豪迈的性格,大概理解不了温厚犹豫、不堪大任的李煜。

这首词应该写于李煜被俘后、去世前的一段时间，是回忆故国之作。

词人一上来先说自己国家的立国时间——四十年，对于一个战乱分裂后建立的小国，四十年的和平也不算短了，而李后主称南唐是"家国"而不是"国家"，在李后主心中，自己的家就是自己的国，而且是先"家"后"国"，所以"家国"也不全是为了押韵，确实是他心中所想。不仅立国时间长，而且国土辖制也不算小，"三千里地山河"。词人一上来从纵横两个角度说了自己国家的伟大，为这个国家丢失在自己手上的懊悔已经打下了伏笔。

在大笔写意之后，词人又细致描写他的"家"，实际是他的"国"的样子：宫中危楼高阁，攀龙栖凤，上薄云霄；园中名花异草，烟萝缠绕，草木葳蕤。一派豪华秾艳同时又是一派阴云下虚假的和平。据说南唐的宫中红罗罩壁，绿钿刷墙，梁栋、台阶、拱柱、窗棂，无处不是密插奇花，极其奢华。在批判现实主义文人看来，一个亡国之君的宫殿中如此奢华，必是搜刮百姓所得；而这样的君主亡国，也是必然的！但是，以这个角度来说李后主是有失偏颇的，李后主的眼中，这就是他的国家的真实样子，承托着他的怀念和他的幸福，这样的国家丢失在自己的手中，他能够总结的，就是一个字——"悔"！所以，上片结语处，笔锋一转，痛呼一声，"几曾识干戈"——我哪里懂得什么叫打仗啊！这就是李煜李后主，承上启下自然流走之处，如瀑布陡然直下，却一派天真，不见一丝拗折痕迹。

下片写自己的懊悔。归为臣虏后，懊悔使得自己迅速的消瘦，头发也日渐花白了。在这里李后主用了两个典故，一个是沈约，沈约在给老友徐勉的信中说自己是"百日数旬，革带常移孔"，后人用"沈腰"代指消瘦。"潘鬓"是指潘安的头发，因为潘安少白头，后人以"潘鬓"代指白发。李煜用这两个典故，实际是说了自己在肉体上、精神上承受的双重痛苦。

事后想起来，离别自己的国家时，最最不堪忍受的，是他匆匆去祖庙做例行的辞别时，他平时心爱的教坊的乐工们还为他吹奏了一曲离别的曲子。李煜之前写过不少笙管笛箫的词作，但是此时的音乐声已经不能给他带来半点的欢乐，只能加重别离的悲凉；更难堪的是，此一别，永无回归之日了。而面对这些每日处在深宫的宫女们，李煜又能跟她们说什么呢？所以他唯有哭，而他这一哭，却把真情都哭出来了，比那些亡国前杀一大批宫女的暴君要真实一百倍，也温和一百倍。词学家吴梅提到这一段时说，"……中主（指李璟）哀而不伤，而后主则近于伤矣。"这个"近于伤"实际道出了李煜这首词直抒胸臆、率真诚挚的特点。

2、《虞美人·春花秋月何时了》

春花秋月何时了！
往事知多少？
小楼昨夜又东风，故国不堪回首月明中。
雕栏玉砌应犹在，
只是朱颜改。
问君能有几多愁，恰似一江春水向东流！

李后主最后一个生日的那一天（七月初七），宋太宗赵光义已经失去了对李后主的耐心，准备杀他。当晚，李后主在自己被软禁的小楼上命过去的歌妓演唱自己的这首《虞美人》，只唱了第一句，宋太宗便大怒了，命令大臣赵廷美将牵机药酒赐给李煜。所以，这首流传千年的佳作是李后主的绝命词，也是他的"血书"，可以说是用命换来的。

仔细看这首《虞美人》，会发现两个特点，第一，它的问句多达三处，除了最后一个问句"问君能有几多愁"有回答外，第一句和第二句都没有回答。第二个特点是，这首词的语意并不连贯，而是用高亢激越的情绪将它串结在一起的。此时的李煜已经彻底厌倦了人世，即便宋太宗不杀他，他也不会苟活几日了，所以情绪极为波动，心理活动断断续续，显示了一个受到极大屈辱的人，在行将离开这个人世之前回忆以往时的愤懑和亢奋。

词人劈头一问，"春花秋月何时了？！"问的无理，却问的有情，是让人痛心的有情。此一句的意思是，数不尽的春花、看不完的秋月，你们何时是个了结啊！我早就看烦了、看腻了。李后主身处屈辱之地三年，终于想结束自己的生命了，春花秋月不完结，自己的生命就没有完结；什么时候自己的生命结束了，也就看不见春花常开，秋月照圆了。这个句子写出来，宋太宗自然要发怒，宋太宗的"怒"是站在得胜的帝王的角度而"怒"的：我没杀了你，让你活到了今天，你反而说"活腻了"，真是太把自己当成人来看了，那好，我就成全你这个"人"！

　　接下来的第二句，与第一句没有直接的关系，但是细细揣味，才发现，这第二句分明是第一句的回答，为什么厌倦春花秋月？为什么厌倦生命？因为自己心中有着太多太多的往事啊，心爱的皇后、美满的爱情、美丽的宫女、无忧的生活，现在呢，一切都没有了，消逝了，化作了虚幻了。"往事知多少"的后面，本应该回答"多少"的往事，但是作者却吞笔回缩了，没有顺势回答这个问题。正是因为要说的往事实在太多，不知从何说起，所以干脆不说，而不说，又一切尽在不言中了，所以转写"小楼昨夜又东风"，"东风"就是春风，"小楼"实际是李煜被软禁的逼仄之地。昨天晚上，又一阵春风吹来，昭示着自己，我还苟活着！这个"又"字看似平常，实则非凡，李后主的厌倦再次涌上心头，东风，像春花秋月、像所有的客观景物一样，无时无刻不在以大自然的周而复始暗示着自己：你这样的人居然还活着，这是一件多么无趣而且无耻的事情！而之所以无趣和无耻，是因为，在千里之外、在月明之中，有着自己的故国，那是被自己丢失掉的家国，多么的不堪回首，不敢回首，又不能不回首啊。

　　上片四句，每一句并没有语意上的逻辑关系，但是情绪上的丝丝相扣又是那么的清晰合理，将死之人，以毫无顾忌的个性任情着自己的放纵呼号，以一个失国之君的口吻向所有人宣告着自己的悔和恨，也宣告着对战胜自己的宋室的不臣。从这个意义上说，软弱的李后主又是最坚强的，在他肉体倒下的那一刻，他的精神站立起来了，他不是那个"此处乐，不思蜀"的刘阿斗！

　　由上片结尾句的"故国"，引出了下片的故国描写。前面说过，李后主的"国"就是"家","家"就是"国",所以"雕栏玉砌"是宫苑,也是南唐。那些雕刻着花朵的栏杆、那些玉石铺砌的台阶,它们应该还在吧?毕竟物质的东西可以长存啊!这个"应"字写得极好,因为"应"既可以当猜测来讲,又可以当肯定来讲。此人在猜测之后,瞬间做出肯定,"它们一定还在,绝对还在!"可是,物是人非,永恒不变的物质衬托下,更显示出生命的脆弱,"只是朱颜改",改变的是人的朱颜。这个"改"字,又有着多层含义,一是,容颜衰老,外貌的改变;二是国之君变为阶下囚,自己身份的改变;三是,雕栏玉砌上走过自己的足迹,今天践踏在上面的,又是何人——占有者的改变。"应"字瞬间的情感变化,"改"字的一唱三叹,而后主却在不经意之间完成了这千古一叹,没有"两句三年得"的苦吟,却收获了"一吟双泪流"的真情。

　　写到这里,词人再也无法控制自己的感情,干脆放开了一切的约束,悲情如江水冲出了堤岸,一发不可收,发出了对人生的诘问,"问君能有几多愁",这个"问"是自己问,这个"君"也是自己,词人在自己问自己,如果问我有多少愁?多少恨?我的愁和恨是说不完道不尽的,它恰似滚滚东流的江水,奔涌不止,无尽无休。在这个长达九个字的句子里,李后主用了五处的仄音,四处的平音,并且交错使用,一如滚滚浪涛一般起伏跌宕,奔流向前。

　　最后我们看一下这首绝命词的写作结构。这是一种"隔句相承"的写作方式:上片的第三句"小楼昨夜又东风"承接着第一句"春花秋月何时了",是一年中的又一次的东风,吹开了春花、吹亮了秋月;第四句的"故国不堪回首月明中"承接第二句"往事知多少",是对这一句的回答,作者之所以"不堪回首"是因为往事实在是太多、太沉重。同时,上下片又采用了对应的结构:上片是由现实的"春花秋月"写回往昔"故国",而下片由往昔故国中的"雕栏玉砌"写回现实中的"一江春水"。而上下片的衔接处是"故国"与"雕栏玉砌",下片的最后一句话"春水"又回扣了开头的第一句话"春花"。而结穴的"愁"字又贯穿全篇,无处不在,无句不是。全篇流走呼应,一气呵成,不过 56 个字,如此完美的结构和短小的章节,却不见半点刻意与雕琢。难怪王国维说李后主的词是"有章有句",并将后主与柳永、苏轼、陆游、辛稼轩并称了。

　　法国作家缪塞说过:"最美丽的诗歌是最绝望的诗歌,不朽的篇章都是纯粹的眼泪。"李煜李后主为这首绝命的"血书"付出了生命,也算是一件值得的事情了。

第十九讲　文坛巨擘——苏东坡

与唐代相比，宋代有一个奇特的"盟主现象"。就是一些文坛才俊自觉不自觉的形成一种有组织的状态，这个组织往往有一个文坛领袖，这就是"盟主"。唐代虽然文坛才俊灿若繁星，但是最终没有形成一个组织，这可能与唐代人更崇尚个性有关。宋代的第一个盟主是欧阳修，他善于发现后人、提携后人，并且不在意后人是否超过自己。是欧阳修发现并提携了苏轼，说"老夫当避路，放他一人头地"，并且预言说，"二十年后无人道及我"。而苏轼确实没有辜负欧阳永叔的希望，他继承了欧阳修的盟主地位，更加努力的提拔后人，形成了新的文坛组织，有了"苏门四学士"这样的青年才俊。不仅如此，苏轼也没有辜负"盟主"这个地位，他的诗词、他的文章、他的绘画，都达到了整个宋代、甚至中国古代文坛的最高峰；而苏轼的全才又是整个中国古代文学史上极其少见的。所以，当我们回顾宋代文学的成就时，苏轼便聚集了所有人的目光。

一、苏轼的生平介绍

苏轼，字子瞻，后自号东坡居士，四川眉山人，生于1037年，卒于1101年。苏轼的家学很好，但是父亲苏洵长年在外游学，苏轼和弟弟苏辙的学习，全依靠母亲程夫人的悉心指导。和所有的知识妇女一样，苏轼的母亲程氏，有知识有才学，性格开朗，深明大义。史书曾记载程夫人为少年的苏轼讲授《汉书·范滂传》，当讲到范滂因为受小人诬陷而被捕入狱，为避免牵连别人，自己步行去就刑而告别母亲那一段时，苏轼非常激动地问母亲："儿若为滂，母许之否？"意思是，儿子如果想做一个范滂那样的清官，母亲答应不答应？程夫人说：

"儿既为滂,母不为滂母耶?"程夫人的深明大义给了苏轼仗义执言、敢作敢当的性格,也影响了苏轼的一生。

1056年,年仅20岁的苏轼进京科考,以一篇《行赏忠厚之至论》获得欧阳修的赏识,后来又参加了制科考试,成绩优秀,任大理寺评事,凤翔府判官等要职。

苏轼入朝为官时期,正是北宋政治斗争非常激烈的时期。因为北宋开国以来一直实行"抑武佑文"的政策,所以整个朝代比较卑弱,繁华之下隐含着巨大的社会危机。新任皇帝宋神宗即位后,立志改变这个积弱积贫的状态,于是任用王安石进行变法。但是王安石的变法遭到了以司马光为首的一干人等的反对。王安石时任宰相,是"新党"的代表,主张"依法治国";而司马光是谏议,是旧党的代表,主张"以人治国"。苏轼出于对中产地主阶层的保护,反对王安石而支持司马光;不仅苏轼如此,他的许多好友包括欧阳修,都站在司马光的立场上,反对王安石。加上王安石的变法过于激烈,遭到了百姓的反对,所以苏轼直接上书,反对王安石变法。但是生性率直的苏轼忽略了一点,那就是王安石这样激烈的变法信念究竟是从哪里来的?是从皇帝哪里来的!所以,反对王安石等于和皇帝作对。最后的结果可想而知,和那些被排挤的老臣一样,苏轼也不见容于朝廷。这里说一个题外话,整个宋朝,对于知识分子的态度是相当相当地宽厚的,和后来的明清相比,宋朝简直是天堂了。南北宋加在一起,三百年间因获罪而杀掉的知识分子也没有超过50个,是历朝历代最少的。但是即便如此,苏轼在朝廷中的日子也是不好过,于是只好自请外调,到杭州当通判,不是被贬,也跟被贬差不多。之后又调到密州、湖州等地,先后在外为官十年左右。

苏轼遇到的第一件祸事是在湖州发生的。当时曾经有人劝诫苏轼,"北客若来休问事,西湖虽好莫吟诗",但是苏轼性格耿介,心直口快,说自己是"一肚皮的不合时宜",还自嘲是"言发于心而冲于口,吐之则逆人,茹之则逆余,以为宁逆人也,故吐之"。而新党成员把苏轼一些反对新法的诗句,断章取义,改头换面,以讽刺新法、不满皇帝为名大做文章,于1079年将苏轼逮捕入狱,这就是有名的

"乌台诗案"。在狱中的 100 多天，苏轼被严刑拷打，几乎被打死，好几次濒临砍头的境地。为了洗清自己，苏轼只得求助于自己的弟弟苏辙和儿子苏迈。苏迈为了父亲到处奔走，甚至借钱营救父亲。为了到外地亲友家借钱，苏迈将送饭的事交给自己的朋友代劳，但是把一件关键的"约定"忘记了：如果苏迈所送的饭食中没有鱼，说明平安；如果有鱼，就是要开杀戒了。朋友不知道这个"约定"，偏偏送来的饭中有鱼，苏轼大惊，以绝命诗上书皇帝。宋神宗看到绝命诗，感动于苏轼过人的才华，再加上宋太祖赵匡胤有"赵氏天下不杀文人"的遗训，从轻发落，苏轼才幸免一死。出狱后被贬到湖北黄州，任团练副史，相当于民兵队长，而且处于半被软禁的境地，看守他的是徐君猷。

后来神宗驾崩，哲宗即位，高太后垂帘听政，王安石的新党彻底下台，司马光的旧党上台。作为被新党迫害过的老臣，苏轼被接回了朝廷，并被授予翰林大学士。苏轼在下层呆了十几年，认为王安石的变法并非一无是处，加上旧党成员对新党的成员大开杀戒，性格耿介的苏轼又一次上书朝廷，认为对于新党的方法应该"较其利害，参用所长"，结果引起了旧党的强烈反对，苏轼只好再请外调，再一次回到杭州当太守。1093 年高太后去世，转年哲宗亲政，新党又上台。此时的新党已经不是王安石的做派，完全是党争的做派，全然不念苏轼为新党说过好话的旧恩，仍然把苏轼看做司马光一派的旧党成员，直接将苏轼贬斥到广东惠州，三年后又贬到更为遥远的儋州，即现在的海南岛。因为宋代的"佑文"政策，知识分子一般不杀，但是等同于满门抄斩的，就是贬到海南岛，苏轼在这里一直生活到去世。1100 年徽宗即位之后，颁布大赦令，苏轼才被接回，但是此时的苏轼身体已经极为虚弱，在北归常州的途中病逝，死后谥号"文忠"。

二、苏轼的思想

苏轼一生宦海沉浮，屡遭贬斥，但是一直能够保持乐观清放的性格、豁达豪放的胸怀，一直保持着对生活的热爱，这样的性格成就了他旺盛的文学创造力。除了天性之外，苏轼的思想很值得我们去关注。

苏轼的思想可以用一个字来概括，那就是"杂"，他有儒家的思想，但是也深受释道思想的影响。从佛教的角度看过去，儒道其实是一回事，都是注重"此岸"，注重现世，而佛教作为外来教，是注重"彼岸"，注重来世的；儒道关注的是怎么活得好，佛教关注的是死后会怎样。但是从儒家思想的角度看过去，佛道又有相似之处，那就是更多的关注内心世界。当然，佛教和道家思想又很不相同。但是，即便三者如此相异，苏轼却可以将这三者合化在一起，为自己所用，而且得心应手，浑然自如。

苏轼首先是一个儒家思想的践行者，他信奉儒家经世济民的政治理想，为人坦荡，仗义执言，讲究风节，敢于担当，这几点与杜甫几乎完全一样。苏轼在各个地方做过官职，比如杭州、湖州、密州、徐州等地，政绩相当卓著，他治洪水，修大堤，救蝗灾，遏制地方豪强，为当地老百姓干过许多有实际意义的好事。即便到了晚年他被贬斥到海南岛，还能够和当地黎族人民一起过着艰苦的生活，捐款修过二座浮桥。虽然因为政治的原因，苏轼的才能没有完全发挥出来，但是只要有可能，苏轼便尽自己的力量去实现他经世济民的理想，他把"君子固穷"的坚毅精神带到实践中，从实际结果看，他的政绩比杜甫要高很多。另外，苏轼平易近人，把自己看成"识字一农夫"。论起受到百姓的喜爱，估计没有一个文人能够超过苏轼，传说他发明过"东坡头巾"、"东坡肘子"、"东坡肉"等等，还说他写过关于吃肉的打油诗，"宁可居无竹，不可食无肉"。不管真假，这是老百姓喜爱苏轼的一个表现，是没有问题的。

但是苏轼同时受释道的影响，尤其是道家，他甚至认为，无论是治世还是做人，三教是统一的，苏轼说："庄子盖助孔子者。"认为庄子对孔子的态度是"阳挤而阴助之"。对于佛教思想，苏轼独特的理解为"儒释不谋而同"，貌似相反实则"相为用"。但是苏轼对于儒道释的具体运用却有区别，简单的说，苏轼将儒家思想用于外，用于与社会、与官场打交道，所以他敢作敢当，仗义执言；将释道思想用于内，用于与家人、与亲友、与自己内心打交道，所以他想得开，看得远，参得透。在坚持儒家刚毅精神的同时，他又把老庄的轻视时空和物质环境的超然态度,与禅宗静观其变的平常心有机的结合在一起,真正做到了"外儒内道",宠辱不惊,进退自如。既敢于抗议一切丑恶和苦难,同时又能够轻松地蔑视丑恶、消解苦难;既能够坚定沉着地完成自己应尽的本分,又能够乐观旷达的超然这一切。这种"外儒内道"的为人方式,使得苏轼虽然一生宦海沉浮,历经坎坷,但是始终保持着旺盛的创作力和浓郁的生活情趣,尤其是后者——生活情趣,他是发自内心的热爱生活而不是做给谁看的。被贬黄州,苏轼说,"长江绕郭知鱼美,好竹连山觉笋香";被贬杭州,苏轼说,"欲把西湖比西子,淡妆浓抹总相宜";直到被贬海南岛,苏轼还说,"日啖荔枝三百颗,不辞长作岭南人"。苏轼总是能够发现生活中的美,然后把这种美提炼出来,再放大出来。苏轼在去世前被新任皇帝宋徽宗接回朝廷,苏轼大概知道自己时日不多,于是给自己写"人生总结",说:"心似已灰之木,身如不系之舟。问汝平生功业?黄州、惠州、儋州。"这种自嘲式的豁达,绝不是一般人能够具有的。所以你看苏轼,他像老杜一样坚韧,但是却没有老杜的一脸苦相;他像白居易一样的平易,却比白居易深刻;他像李白那般的飘逸,但是却不似李白一样的不食人间烟火……苏轼的性格是唯一的,正是这种性格,使得苏轼成为在诗、词、书、画的全才,是文坛的泰斗,是古代文学史首屈一指的大文豪。

三、苏轼的文学创作

(一)苏轼的诗和文

　　从总体上说,宋代的诗不如唐诗好,这倒不是因为有宋词的映衬,也不是唐诗太好了反衬了宋诗,而是宋代人确实不会写诗。至少他们没有唐代人那样的诗歌思维了。唐代是个伟大而辉煌的朝代,但是,即使这样的朝代也没有逃出因藩镇割据而造成的四分五裂,最后土崩瓦解,这给宋人带来了极大的忧患意识。宋代人过于着眼于所谓的"历史教训",把大臣过多拥有武力视为国家分裂的原因,所以用于军队的力量相对疏薄,而且军队的指挥者经常互换,这样做保证了军队不会拥兵自重；但是同时，也造成了军队的萎靡，凡对外作战，胜少败多。整个朝代一直处于忧患之中。这种忧患使得宋代的诗人缺乏一种昂扬和自信，他们不会用诗歌来表达自己的远大抱负，唐代人的那种"醉卧沙场君莫笑"的豪迈情怀，那种"大漠孤烟直，长河落日圆"的宽广眼界，那种"致君尧舜上，再使风俗淳"的豪情壮志，到宋代这里全都不见了。他们更多的是缜密、严谨、平实、深沉，缺乏浪漫放诞和挥洒自如的气质，这和宋代人因为军事上的卑弱而产生的忧患意识有很大关系。

举例来说，同是用一种体裁来写一个景观——庐山瀑布，李白与苏轼的表达完全不同。李白说，"日照香炉生紫烟"——有色彩，"遥看瀑布挂前川"——有动作，"飞流直下三千尺"——有夸张，"疑是银河落九天"——有想象。这样一首小诗居然写得如此天真而充满灵动；而苏轼则不是了，"横看成岭侧成峰，远近高低各不同"，苏轼在讲道理——我们站在事物的角度不同，往往得出的结论不同，"不识庐山正面目，只缘身在此山中"，苏轼还在讲道理——我们对事物弄不清真伪的原因，往往是因为当局者迷造成的。总体说，宋诗过于注重说理。诗歌如果用来说理，就不好玩了。因为诗歌不是政论文，是用感情来反映社会生活的，"情"没了，诗不可能好。

但是，苏轼的诗应该算是一个例外，这是因为，苏轼是一个性情中人，所以，他的诗即便是在讲道理，仍然有一种发自内心的感情在诗歌里面。比如苏轼的《新城道中》："东风知我欲山行，吹断檐间积雨声。岭上晴云披絮帽，树头初日挂铜钲。野桃含笑竹篱短，溪柳自摇沙水清。西崦人家应最乐，煮葵烧笋饷春耕。"苏轼把山岭上的云彩比喻为大棉絮的帽子，把树头的红日比喻为大铜锣，那种回归乡野的快乐跃然纸上，没有这份天真是写不出这样的句子的。再比如苏轼从海南岛被接回朝中，渡海时所作的《六月二十日夜渡海》，"参横斗转欲三更，苦雨终风也解晴。云散月明谁点缀，天容海色本澄清。空余鲁叟乘桴意，粗识轩辕奏乐声。九死南荒吾不恨，兹游奇绝冠平生。"虽然是身处逆境多年，虽然是年逾六旬的老人，虽然遭到如此不公平的待遇，但是诗中全然不见颓唐和沉迷，而是笔势飞扬，辞彩壮丽，流露着战胜黑暗的博大胸怀。所以，苏轼的诗赢得了"苏诗"这样一个整个宋代唯有的美称。

除了诗歌，苏轼的另一个伟大成就是散文，苏轼的散文与众不同，呈现出多样的风格，大致说来分为三大类，一类是史论性质的历史散文，代表作品是《留侯论》。苏轼的历史散文很有特点，喜欢出惊人之语，而且有时候以不合义理的言论来表达，带有春秋战国时期纵横家的习气，文风跌宕，不拘小节。比如在《留侯论》中，他指出司马迁写的《留侯世家》中那个圯上老人，压根就不是什么"鬼物"，而是秦末时期的瘾君子，以"折磨"张良的方式培养张良的坚忍之性，免得他变成荆轲那样逞一时之意气的刺客。这样的观点新颖独到，连欧阳修都觉得新奇，惊讶不已。第二类文章是叙事散文，代表作有《石钟山记》、《文与可画筼筜谷偃竹记》等等。苏轼的叙事散文往往融叙事、抒情、说理于一体，水乳交融，行文流畅，翻卷自如，毫无滞涩之感。苏轼的第三类文章是他信手写来的小品文，文辞练达，行于即行之处，止于当止之时，比如他的《记承天寺夜游》，才80余字，读来却不由人拍案叫绝："元丰六年十月十二日，夜，解衣欲睡，月色入户，欣然起行。念无与乐者，遂至承天寺寻张怀民。怀民亦未寝，相与步于中庭。庭下如积水空明，水中藻荇交横，盖竹柏影也。何夜无月？何处无竹柏？但少闲人如吾两人耳。"文中寥寥几笔的写景，"积水空明，水中藻荇交横，盖竹柏影也"，写如水的月光下竹柏摇晃的样子，清朗明透，意境全出。而随口而出的"何夜无月？何处无竹柏，但少闲人如吾两人"，又在不经意间告诉我们这样的人生哲理：观景不重要，重要的是和谁观景，而我们之所以记住某一个景观，往往是因为潜意识中记住了那个与我们同时观赏过这一景观的人。

苏轼的散文在宋代与欧阳修、王安石、曾巩等齐名，是"唐宋八大家"之一，但是从灵性上看，或者说，但从文学的悟性上看，苏文远远超过欧阳永叔和王介甫，是宋代散文中最高的一家。

（二）苏轼的词

从苏轼的总体创作上说，苏轼的词不足他的诗歌的九分之一，但是，就一种文体自身发展来说，苏轼对词的贡献远大于他的诗和文。

晚唐以来，词一直被看做"小道"，文人墨客虽然也有不少创作，但是大多是以游戏的态度来写作的，内容无外乎还是俊男靓女、花园小径、伤春悲秋，写完之后便"自扫奇迹"了。柳永是专门致力于词的写作的文人，比起前人，柳永的态度要认真了许多，但是，柳永的内容还是在"艳科"里，没有完成提高词的品味的任务。在文人看来，词是不可以和"载道"、"言志"的诗相提并论的。到了苏轼这里，则完全两样了。苏轼首先从理论上反对"诗尊词卑"的观念，他认为，词和诗是同源的，是诗的一个分支，诗能写的东西，词也能写。所以苏轼所作的第一个贡献，就是改变了词的内容，他"以诗为词"，或者说"以词代诗"。当宋诗总体上趋向于理性化、平淡化，不足以表现强烈和动荡的感情的时候，苏轼将这种感情转移到词中来，由此，他挖掘了词在表现情感方面的潜能，使词脱离开了"艳科"而存在，为后面的词家开出了一条新路；也因此，苏轼彻底改变了词的品味，使词向着健康、阳刚、大气的道路上发展。

苏轼的第二个贡献是使词脱离了音乐的藩篱，把词从音乐文学的附庸这样的地位中解脱了出来。词最初都能够唱的，也正是因为这一特点，词过于"软化"；而唯有"软化"才能配得上那些叫做"词牌"的音乐名称。但是苏轼激越豪迈的内容，不可能与那些"软化"的音乐相协调，这样，苏轼的词就脱离了音乐，而成为一种和诗一样的、可以朗读的书面文学；换句话说，苏轼让词"独立"了。

两个贡献合在一起，前者为"豪"——豪迈的内容，后者为"放"——解放的形式。合称"豪放派"。

从词的发展说，婉约为正宗，即便是苏轼，豪放作品也不是他全部词作的主体。但是苏轼开拓的豪放派彻底改变了宋词的走向，让宋词成为与唐诗并驾齐驱的文学样式，这才是最为关键的。

四、苏轼的影响

苏轼属于天才式的人物，与后天的努力关系不是很大。除了诗词文之外，苏轼在书法、绘画上觉有造诣，甚至医药学、水利学都有自己的建树，这也应该得益于宋代"佑文"政策，苏轼身上体现着宋代典型的士大夫典雅精致的特点。

苏轼的影响表现在两个方面，一个是文学上的。苏轼接过了欧阳修盟主的重任，积极发现并提携后学，青年才俊众星拱月般地围绕在苏轼身边。成就较大的有四个人，秦观、黄庭坚、张耒、晁补之，合称"苏门四学士"；之后又有李格非（李清照的父亲）、李之仪、贺铸等人。由于苏轼的个人成就包括了各个方面，文学创作面目多样，所以苏轼对于自己的弟子们是极其宽容的，他们的创作风貌也各不相同，黄庭坚以诗歌见长，秦观虽然长于词，但是以婉约派为主，而李之仪更喜欢模仿民歌的风格。

从为人处世的角度说，苏轼的影响也很大，他整合了在他以前的士大夫采取的、截然对立的儒道态度，真正做到了进退自如、宠辱不惊，这种洒脱的人生态度和处世方法，成为后代文人敬仰的一个范式，那就是以一种宽厚的胸怀、宽广的眼光去关照自然，去拥抱世界，去发现并且放大生活中的美，让自己成为大自然的一部分，而不仅仅是徒劳的改造自然、抗衡自然。

苏轼还以幽默机智、平和可亲的形象存留在百姓的心中，比如苏轼与大和尚佛印的故事，苏轼戏谑苏小妹的故事，苏轼帮助妹夫秦少游的故事等等，至今流传。就中国古代作家受到百姓广泛喜爱的程度而言，苏轼是无与伦比的。

五、苏轼诗词赏析

1、《和子由渑池怀旧》

人生到处知何似，应似飞鸿踏雪泥。
泥上偶然留指爪，鸿飞那复计东西。
老僧已死成新塔，坏壁无由见旧题。
往日崎岖还记否，路长人困蹇驴嘶。

这是一首回和对方的作品，也叫"和诗"。"和诗"的写作有着严格的规定，第一，要体裁一致，对方用的是律诗，你回和也应该用律诗；对方用哪个词牌，你回和也应该用哪个词牌。第二，押韵的字应该是同一个字。第三，内容应该相关，以唱和回答为主。

苏轼的弟弟苏辙，字子由，曾经到过河南渑池这个地方，后来父子三人同时进京赶考，途经这里，在渑池的一个寺院里住宿。寺院中的老僧谈吐高妙，苏轼父子与他甚是投缘，约好来年再经过此处一定拜访，并且把谈论的话题写在墙壁上。后来兄弟分散，苏辙觉得人生无定数，还不如当年没有考中时在家乡更好，于是写了一首《怀渑池寄子瞻兄》，诗中道："相携话别郑原上，共道长途怕雪泥。归骑还寻大梁陌，行人已度古崤西。曾为县吏民知否？旧宿僧房壁共题。遥想独游佳味少，无言骓马但鸣嘶。"苏轼觉得弟弟过于悲观了，于是写了这首《和子由渑池怀旧》，来鼓励弟弟。

宋代的诗以说理见长，这首诗是典型的说理诗。一上来说"人生何似"，用现在的话就是"人生像什么"，可见不仅说理意味很浓，而且哲学意味更浓呢！

人生像什么，这是一个很宏大的主题，西方人爱探讨这个话题，但是中国人不喜欢做这么深奥的思考，基本以比喻来说明"人生何似"的问题。常见的有三种比喻：第一，把人生比喻为流水，"逝者如斯，不舍昼夜"（孔子）；第二，把人生比喻为流星，"人生不相见，动如参与商"（杜甫）；第三是把人生比喻为浮萍，"云边孤雁，水上浮萍"（刘过）。但是如果细细揣味这三种比喻，发现它们有两个共同的特点，一是对待人生是消极的，二是它们只是截取了人生的一个特点，而不是人生的全部："流水"截取了人生去而不返的特点，"流星"截取了人生短暂的特点，而"浮萍"截取了人生聚散无由的特点。但是，关于"人生何似"，苏轼却不是这样看的。

"人生到处知何似？应似飞鸿踏雪泥。泥上偶然留指爪，鸿飞那估计东西！"苏轼将人比喻为长飞的鸿雁，将人生比喻为长飞鸿雁的旅途，过去的事情，无论是失败也好，是成功也好，都属于"过去"了，就如同鸿雁踏在雪地泥泞中的爪印一样，不值得再去回头，人应该像长飞的鸿雁一样，一直向前看，哪有时间和心思去左顾右盼，沉迷在以往的事情中呢？更何况，过去的事情就像雪泥上的爪印，随着时间的流逝，自然会消弭不见，过多的回忆它们，意义何在？

  在这里我们会发现，苏轼的比喻和以往大不相同，首先它不是截取人生的一个特点，而是将人生看做一个过程，一个流动的过程；其次，苏轼将过去的事情比喻为雪泥上的爪印，忽略了过往的成败，只着眼于"过去"二字，而爪印又是随着时间流逝而消弭的，这样的比喻自然就包含了"不计成败"的意思在内了；第三，苏轼的比喻是积极进取的，昂扬向上的。而作为律诗，前面的四句话并没有对仗，但是流动的情绪一贯而下，让人觉得，此时对仗与否已经没有意义，而"雪泥鸿爪"的含义却永存心中。

  说理诗的关键在于说理，苏轼的这首诗说到底还是劝解弟弟要"往前看"，所以，讲完大道理，还得从小处着眼。但是苏轼的说理诗之所以耐人寻味，还在于他不仅"说理"，更多的是"说情"，以情带理，理中有情，而且这个"情"还不仅仅落脚在劝说弟弟苏子由身上，还能够扩而广之，直到今天。"老僧已死成新塔"，那个谈吐高妙的老僧已经去世，但是，后来者未必没有像老僧那样参透人生的智者；"坏壁无由见旧题"，过去的言语刻写在墙壁上，但是墙壁早晚坍塌，哪里去寻找旧日的言语呢？真正充满智慧哲理的言语，与其刻写在墙壁上，不如永留在人心中。

  诗歌写到这里，已经由大化小了，但是，苏轼还是要把道理更趋向具体，因为越是趋向具体，当事人越容易觉得说理人与自己感同身受，越容易接受对方的意见。但是作为诗歌，具体不等于琐碎，在具体人、具体事上说出普世的道理，才是诗歌得以流传、成为千古佳句的根本。"往事崎岖还记否？路长人困蹇驴嘶"，这两句诗非常具体，平白如话，仿佛苏氏兄弟二人就站在我们眼前了，"你总说过去如何好，但是过去的事你还记得吗？山路崎岖，路途漫长，身体困倦，父子三人的脚力只有一头瘸腿的驴啊！"苏轼在貌似絮叨的回忆中告诉我们这样一个道理：我们之所以说"过去比现在好"，是因为时间这个神奇的东西过滤了以往不美好的东西，是因为记忆这个古怪的东西

"选择性"地保留了美好的东西。这是人类进化到今天的一个特征，否则"好了伤疤不忘痛"，那人生岂不是太沉重，太无趣了么！所以，时间与忘记，是人类进化的结果，而这个结果让我们总觉得"过去比现在好"，实际呢，显然是错误的。没有比今天好的过去，也没有超过未来的今天。和过去与现在相比，未来永远是进步的、美好的。如果不是这样，人类就不会走到今天，还徘徊在山顶洞人的阶段了。

"雪泥鸿爪"这个有名的比喻就出于本诗。受老庄思想影响颇深的苏轼，妙手偶得，创造出的这一艺术形象。"夫天地者，万物之逆旅也；光阴者，百代之过客也"（李白语），面对这仅有的一次生命，作为万物之灵的我们，有什么理由不去珍惜呢？

2、《临江仙·夜归临皋》

夜饮东坡醒复醉，归来仿佛三更。
家童鼻息已雷鸣。敲门都不应，倚杖听江声。
长恨此身非我有，何时忘却营营。
夜阑风静縠纹平。小舟从此逝，江海寄余生。

这首词作于宋神宗元丰五年，当时苏轼因为"乌台诗案"而贬斥在黄州已经三年，基本处于被软禁的境地，看守这位"要犯"的，是县令徐君猷。苏轼被软禁的地方是黄州面临长江的东部的一个山坡上，苏轼在这个山坡上建了一间房子，名为"雪堂"，并自号为"东坡"。雪堂落成当天，苏轼宴请一干好友，在江上的小船上做了《临江仙》这首词。喝得大醉后，将衣冠靴帽全挂在江边的树上，苏轼自己回家在门洞中睡着了。第二天，"小舟从此逝，江海寄余生"的词句便传遍了整个黄州，看守苏轼的徐君猷找不到苏轼，又见衣冠靴帽挂于江树上，大惊失色，以为这个"要犯"逃跑了。这一段佳话与《临江仙》一样，流传至今。

首句便有奇句：第一奇便是这个"东坡"二字，可以理解为地点——东面山坡上，如果这样理解，那么这句话实际省略了一个介词"于"，应该是"夜饮于东坡"。但是"东坡"又是人名，那么这个句子还可以理解为"东坡醒复醉","东坡"作为主语出现。第二奇,便是这个"醒复醉",作者没有写成"醉复醒"。如果写成"醉复醒",那么意思很明确,就是喝醉了又醒过来,仅仅是一个过程;而"醒复醉",分明是前面喝过一回了,已经喝醉了,然后又醒过来了,然后又一次喝醉了……这样就不仅仅是一个过程,分明是两个、甚至两个以上的过程了。"醒复醉"三个字,生动简约地写出了苏老坡喝了醉、醉了醒、醒了又喝、喝了再醉的过程,而下句的"仿佛"二字,紧承"醒复醉",将苏东坡喝得迷迷糊糊、醉眼朦胧、步态踉跄的样子写得活灵活现,堪称妙极!

下面写回家,因为时间过晚,家童已经睡下了,鼾声如雷,敲门不应,苏轼没有办法,只好拄着拐杖,站在江边,听江涛轰鸣。这句话看着很简单,殊不知大有分教:试想一下,如果苏轼平时凶悍严厉,那么主人回家晚了,家童还敢早早睡下么?怕是得提心吊胆地等着主人回来呢,不挨顿臭骂就不错了。而苏轼的家童敢于在主人迟归时先自睡去,而且鼾声如雷,说明了主仆之间和睦的关系,也间接地写出了苏轼的宽厚仁和。

但是此句的妙处还远不止这一点,而是"倚杖听江声"一句,写得端的好!身后是熟睡的孩子——家童不过17、18岁,眼前是夜色下涛声如雷的长江,一前一后,身后的鼻息声分明是年轻生命的象征,而眼前的大江滚滚,又分明昭示着人生的渺小短暂。在这样两个强烈对比的焦点上,站着一个倚杖而立的苏轼,一个胸襟豁达、遗世独立的诗人,显示出苏轼体贴入微的性情,又显示出于万物合一的精神境界,于是,深刻的哲理便随之而出了——长恨此身非吾有!

只有参透人生的哲人,只有在广袤的大自然面前,才有深刻的哲理,二者缺一不可,而此时的苏东坡显然具备了这两点了。"长恨此身非吾有"出自于庄子,《庄子·知北游》中说:"舜问乎丞曰:'道可得而有乎?'曰:'汝身非汝有也,汝何得有夫道?'舜曰:'吾身非吾有,孰有之哉?'曰:'是天地之委形也。'"庄子认为,人的身体不归人之所有,它不过是天地物质的一个形式罢了。我们无法得知庄子说这番话的根据是什么,但是从现代科学的角度说,人的身体确实是宇宙物质的一个组合样态，没有什么特殊之处，哪怕是尘埃，只要组构得足够精致，都可以有生命，从这个角度说，"吾身非吾有也"——我们的身体确实不归我们所长久的拥有，这是道家的观点。

但是苏轼发出这样的感叹，还包括了儒家的观点，就是自己的命运不掌握在自己的手里，人在江湖，身不由己；人在官场，心不由己。同时，经过"乌台诗案"的严刑拷打后，苏轼对"吾身非吾有也"还有一层现实与精神上的纠结：人们在面对严刑拷打的剧痛时，难免不口是心非，屈打成招的，精神上的不屈往往战胜不了肉体的疼痛，此时不由得感叹"此身非吾有"——自己的身体与精神是如此的不一致啊。

想到此，面对涛声滚滚的长江，诗人不由想，人啊，何时能够忘却这蝇营狗苟、勾心斗角？何时能不为外物所羁绊，任性逍遥呢？于是思绪顺着这个思路写下去，幻想着在夜深人静、波浪平和的夜晚，驾一叶扁舟，远离尘嚣，到江海的深处度过余生，真的像孔子说的那样，"道不行，乘桴浮于海"。其实此三句是诗人的幻想，或者说在压力极大的情况下自己为自己的解压，表现了苏轼渴望获得精神上的解脱的心境。而那个徐君猷以为这是苏轼的"逃跑宣言"，大肆寻找，殊不知，在苏轼心中，无论是庙堂官场还是野旷田园，都是人间的巨大的"网"，哪里逃得脱呢？能够逃离这个"网"的，恐怕只有自己的飘逸不羁的灵魂吧。苏轼的《临江仙》和由此引发的一场虚惊，让我们看到了世俗与超旷两种境界，真可谓是霄壤之隔、云泥之分了。

3、《洞仙歌令》

余七岁时，见眉山老尼，姓朱，忘其名，年九十余。自言尝随其师入蜀主孟昶宫中。一日大热，蜀主与花蕊夫人夜纳凉摩诃池上，作一词，朱具能记之。今四十年，朱已死久矣，人无知此词者，但记其首两句。暇日寻味，岂《洞仙歌令》乎！乃为足之云。

冰肌玉骨，自清凉无汗。
水殿风来暗香满。
绣帘开，一点明月窥人，人未寝，欹枕钗横鬓乱。

起来携素手，庭户无声，时见疏星渡河汉。
试问夜如何？
夜已三更，金波淡、玉绳低转。
但屈指西风几时来，又不道流年暗中偷换。

在欣赏这首《洞仙歌令》之前，我们必须看一下这首词前面的小序。

苏轼7岁的时候，住在老家眉山，邻居是一位90高龄的朱姓老尼姑。这位老尼给苏轼讲过自己年轻时随着师父从内地到达西蜀的故事，当时住在西蜀国主孟昶家中。一日夜晚，天气大热，孟昶给自己的妃子花蕊夫人做了一首词。朱老尼姑给七岁的苏轼复述过这首词，苏轼还记得第一句，"冰肌玉骨，自清凉无汗"，可见当时这个故事给7岁的苏轼留下多么深刻的印象。时过40年之后，苏轼突发奇想：何不自己换作孟昶，以孟昶的语气将这首忘却的词续全呢？于是有了现在的这首《洞仙歌令》。

一上来，孟昶夸奖花蕊夫人。一般说，男人夸奖自己心爱的女人，往往是这样的一个词，叫做"花容月貌"；但是孟昶却避开了旧词，没有从"容貌"去写，而是写了"肌骨"，而且以"冰玉"冠之，这分明是在告诉我们，孟昶更关注女人的内心。而苏轼对待女人的态度，很像李商隐，他很少去直接描述女人的容貌，可不可以这样说，一个过于注重女人容貌的男人，会多多少少的忽略女人的内心世界呢？在对女人的关注点上，苏轼与孟昶很有几分相似，也许这才是苏轼想把这首词续全的理由吧？

在"冰肌玉骨"之后，孟昶进一步说花蕊，"清凉无汗"，大热的夜晚，花蕊却清凉无汗，这是何等神仙一般的人儿。接下去，都是苏轼替代孟昶的话了，一阵轻风吹过，暗香环绕在水殿周围。哪里来的香呢？是水面传过来的荷花香气？还是殿上焚烧的香料？没说。但是此一句紧承着上句的"冰肌玉骨"和"清凉无汗"，所以理解为花蕊夫人的体香，也不是不可以。

接下来转换角度，以拟人手法写明月。绣帘卷起，明月窥人，看见的是花蕊夫人因为天气大热而衣冠不整，"人未寝，欹枕钗横鬓乱"。

有人说这几句写得有些亵渎，有些"色情"；也有人说这几句只是写天气大热，没有男女之事，把这几句想成男女云雨之事，说明阅读者境界低。对于这两种说法，我个人都不是很同意。我认为，此时的苏轼是站在孟昶的角度写花蕊的，而孟昶与花蕊是夫妻，从丈夫的角度看过去，妻子"欹枕钗横鬓乱"别有一番风情；而且这样来写心爱的女人半依半靠的睡态的，苏轼不是第一个，比如沈约的《六忆诗》中就说"人眠强未眠"——睡着的样子比未睡时还耐看呢！怎么不可以这样写呢？

下片写天气太热，实在睡不着，于是出来乘凉。"起来携素手"，这一句写得好！手，是女人的第二张脸，作者再一次写到女性，还是避开了容貌，而是写手。"素手"二字出自《古诗十九首·青青河畔草》中"纤纤出素手"一句，同时，"素手"不仅写出花蕊的白净纤秀，而且没有戴任何首饰，这是何等的自信。而此时，庭户无人也无声，干脆携手相挽，抬头看星星划过夜空。"时有疏星度河汉"一句显然是化用了孟浩然的"微云渡河汉，疏雨滴梧桐"的句子，但是，苏轼的表达并不在于用典，而在于谁和谁在一起，看微云、看星河、看疏雨、看梧桐。这种境界，与苏轼在《记承天寺夜游》中说的"何夜无月？何处无竹柏？但少闲人如吾两人耳"是一脉相承的：景色不重要，谁和自己在一起看景色才重要。在我们的一生中，究竟有没有这么一个人，在夜深人静的时候，与我们一起数天上的星星，若有过此等经历，那这一生也算得不亏欠自己了！

"试问"一句，又转回了孟昶花蕊二人的对话。两人玩赏已久，于是一个问另一个，到了几更天了？另一个回答，月光黯淡，北斗低回。"金波"就是月亮，"玉绳"就是北斗星。但是从后面的词句看，天气之热并没有因为夜深而减退，于是才有了"但屈指西风几时来"的感叹，什么时候暑气消退，夏尽而秋来呢？

写到这里，全是苏轼在替孟昶续全他的词，此时的苏轼是处于"代言体"的身份上。但是最后一句，苏轼收拢全文，似是代言，似是自言；似是孟昶花蕊，似是东坡自己，一时有时光流转，难分今夕的感觉：热的时候盼秋风送爽，一如孩子小的时候盼长大成人，一如长大成人盼其成家立业、含饴弄孙，殊不知，在我们一个又一个的盼望中，在我们屈指算计着桩桩件件的人生大事时，时光就这样悄然流逝了，我们的盼望以及盼望的实现，是以我们的青春作为交换代价的！"但屈指西风几时来，又不道流年暗中偷换"。

现在让我们回到这首词开头的那个小序：当朱老尼姑对苏轼回忆往昔时，孟昶花蕊何在？早已作古。当苏轼四十七岁续写这首词的时候，朱老尼姑何在？早已作古。当我们赏读苏轼这首《洞仙歌令》时，东坡何在？早已作古！

苏轼的诗词，处处有情却也处处含有哲理，包括这一首。他用这种不经意间的推论，告诉我们，珍惜今天，珍惜当下！

第二十讲 文坛才女——李清照

一、李清照生平简介

李清照,生于1084年,卒于1155年,自号易安居士,济南人。她的父亲李格非,是苏轼的学生,任职为礼部员外郎,家中藏书非常丰富;李清照的母亲是状元的后代,也是知识妇女。所以李清照的家庭是比较典型的高级士大夫家庭。少女时期的李清照,天资聪慧,诗词曲画皆通,深得父母之宠爱,写过不少很有贵族少女特点的作品。比较典型的比如《点绛唇》,"蹴罢秋千,起来慵整纤纤手。露浓花瘦,薄汗轻衣透。见客入来,袜划金钗溜。和羞走。倚门回首,却把青梅嗅",一个贵族的少女,她每日的生活就是读书和玩耍,词中所写的打秋千之后慵懒的揉手、薄汗湿衣等等动作、情景,都非常有特点。最传神的是,女孩子见到客人来了,赶紧走开,但是因为李清照出身于还算是开明的士大夫家庭,这样的家庭还不至于把女孩子束缚得多么严格,所以李清照俏皮的用青梅遮脸,"倚门回首",去看那个到家中做客的人,写得非常俏皮、真实。除此之外,李清照还可以划着小船到池塘深处去观赏荷花,甚至喝酒喝到深醉。家庭的富裕与精神生活的美满,都陶冶了李清照的性情,丰富了她的精神生活。

18岁时,李清照嫁给了当时的山东太学生赵明诚,赵明诚的家庭也是士大夫家庭,父亲赵挺之地位很高,与当朝权贵蔡京是好友。李清照的婚姻是非常美满的,她和丈夫感情很好,如漆似胶,赵明诚虽然在文学上略逊于李清照,但是在做学问上却不输于她,赵明诚是研究金石书画的专家,夫妻二人夫唱妇随,生活相当富裕、美满。李清照在她的《金石录后序》中很是眷恋地回忆着他们夫妻的和睦,说常常是二人无事，指着家中堆积在地上的书卷书稿，猜测哪一段历史典故在哪一本书的哪一页中，猜中了喝茶。每次都是李清照猜中，因为猜中的次数多，常常得意地大笑不止，最后茶没有喝成，反而洒得到处都是。这是典型的知识分子夫妻的生活，可以说，李清照有过一段非常平静和谐、也是非常难得的婚姻生活。

1127年，北宋被北方的女真族所灭，李清照一家随高宗南渡，在逃难的过程中，家中多年搜集的古玩玉器字画等，大部分丢失，这使李清照深感惋惜和痛苦。逃难中，赵明诚被任命为建康（今南京）知府，大军压境之时赵明诚弃城逃跑。李清照对丈夫这一行为深感失望，于是写了著名的《夏日绝句》："生当做人杰，死亦为鬼雄。至今思项羽，不肯过江东！"赵明诚读后，深感愧疚，心情郁闷。不久在上任湖州途中，中暑病重，等到李清照赶到时，赵明诚与自己的爱妻"一握而卒"。

赵明诚的去世对李清照的打击相当大，作为一个贵族妇女，她一直享受着富裕的物质生活和美满的精神生活，而在国破家亡之际，人到中年之时，自己相依为命、恩爱半世的丈夫没有了，李清照陷入前所未有的孤寂和乏味中。而且，国难当头、大兵压境，是不是弃城逃跑就一定是那么的不可原谅？丈夫的去世是不是与自己言语过重有一定的关系？李清照陷入深深的自责中。

据说李清照在这一段时间内还有过一次短暂的婚姻，所嫁之人叫张汝舟（一名张汝州），是一个杭州的商人。因为二人各个方面相差很大，婚后都觉得自己有"受骗"的感觉，张汝舟发现李清照没有想象的那么富有，而李清照也认为张汝舟是看重自己的钱财，虚情假意，而且与自己前任丈夫相比，张汝舟如此的世俗不堪，于是李清照以"受贿"和"私通金人"为理由，提出与张汝舟解除婚姻。但是按照大宋的条例，妻告夫本身就是"罪名"，即使所诉罪名被印证为事实，妻子也得坐牢，所以李清照还有过一次牢狱之灾。幸亏家人作保，九天后便出狱了，这段婚姻维持了不足百天。这一段历史一直没有得到确实的证实，可能是后人"为尊者讳"造成的吧。

晚年的李清照生活非常凄苦，她无依无靠，呼告无门，背井离乡，心灵破碎；又因为自己的改嫁，遭到士大夫阶层的污诟渲染，贫困忧苦，流徙飘泊，在寂寞中客死于江南。

二、李清照的作品

　　李清照是中国词史上的大家，也是中国古代文学史上少见的才女和文学大家。她的一生被"靖康之难"分为前后两期，前期多写少女的快乐无忧和婚后与丈夫的恩爱、相思，风格清丽委婉；后期，在国破家亡之际丈夫去世，李清照的词风大改，风格凄怆悲凉。但是总体上，李清照的词作是一致的，那就是，善于选择生活的细节和场景来大胆真实的表达自己的感情世界，无论是在夫妻恩爱的前期，还是在失去丈夫的后期，李清照都没有任何的隐瞒和做作。她的前期作品，因为写自己和丈夫的感情，被保守的士大夫认为"满纸荒言秽语，自古能文妇女，未见有此不顾及者"；她后期凄怆悲伤的作品，因为不是作于北宋灭亡之际，而是作于丈夫去世之时（这中间相差有一年左右），也被别人所诟病，认为写夫死的悲痛大于国家破灭的悲痛。但是不管别人怎么评价，李清照还是自然真实的表达着自己的感受，仅这一点，便难能可贵。

　　关于认为李清照写夫死之悲痛大于国家破灭之悲痛，我个人的观点是这样的：古代妇女，基本没有参政议政的诉求，国家也没有赋予妇女这样的权利；女人希求的，一是经济上的宽裕，二是夫妻感情上的恩爱。而这两点，李清照都得到了，国家破灭之际，丈夫去世，家道中衰，李清照感觉到了天塌一般的黑暗。所以，在夫死之后多写悲怆之作，也是可以理解的。我们不能以杜甫"国破山河在"的情怀和辛弃疾"醉里挑灯看剑"的精神来要求李清照，毕竟，李清照再伟大，她也是那个时代的妇女，不可能跳出那个时代的限制。

　　除了感情表达的真实、自然之外，李清照作品的语言也很有特点。她非常善于用最平常、最普通的词语来表现她微妙、精细的心理变化和情感流程，比如将对丈夫的相思写为"才下眉头，又上心头"，具体而生动；将自己思念丈夫之愁写为"双溪蚱蜢舟，载不动，许多愁"，很物象化。而且李清照很善于用口语，世俗的语言一经她的提炼，便别开生面，风韵自然，如"绿肥红瘦"、"人比黄花瘦"等句子，当时的人们称李清照的语言是"到口即消"，人称为"易安体"。她更是创造性的写出了"寻寻觅觅"等 18 个叠字，多层次的表现出一个中年妇女在国破、家亡、夫死的三重灾难前那种茫然、惶悚和悲凉、无聊。

除了文学创作之外，李清照在词与诗的风格上也很有见地，她提出"词别是一家"的观点，认为词就是词，是软风格的文学，就应该委婉含蓄，不应该与诗混为一谈，李清照可以写出硬朗的作品，比如《夏日绝句》，但是这样风格的作品，李清照是断断不会写到词中的。为此，李清照很瞧不起苏轼，认为苏轼的词作不协音律；她也看不起柳永，认为柳永的词过于俚俗和市民气，是"词语尘下"；也看不上晏殊、秦观等人，说他们的作品要么"苦无铺叙"，要么是"专主情而少故实"，缺乏文化内涵。李清照的这些批评不见得都有道理，但是显示出李清照在出身上和文化修养上的骄傲。

李清照是一代大家，那么，一个伟大的女作家的创作，与她的婚姻美满究竟是成正比还是反比呢？和李清照一样出色的女作家，在中国古代并不多，比较出名的是蔡文姬、薛涛、花蕊夫人等等，除了在文学地位上不能与李清照相提并论外，她们的婚姻爱情都是失败的。顺着这个问题，我们不能不提到与李清照同时代的另一位才女，那就是朱淑真。

朱淑真是与李清照同时代的女才子，生于杭州，但是所嫁非人，一生都在感情折磨中度过，她的词，主要表现因为感情生活的不如意而引发的怨嗟和伤感。比如这一首《减字木兰花》："独行独坐，独唱独酬还独卧。伫立伤神，无奈轻寒著摸人。此情谁见，泪洗残妆无一半。愁病相仍，剔尽寒灯梦不成。"清丽典雅，很有李易安的风格。又传说朱淑真因为爱情的苦闷，心有所归，这一首《清平乐·夏日游湖》就是为那个不知名的情人所作的，写得端的好！"恼烟撩露，留我须臾住。携手藕花湖上路，一霎黄梅细雨。娇痴不怕人猜，和衣睡倒人怀。最是分携时候，归来懒傍妆台。"烟和雾哪里有"恼"与"不恼"之分？分明是事后自己的怨嗟，而那个让朱淑真"和衣睡倒人怀"

的"人"又是哪个？显然不是丈夫了。倒是回家来"懒傍妆台"几个字写得极其准确，女子的容颜装扮永远是"女为悦己者容"，更是"女为己悦者容"，不喜欢自己的丈夫，连容颜都懒得收拾。

因为婚姻不幸而采取的实际行动，使得朱淑真付出了极大的代价，她不仅英年早逝，而且不为封建礼教所见容，抱恨而死之后，父母认为丢脸，所以"不能葬骨于地下"！诗稿也基本被焚烧，声名事迹湮没无闻。我们现在看到的朱淑真的一部分词作，是留在那个"睡倒人怀"的情人手中的。所以，婚姻的幸福还是保证女人成为文学大家的前提，至少这一点在李清照身上是被验证的了。但是另外一个问题又出来了，那就是，包办婚姻是不是一定成为婚姻不幸的理由？没有足够的证据证明李清照与赵明诚是自由恋爱，估计更大的可能还是父母包办。所以我们只能说，婚姻美满（注意是"婚姻"而不是"爱情"）与否，与相识的形式没有必然关系。

三、李清照词作赏析

1、《如梦令》

昨夜雨疏风骤，
浓睡不消残酒。
试问卷帘人，
却道海棠依旧。
知否？知否？
应是绿肥红瘦。

李清照的《如梦令》有两首，一般认为这两首都是李清照少女时期的作品，这一首比"常记溪亭日暮"那一首流传得更广。

李清照的作品，最大特点是不可以拆开了一句一句的看，而应该注重整体，在这一首中，这个特点尤为明显。我们应该从这么几点来赏析这首作品：

第一，家教的宽松。文人喝酒自然非常常见，但是女孩子喝酒就不多见了，而且喝得非常之多，乃至于昨晚美美地睡上一觉，清晨醒来，酒劲还没有过去，偏偏昨天晚上刮了一夜的大风，下了一夜的小雨。李清照一上来说"浓睡不消残酒"，既写出家教的宽松，同时又写出了家境的宽裕。

第二，短短的六句话，却塑造了两个截然不同的少女形象，一个是作者自己，一个是那个"卷帘人"。作者是贵族小姐，所以一觉醒来，自然最关心的是花事，于是问那个侍女，"昨晚又是刮风又是下雨的，我的海棠花怎么样了？"而那个侍女的年龄应该不大，因为一般贵族家中小姐的闺房侍奉者都与小姐同龄，这一点我们在《红楼梦》中就可以找到佐证。而这个与李清照同龄的女孩子，她是一个劳动者，是以自己侍奉别人来养活自己的，所以，虽然同时少女，但是在卷帘人的眼中，海棠花没有什么变化，还是老样子。贵族少女的慵懒和侍奉者的劳作，一问一答，形象差异鲜明。

第三，简练的语言。李清照清晨起来问卷帘人，但是，问的是什么，却一字不言，而是从答话的内容透露出所问的问题是"我的海棠花怎么样了"。不由使人想起杜牧的名篇《清明》中那句"借问酒家何处有？牧童遥指杏花村"，有人说杜牧这首诗有些笨了，完全可以写成"清明时节雨，行人欲断魂。酒家何处有？遥指杏花村"，尤其是后两句，不用"借问"也是问。现在看来，后人对于杜牧的指摘不是一点道理没有，因为李清照分明给我们做出了榜样。

第四，拟人的手法。卷帘人认为海棠花依旧，而李清照却不肯相信，反而认为，昨夜的大风，一定是吹落了花朵，昨夜的小雨，一定是浸润了叶子。而被狂风垂落的花朵显得格外瘦弱，楚楚可怜；被小雨浸润的叶子显得格外的肥大，憨态十足。作者用"瘦"和"肥"这样看起来很口语、甚至有些鄙俗的语言来写花朵和叶子，恰恰生动的写出了狂风小雨之后花和叶的样子，也形象的显示出一个贵族少女纤秀、细腻的心灵。

第五，收尾的照应。小令的结尾写道"绿肥红瘦"，何以如此呢？原因在开头的第一句，"昨夜雨疏风骤"，是风骤吹落了花朵，所以"红瘦"；是"雨疏"滋润了叶子，所以"绿肥"。

一首小令，居然藏了这么多的层次，而作者才用了多少字呢？33个字。李清照的才华果然了得！

2、《醉花阴》

薄雾浓云愁永昼，瑞脑销金兽。
佳节又重阳，玉枕纱橱，半夜凉初透。
东篱把酒黄昏后，有暗香盈袖。
莫道不消魂，帘卷西风，人比黄花瘦。

《醉花阴》是李清照婚后的作品，是她作为贵族妇女的生活写照，是她那化都化不开的浓浓的爱情的写真。这首词给李清照带来了很大的声誉，包含一段佳话在内，同时也使李清照遭到了保守士大夫的责骂，说她是"满纸荒言秽语……自古能文妇女，未见有此不顾及者。"那么这部作品写的是什么呢？

此词写于赵明诚出差外地，李清照思念丈夫，于是写《醉花阴》一首，函致赵明诚。赵明诚看后很是惭愧，觉得妻子写得太好了，自己怎么就写不出这样出色的作品呢？于是赌气，"一切谢客"，在家中憋了三天三夜，废寝忘食，一口气写了50首，并且将李清照的"莫道不消魂，帘卷西风，人比黄花瘦"三句掺杂自己的词中。之后给自己的好友陆德夫看，陆德夫玩赏再三，说："唯三句佳。"意思是实在不敢恭维，写得不怎么样，只有三句不错。赵明诚赶紧问哪三句，陆德夫说："莫道不消魂，帘卷西风，人比黄花瘦。"赵明诚叹气："正易安作也！"就这三句是我老婆写的。

一上来，作者对着薄雾浓云在发愁，愁什么呢？愁"永昼"。"永昼"就是白天太长。在漫长的白天里，李清照就干了一件事情，"瑞脑销金兽"，"瑞脑"是香料，"金兽"就是香炉，"瑞脑销金兽"就是香料在香炉中慢慢销化，袅袅升腾为烟雾。这一句很能说明李清照作为贵族妇女的生活，那就是百无聊赖。如果是百姓妇女，看孩子洗衣服烧火做饭，哪里会觉得白天太长？恐怕觉得时间不够用呢！

通过"佳节又重阳"的过渡，写到晚上，半夜醒来，丈夫不在枕边，于是觉得仿佛一阵凉气袭来，寒彻身心。在这里，李清照特地提到了一个贵族家中才用的东西——纱橱。纱橱可以理解为蚊帐或者纱帐，但是比蚊帐、纱帐大得多，是一种可以移动的帐篷样的东西，夏天夫妻睡觉时推移过来，将床整个地罩住。用得起纱橱的家庭一定是贵族家庭，因为首先得有足够大的房间。李清照特地写到"纱橱"，不仅是交代自己生活的优越，也在暗示，这样幽静温馨的佳节夜晚，本应夫妻缠绵的，却玉枕孤眠，纱橱独寝，能不伤感么？能不辗转反侧么？

其实呢，上片通过白天的百无聊赖和夜晚的辗转难眠，写的是三个字——"想丈夫"。但是"思夫"的词语并没有直截了当的写出来，于是"遭责骂"的事情就不会有。在表达情爱、性爱上，中国人历来注意含蓄，不是不可以说，但关键看怎么说，"忽见陌头杨柳色，悔教夫婿觅诸侯"，这样说，可以；"荡子久不归，空床独难守"，这样说，就不可以，至少大家闺秀这样说不可以。所以，上片虽然都是写想念丈夫，但是毕竟含蓄，没有点透，自然平安无事了。

但是下片则不！李清照在写了"东篱把酒黄昏后，有暗香盈袖"两句的过渡后，再也按捺不住心中的思念，冲口说出了自己因为夫君不再身边的寂寞，这就是这首词的高峰，"莫道不消魂"三句。问题是这三句究竟怎么就触动了保守的士大夫的神经？陆德夫为什么说"三句佳"呢？

我们先从"人比花瘦"这个比喻说起，实际上在李清照之前，不少人写过类似的句子，比如秦观就写过"依旧，依旧，人与杨柳俱瘦"，程垓也写过"人瘦也，比梅花，瘦几分"。也就是说，"人比杨柳瘦"、"人比梅花瘦"的句子，早已有之，如果李清照单纯地来一句"人比黄花瘦"，就不是好句子，就是嚼冷饭了。但是李清照写的是三句，不是一句。我们看这三句：

"莫道不消魂"，这句话直抒胸臆，直接说出了对丈夫的思念，意思是，你们别站着说话不腰疼，谁说我"不消魂"？我很销魂、很难受、很想念丈夫——这是第一层。"帘卷西风"，是"西风卷帘"的倒装句,"西风"就是"秋风",点明了清秋时节,而"秋"者,"愁"也,何谓"愁"?"心上秋"——这是第二层。"黄花"就是菊花,"黄花瘦"的原因是"帘卷西风"造成的,而"人比黄花瘦"的原因是"莫道不消魂"的相思造成的。

还有一个妙字,"瘦"。按理说,人的胖瘦与才华、性情没有必然关系,但是,当我们设计到绘画、诗歌等这样的文学艺术形象时,我们一般是选择清瘦苗条的形象,仿佛风摆杨柳的形象才配得起"相思"这样的情怀呢。李清照也是深谙此道的,于是以"瘦"来描述自己。这样,三句就形成了一个整体,共同创造了一个在凄清寂寥的深秋季节,因为相思而容颜消损的才女的形象,所以才是"唯三句佳"!陆德夫以"三句佳"赞美这首词,说明他是个行家里手。

上片再怎么说思念夫君,最终还没有直言不讳;而下片干脆将自己浓浓的情思表达出来,而且你李清照是贵族夫人,不是乡野村姑,就算表达,你也应该矜持。如此的直言情爱,自然是"满纸荒言秽语"了。不过,也正是李清照的这首《醉花阴》,让我们看见,即使在程朱理学大兴的宋代,人性的美好也是压抑不住的。

3、《声声慢》

寻寻觅觅,冷冷清清,凄凄惨惨戚戚。
乍暖还寒时候,最难将息!
三杯两盏淡酒,怎敌他,晓来风急!
雁过也,正伤心,却是旧时相识。
满地黄花堆积,憔悴损,如今有谁堪摘?
守着窗儿,独自怎生得黑!
梧桐更兼细雨,到黄昏点点滴滴。
这次第,怎一个愁字了得!

《声声慢》是李清照晚年的力作,集中写了国破、家亡、夫死多层灾难打击之下的孤寂和悲凉,感人至深。词中多处呼号,感情如奔涌的江水,无法遏制。如果以这种感情表达方式看,这首词不应该划为婉约派，但是与苏轼倡导的豪放派又不是一个类型。所以，就像林黛玉给香菱讲诗时所说，"词句究竟还是末事，第一立意要紧。若意趣真了，连词句不用修饰，自是好的……"看来真情实感永远是文学作品的第一要义，而样式也好、词语也好，不过是为情感服务的。

这首词应该从两个大的方面去关注，一个是叠字的使用，一个是"愁"的铺叙。

先说叠字。

后人一说起叠字，只看到连用十八个叠字的大胆，却没有想到这十八个叠字究竟是什么关系？为什么用这几个字？

首先看第一大句，"寻寻觅觅，冷冷清清，凄凄惨惨戚戚"，这三句话有着很严谨的逻辑关系，"寻寻觅觅"就是寻找，那么找什么呢？李清照想找回过去的生活状态：那个与自己诗词对答的丈夫、那个侍奉自己的卷帘人、那种无忧无虑的贵族生活，所以说，"寻寻觅觅"写的是一种恍惚游移的神态。"冷冷清清"是"寻觅"的结果，不找不知道，一找才明白，却原来周围的环境是如此的凄冷，再也没过去的生活了，再也没有那种从容和慵懒了，再也不是那个贵族的小姐和少妇了，没有了，一切都不再了。"凄凄惨惨戚戚"是发现"冷冷清清"之后的悲凉、哀怨和绝望。三个部分，形成了因果关系，因为"寻寻觅觅"的神态，所以发现了"冷冷清清"的环境；因为"冷冷清清"的环境，导致了"凄凄惨惨戚戚"的悲哀和绝望。

同时，李清照还在声韵母的变化中渲染着这种凄冷。汉语的声母，"p"、"b"、"d"等，叫做爆破音，有力度和穿透感；而"j"、"q"、"x"等属于摩擦音，有压抑、瘦劲的感觉。韵母中的"a"、"o"、"e"叫做开口音，声音洪亮，适合表达恢弘大气的感情；而"i"、"u"等叫做合口音和撮口音，适合表达细小、压抑的感情。两者结合，感情压抑，心情抑郁，环境逼仄，风寒秋冷，细细朗读"寻寻觅觅"这三句，意境由语音而营造，实乃千古罕见！

而后面的"点点滴滴"四个字更是写得绝妙到了极点。汉语的双音词汇很多，凡是声母一样的双音词叫做"双声词"，"点点滴滴"的声母都是"D"，生动具象地模拟出雨珠滴打在梧桐树叶上的"嗒、嗒、嗒、嗒"的声音。十八个叠字，通过声音上的变化，传达出主人公经历了人生巨大打击之后的悲痛，感人至深，这才是叠字的妙处。后人不解其意，一味模仿，什么"花花草草燕燕莺莺"，纯属文字游戏了。

接下来进入了对"愁"的层层铺叙。前面我们说过，李清照的词很讲究整体感，所以，下面对愁绪的铺叙，并不以作品所写的句子的先后为主。实际上是作者独坐在院中，看到的周周围围所有的景色，这些景色都给她带来无尽的愁怨，而作者写下来时必须有一个前后顺序而已。

第一个愁，乍暖还寒的气候。大家可能觉得"乍暖还寒"是春季的特征，而作者后面提到落叶的梧桐，应该是秋季，怎么会"乍暖还寒"呢？实际上这个"乍暖还寒"不应该理解为"天气刚刚暖和了又冷了起来"，而应该理解为"时冷时热"。南方的秋天气温不定，朝阳初暖，但是一旦下雨又秋寒入骨，这样的天气对于北方人来说实在是个折磨，所以，李清照说"最难将息"，"将息"就是休息、调养身体的意思。所以，季节的不适应为第一愁。但是作者为什么从北方来到不适应的南方呢？还不是因为国破家亡。所以表面的天气之"愁"，暗含着深层的国土丧失之"愁"。

因为天气不好，作者想起了以前的老办法，就是以喝酒来御寒。但是真正想喝酒时才发现，一切都不复从前了。想当初喝酒时，是"东篱把酒黄昏后"，是"浓睡不消残酒"；而现在，不仅酒的质量远不如从前，想开怀畅饮也是不可能的了，于是埋怨说，"三杯两盏淡酒，怎敌他晚来风急。"表面上看，是责怨酒的质量不好，又不能开怀畅饮，实际上是写家道中衰，自己过去那种无忧无虑的生活一去不复返。这里要说明的是，有的版本写做"晚来风急"，有的版本写做"晓来风急"，从作品的顺序上说，应该是"晓来风急"更合理，因为后面有"到黄昏"的句子，说明是一整天。如果一上来就是"晚来风急"，岂不失去了描述的时间和空间？那么下面看到的大雁、黄花也就没有着落了。

正在愁闷难当之时，大雁飞过，这是这部作品中、也可以说是作者独坐院中看到的最大的动静。大雁的飞过，使这部作品有了一定的动感，而这个雁，使作者愈发陷入悲伤的愁闷中，因为，当初的大雁南来北往，此时，雁还在，而北方的国家已经没有了；更何况，大雁是当初夫妻恩爱的见证，看到雁时，就想起那个远行在外的丈夫，所以才有"雁字回时，月满西楼"的美好想念，而现在，雁还在，捎书传情的那个人却没有了。想到此，怎能不伤心？不落泪呢？因为它——雁，是自己的旧日相识啊！看到大雁之愁，缘于家国的双重伤悲。

下片与上片紧承，抬眼望去，满地的黄花堆积在一起，而此时的女主人公已经无心思去赏花玩景。在这个句子中，关键是这个"谁"指的是谁。有两个解释，一个解释是"哪个人"，一个解释为"哪朵花"，都通。如果解释为人，那么"憔悴损"就应该指作者自己，意思是，满地的黄花堆积，但是自己已经人老色衰、憔悴不堪，还有哪个人有心思折花插柳的妆扮自己呢？如果解释为花，那么"憔悴损"就应该指花朵，意思是，满地的黄花都是残枝败叶，还有哪一朵值得自己摘下来戴在头上呢？我个人倾向与后者，把"谁"解释为"哪朵花"，这样不仅写出了李清照晚年的悲苦，也暗示了自己的年老色衰。而且告诉我们，不是花不好，是心情差，"宝剑送知己，红粉赠佳人"，失去了心爱的丈夫，哪有心情去打扮自己呢？所以连每一朵花都不好看了。

"守着窗儿"一句是过渡，接下来继续写自己的"愁"，从早晨的"晓来风急"，到现在的"黄昏"，说明作者在窗前整整坐了一整天，而这一整天中，作者干的只有一件事，就是看着细雨滴落在梧桐的叶子上，写出了作者孤寂之愁。李清照的这个句子，脱胎于秦观的《鹧鸪天》："无一语，对芳尊，安排肠断到黄昏。甫能炙得灯儿了，雨打梨花深闭门。"所不同的是，秦观的"到黄昏"是有准备的，是"安排"好的，所以愁苦之情要淡一些；而李清照的"到黄昏"是没有准备的，她觉得天是如此的漫长，好像有意不肯黑下来，所以先有了"独自怎生得黑"的埋怨了。

最后作者以一个"愁"字收笔，自古写"愁"的作品很多，而李清照的"愁"妙在化多为少，直言其愁，而且在前面的层层铺叙后，作者说自己的愁绪如海，是用一个"愁"字远远涵盖不了的，说明还有比"愁"更加郁闷难平的心情，只是"欲语泪先流"，无法说尽，也不想说尽了。

　　这首词大气包举，紧扣着一个"秋"字层层展开，语言通俗，口语化的句子清新朴素，呼号自然，感人肺腑，在万余首宋词中，堪称顶级的佳作。

第二十一讲 铁血男儿辛稼轩

一、南宋问题

在讲解辛弃疾的作品之前，我们必须弄清楚北宋是怎么亡的，这样才能弄清楚以辛弃疾为代表的南宋词人的悲怆情怀。

北宋是中国历史上第一个大力的推行文人治国的朝代，比起它前面的任何一个朝代，北宋文化都显得更加的精致、文雅、细密，同时也显得拘谨。这是因为，北宋的前朝——唐代，实在是太伟大、太辉煌了。这样一个伟大辉煌的朝代最终还是不可避免地走向衰亡，这让北宋很惊悚，那么怎样避免自己的赵氏天下不蹈覆辙？不成为一个短命的王朝？北宋吸取了所谓的"历史教训"就是，不要藩镇割据，不要让大臣拥有过多的军事权力。所以北宋立朝之初，赵匡胤用了很戏剧化的手法完成了"杯酒释兵权"，没收了大臣的军权，之后又就定下了"抑武佑文"的政策。甚至于封疆大吏半年一换，兵不识将，将不识兵。这样做的结果，确实避免了唐代末年拥兵自重造成的国家分裂的可能，但是，后患也是无穷的，那就是宋代的军事力量过于虚弱，而北方偏偏是虎视眈眈的游牧政权。

1004年，辽国兴师20万人南下，直逼大宋，面对强悍的游牧民族的铁骑，宋朝军队溃不成军，一下子就退到了汴京。众臣都主张求和，迁都金陵，唯独大臣寇准力主抗敌，最后宋真宗御驾亲征，士气大振，将辽军打退回去。1005年签下了和议。本来是辽国入侵中原又被打败，北宋是战胜国，但是宋真宗却恨不得赶紧签下和议，而且什么条件都可以答应，愿意给辽国年年纳贡进绢。北宋的软弱"鼓舞"了辽、西夏的士气，使得北方少数民族更加肆无忌惮。

在这些北方少数民族中，女真人是其中的一个。11世纪，女真的完颜部落强大起来，到1114年，完颜阿骨打开始攻打辽国，并于1125年将大辽国灭掉，壮大了自己的力量，正式建立金国。当时北宋的皇帝是宋徽宗，徽宗的皇权不是继承于父亲，而是继承于没有儿子继位的哥哥宋哲宗，其来历多少有点理不直、气不壮；徽宗更是一位很让人不可思议的皇帝，他天生不是治国的材料，却在书法、绘画上深有造诣。大敌当前，宋徽宗想到的不是怎么抗敌，而是如何推卸责任，他急急忙忙地把皇位传给了儿子宋钦宗，自己做起了太上皇。宋钦宗更是软弱无比，对金国一让再让，结果于1126年，金国轻而易举打过黄河，攻破首都开封，将徽钦二帝扣押；第二年，也就是1127年，金国将徽钦二帝以及后妃、皇女、贵戚等3000多人一并押到北方，同时将开封城洗劫一空，能抢的抢，不能抢的烧，这就是历史上的"靖康之难"，北宋就此宣告灭亡。

北宋灭亡后，钦宗的第九子赵构被推举出来，是为高宗，迁都临安，史称南宋。

二、辛弃疾介绍

（一）辛弃疾的生平

辛弃疾字幼安，自号稼轩，生于1140年，卒于1207年，山东人。他出生时北宋已经灭亡了13年了，父亲死于金人之手，他是被祖父抚养成人的。祖父在去世时曾经嘱咐他："誓报君父之仇。"这个"君之仇"就是徽钦二帝被掳北方的奇耻大辱；这个"父之仇"就是父亲死于金人之手。可以说，辛弃疾身上承担着一个男人应该承当的双重的重任。22岁时，辛弃疾揭竿而起，拉起一支有2000人的起义队伍；当时另一支名气比较大的起义军的首领叫耿京，辛弃疾带着自己的队伍投奔了耿京。但是耿京不幸被叛徒张安国出卖杀害，辛弃疾带着50名骑兵，独闯金营，活捉张安国，然后押着叛徒，归顺了南宋。

辛弃疾投奔到南宋后，他的相貌惊倒了整个朝廷，辛弃疾天生一副北方汉子的形象，身材高大而胖硕，"面如青兕"，健壮如虎。归顺南宋后的辛弃疾曾经多次上书赵构，提出收复北方的策略和想法，其中26岁上书《美芹十论》，31岁上书《九议》，但均不被采纳。南宋朝廷对这个南归的将士很提防，并不重用，只是让他担任一些经济类的官职，比如长江漕运等等；另外就是利用辛弃疾的军事才能，让他去镇压南方的农民起义军。这对于辛弃疾来说是非常痛苦的。而辛弃疾积极进取、抗战复国的想法，与本来就打算偏安一隅、苟且度日的南宋政治环境格格不入，不仅赵构不重用辛弃疾，就是朝中大臣，与辛弃疾相契合的也不是很多。42岁时，辛弃疾即被弹劾罢免，在江西上饶闲居竟然长达十年。52岁被启用，仅仅三年，再次被罢免，闲居又是八年。62岁时，大臣韩侂胄北伐，辛弃疾第三次被启用，最终因为与韩侂胄政见不合，66岁再次回到铅山故居，68岁时含恨离世。

（二）辛弃疾的词作

辛弃疾的词作非常有特点，在中国历史上，还没有出现过辛弃疾这样的词人形象。中国过去的诗人、词人，要么是不食人间烟火的浪漫天才，比如李白；要么是苦哈哈的忧国诗人，比如杜甫；要么是过于关注自己内心世界的才子，比如李商隐。但辛弃疾不是，他是上马杀贼的将军，他是一心报国铁骨铮铮的汉子。后人多以"苏辛"并称，实际上辛弃疾也完全不同于苏轼，苏轼的豪放旷达，说到底，没有摆脱文人的怀抱，意境虽开阔，但是并不以情感的热烈为特征，基于老庄的旷达和儒家思想的入世，苏轼的豪放最终由冲动归于平静。而辛弃疾不是，他的人生理想是做统兵将帅，在沙场上博取功名，而诗歌不过是这种人生理想和情怀的记录罢了，所以辛词的基调是炽热的感情，是英雄的豪情和失意之后无法吞咽的悲苦，即使是颓废，他也不能把这种冲动化为平静、平庸，因为英雄是不可能在平静和平庸中度过一生的。所以，辛弃疾的出现，使得词这种艺术样式出现了迥然有别于前面的第四种抒情类型：第一种是红粉佳人，第二种是失意才子，第三种是苦闷的志士，而辛弃疾是虎啸生风、气势豪迈的英雄。

确实如此，辛弃疾是将自己看做英雄的，他说自己"半夜一声长啸，悲天地，为予窄"，天地都因为辛弃疾的出现而变得狭窄了；说自己是"道男儿，到死心如铁。看试手，补天裂！"他把大宋王朝的分裂比喻为天裂，他要伸出手来去补这个天裂。

这样的情怀，势必造成辛弃疾作品的与众不同，总结起来，辛词有三处特点：

第一、题材的拓宽。词到了辛弃疾手中，意境拓展到没有限制的程度，他写过军国大事、人生哲理、田园风光，也写过民俗人情和日常生活，甚至读书心得、个人体会等等，总之，以前任何人用其他文学样式才能写作的东西，到了辛弃疾这里，全都可以用词来写，他继苏轼后再一次开拓了词的写作天地。而且随着写作内容的变化，辛词的风格也在变化，或婉约，或细腻，或清新朴素，或活泼俏皮，不惟"豪放"二字。比如辛弃疾的这首《最高楼·吾拟乞归，犬子以田产未置止我，赋此骂之。》"吾衰矣。须富贵何时？富贵是危机。暂忘设醴抽身去，未曾得米弃官归。穆先生，陶县令，是吾师。　待葺个园儿名"佚老"，更作个亭儿名"亦好"，闲饮酒，醉吟诗。千年田换八百主，一人口插几张匙？便休休，更说甚，是和非。"这是辛弃疾数落自己儿子的一首词。原来辛弃疾打算解甲归田，儿子们却说，现在的俸禄挣得不够多，买宅子置地不够啊，希望老爸再干几年。辛弃疾很生气，就把儿子们痛骂一通，一上来就说："我老啦！你们要的那种富贵，我得干到什么时候啊！"结尾又说："一个人能吃多少花多少，一张嘴里能放几个吃饭的勺子？统统闭嘴，不要再说什么是是非非的！"老父亲写自己的儿子，我们最熟知的是陆游的《示儿》，还有陶渊明的《责子》，但是陶渊明的《责子》表面看是父亲数落儿子不争气，实际是一种溺爱；苏轼的学生张耒也写过一首《示儿》，是教导自己的两个儿子要肯于吃苦，男儿当自强等等。但辛弃疾不是，他分明是在"骂"儿子们，我们仿佛看见老爷子用拐杖敲着地面、暴跳如雷的样子。用词这种形式来"骂人"，堪称"创记录"了，由此可见，辛弃疾将词的写作内容或者说功能，扩大到了何样的地步。

第二，在语言运用上作了有力的开拓。辛词的语言很有特点，更加的自由解放，略无拘束，形式上非常松散而语意上却连贯一致，比如"落日楼头，断鸿声里，江南游子，把吴钩看了，栏杆拍遍，无人会，登临意"，辛弃疾很少有意识的将句子写紧凑，但是他的情感却是一口气贯下来的。同时，辛词的语言成分多样，不仅优雅与俚俗夹杂一起，而且多用文言文中的虚词的句式，很有散文的风格，比如这首《沁园春》，"杯汝前来，老子今朝，点检形骸。甚长年抱渴，咽如焦釜，于今喜睡，气似奔雷。汝说刘伶，古今达者，醉后何妨死便埋。浑如此，叹汝于知己，真少恩哉……"自己喝醉了，把酒杯看做"哥们"，跟酒杯说"嘿你过来"，这已经不仅仅是散文风格了，简直是小说体、对话体了。

辛词的第三个特点，也是最大的特点，就是用典。他喜欢化用典故和前人诗文中的语汇和成句，大部分运用得恰到好处、浑然天成，使辛词的内容大为扩展，又具有一种历史的厚重感。但是同时，因为大量典故的出现，使得辛词读起来有些晦涩难懂，被人讥讽为"掉书袋"。比如他写的"汗血盐车无人顾，千里空收骏骨"一句中，就涉及了"汗血宝马"和"燕昭王千里收骏骨"两个典故，同时，"汗血宝马"是借喻自己，"汗血盐车"是类比，把自己做长江漕运这样的官职类比为汗血宝马拉盐车般的大材小用。即便是上面那首责骂儿子的《最高楼》，看似顺嘴而出的句子，实际每一句都有典故，比如第一句"吾衰矣"，就是化用孔子的原句"甚矣吾衰也，久矣吾不复梦见周公"，其他句子也是这样。这种写法使得辛词含义深刻，但是阅读起来确实有一定的难度。

概括一句话就是，假如苏轼是"以诗为词"的写作方法开创了豪放派的话，那么，辛弃疾的"以文为词"的写作方法，使词获得了最为刚健、崇高的风格。词这种起于唐而成于宋的诗歌样式，到了辛弃疾手中，真正进入了自由的境界，终于成为与唐诗并驾齐驱的文学样式而垂范于后世。

三、辛词赏析

1、《南乡子·何处望神州》

何处望神州？满眼风光北固楼。

千古兴亡多少事，悠悠。不尽长江滚滚流。
年少万兜鍪，坐断东南战未休。
天下英雄谁敌手，曹刘。生子当如孙仲谋。

　　这首词作于1203年，此时的辛弃疾已经是63岁的老人，大臣韩侂胄准备北伐，闲居在家八年之久的辛弃疾第三次被启用，镇守镇江，写下了这首慷慨悲壮的作品。镇江历来是兵家必争之地，而且是历史上英雄建功立业的地方，此时的镇江是宋金对垒的防线，长江以北是被金人占领的半壁江山，而长江以南是苟且偷安、蜗居一隅的南宋。当辛弃疾登临镇江的北固亭时，触景生情，感慨万千！

　　词的第一句劈面而来，"何处望神州！"站在高高的北固亭上，举目远望，哪里是我的祖国啊！看不见北方，看不见祖国，而充满整个视野的，只有一个小小的北固楼而已。辛弃疾直言感慨，想望神州大地，但是神州中原又在何处？分明告诉我们，千百年以来汉人入主的中原已经没有了，成为异国之乡了，这种耻辱，是任何一个有血性的汉人都不能接受的。在这里我们要多说一点，那就是，华夏虽然自称多民族的土地，但是自古以来，真正的主人一直是汉民族，这块土地无论是姓刘还是姓赵、姓李，只要是汉人掌权，大家都不会过于在意；但是，如果异族入侵，汉人决然不能接受，一定要奋起反抗，虽然反抗可能不奏效。这就是整个南宋为什么一直充满着恢复、收复之声，而秦桧等人一直被认定为千古罪人的原因，因为占领江北半壁河山的，是少数民族的金人。

　　收回远望的视线，词人低头环顾北固楼的周边，看到的是脚下滚滚东逝水。流水，一直是历史逝去和年华不再的象征，所以，面对长江，词人自言自语，"千古兴亡多少事"，在这块神州大地上，上演过多少兴旺衰败的历史啊，前朝的大唐，何等辉煌，一瞬间也烟消云灭了。往事悠悠，英雄不再，唯有长江水依旧滚滚东去，与天地万物比，人是多么的渺小……想到此，词人借景抒情，"不尽长江滚滚流"。上片由直抒胸臆转为借景抒情，由慷慨悲壮转为含蓄委婉。可圈可点之处在于两个，一个是"悠悠"二字，承上启下，既是历史之悠远，又指长江之悠长；同时，"不尽长江滚滚流"显然化用了杜甫的原句"不尽长江滚滚来"，一气贯通，自然贴切，没有丝毫的滞涩之感。

下片说的是一个人——孙权。"兜鍪"就是头盔的意思，"年少万兜鍪"，是说孙权年纪轻轻就统领百万兵马。孙权是孙坚的次子，孙策的弟弟，比哥哥小很多。孙策死后，年少有为的孙权主掌东吴，雄踞东南一方，与江北的曹操对峙，拒不投降。历史记载，孙权与刘备联手，在赤壁大破曹军时，年方 27 岁，这是何等的气概！在此，辛弃疾之所以要举例孙权，是因为当时的南宋与东吴形式非常相似，都是面临北方的强敌，而孙权"坐断江南"的决心，显然是南宋满朝文武庸碌无为、怯懦苟安的榜样了。

接下来，为了更加突出、拔高孙权，辛弃疾将曹操和刘备抬了出来，"天下英雄谁敌手"，普天之下，谁是孙权真正的对手？辛弃疾认为只有连个人，曹操和刘备。"曹刘"一句，是典故，出自《三国志》，曹操宴请刘备，与刘备谈论起天下谁是真正的英雄这个问题，刘备为了掩饰自己的雄才大略，东拉西扯说了一大堆人，曹操均予否定，见刘备继续装傻，曹操点透：天下英雄，惟使君（指刘备）与操耳。辛弃疾借用这段典故，把曹操和刘备抬出来给孙权当配角，意思是，只有曹刘孙三者，才称得上"英雄"二字。实际上，论智勇才略，孙权可能会与刘备平起平坐，但是与曹操相比，绝对不在一个档次上。但是辛弃疾之所以这样高抬孙权，是把他放在"坐断东南"这个位置上来颂扬的，慨叹当今的南宋却连孙权这样的人物都没有了。

"生子当如孙仲谋"一句也是典故，出于《三国志·吴主传》，说曹操与孙权对垒，见孙权素衣白帽，银盔银甲，仪表堂堂，威风凛然，不由喟然感叹说："生子当如孙仲谋！刘表之子若豚犬也。"意思是，生个儿子就得像孙权这样的啊，跟孙权相比，刘表的儿子简直像小猪小狗一般了。真正的英雄，是赢得敌手的赞美！那些把大好山河拱手奉送他人的投降者，不仅获得不了战胜者的认可，相反，还会被对方耻笑辱骂。曹操是来征服孙权的，却被孙权"坐断江南"誓不投降的精神所折服；而软弱无力投降于自己的刘景升父子，却被曹操嘲笑为"豚犬"，不是很好的例子么！辛弃疾这句话的妙处在于，写到半截，戛然而止，后面大家都知道的"刘表之子豚犬也"却没有说出，使人能够想到后一句潜台词：现在南宋的投降者，在金人看来，未必不是"豚犬"。这种如同歇后语的写法，言未尽，意已明，令人叫绝！

作者这样赞美孙权，还有一层意思，那就是，孙权实际上没有这么伟大，辛弃疾在自己的《美芹十论》中对于孙权的评价并不是很高，但是，而今的南宋，却连孙权这样的人都出不来了，岂不是悲哀么！

这首词，由三个问句、三个回答构成整体，第一问"何处望神州"，回答是"满眼风光北固楼"；第二问"千古多少兴亡事"，回答是"悠悠，不尽长江滚滚流"；第三问"天下英雄谁敌手"，回答是"曹刘"。相互呼应，慷慨雄壮，与之后的另一首登北固楼作品《永遇乐·北固亭怀古》形成明快与沉郁的对比，足见辛词的五光十色。

2、《贺新郎·把酒长亭说》

陈同父自东阳来过余，留十日。与之同游鹅湖，且会朱晦庵于紫溪，不至，飘然东归。既别之明日，余意中殊恋恋，复欲追路。至鹭鸶林，则雪深泥滑，不得前矣。独饮方村，怅然久之，颇恨挽留之不遂也。夜半投宿吴氏泉湖四望楼，闻邻笛悲甚，为赋《乳燕飞》以见意。又五日，同父书来索词，心所同然者如此，可发千里一笑。

把酒长亭说。
看渊明、风流酷似，卧龙诸葛。
何处飞来林间鹊，蹙踏松梢微雪。
要破帽多添华发。
剩水残山无态度，被疏梅料理成风月。
两三雁，也萧瑟。
佳人重约还轻别。
怅清江、天寒不渡，水深冰合。
路断车轮生四角，此地行人销骨。
问谁使、君来愁绝？
铸就而今相思错，料当初、费尽人间铁。

长夜笛，莫吹裂。

　　这首词的前面有一个很长的序言，不可忽略。
　　序言中提到的陈同父，是辛弃疾的同道好友陈亮（字同父、同甫）。1178年，陈亮上书宋孝宗，力主抗金，反对议和，未被采纳，此时结识了辛弃疾，俩人志同道合，惺惺相惜。陈亮愤然返乡，不久被主和派诬陷入狱，辛弃疾也因为主张抗金而受到排挤，被迫隐退江西上饶农村，一呆就是十年。十年中二人竟然无缘会面。1188年，也就是十年之后，陈亮出狱，从东阳赶到辛弃疾隐居的信州，专门拜访居家赋闲的辛弃疾，俩人相聚了十天，本词就是记载了这一次英雄相会，史称"鹅湖之晤"。
　　陈亮与辛弃疾都是坚定不移的抗金派，但是个人主张又不完全相同，陈亮性格暴烈，主张不管三七二十一，打过长江再说；而辛弃疾主张有理有据的按照计划来办事。关于这次会晤，有一段历史记载的佳话，说陈亮来拜访辛弃疾时，骑着一匹马，过一座拱桥，但是"三跃马，三却步"，都没有过去，陈亮下马来，推马身，杀马首，大步流星前行，在拱桥对岸的辛弃疾看在眼里，奇在心上，暗想这是哪位性格如此暴烈的好汉？走近看，却是老友陈亮。陈亮的性格可见一斑。
　　这次会晤，同时还请了一个人，就是朱熹，但是朱熹没有来。十天之后，陈亮飘然而去。陈亮走后，辛弃疾心中甚是眷恋，于是又前去追赶，正值天降大雪，路滑雪深，无奈半途而废，留宿在四望楼。当夜有呜咽悲哀的笛声传来，辛弃疾感慨之下，写了这首《贺新郎》（词牌又名《乳燕飞》）。五天后陈亮来了一封信，说找辛弃疾索要词作，辛弃疾并没有将自己写词的事情告诉过陈亮，而陈亮猜测自己走后，辛弃疾一定会以词记录这段友情，所以直接索要，辛弃疾感慨二人的"心所同然者如此"，于是发出千里一笑。
　　词的第一句是辛弃疾夸奖陈亮。二人本来是惺惺相惜的同道，十年后相会，又是酒酣耳热之时，自然有许多互相赞许的话送给对方，陈亮怎么夸奖辛弃疾的，词中没有说，只是提到了辛弃疾对陈亮的赞美，说他的风采、韬略很像陶渊明，又有些像诸葛亮。辛弃疾这样推许陈亮，实际也是暗喻自己，因为真正隐居的是辛弃疾，想收复江北的也是辛弃疾，所以，自己身上才是更多的具有陶渊明和晚年诸葛亮的风采呢！

接下来笔锋突转，说不知哪里来的"林间鹊"，踩踏了松树枝上的残雪，使得残雪落在帽子上，看上去仿佛平添了几处白发一样。实际上这句话是有着多处的暗喻，"林间鹊"是暗喻朝中的主和派小人；而"破帽"是典故，汉末的管宁曾经隐居在辽东，戴着黑色的帽子，后来文人都以"破帽"自称，暗示知识分子不与黑暗朝廷合作的清高；而"华发"显然是借用白发徒增，来说明自己岁月蹉跎、报国无门的感慨。如果这样理解，这句话就变成了这样：不知从哪里来的一帮朝中小人，只知道苟且偷安，让我们这些有志之人为国担忧却报国无门，只能是徒增白发了。

因为相会是冬天，所以接下来辛弃疾写了几句冬景：剩水残山无态度，被疏梅、料理成风月。大雪过后，天气晴朗，阳光照射下，雪水融化，但是山头和水面露出，而山下和湖水的周边还是被残雪所覆盖，所以在辛弃疾看来，这样的雪景只能是"剩水残山"了，而"无态度"的意思可以理解为"不成样子"、"很不好看"。这样的雪景着实不美，所以只有几支疏朗的梅花，将其点缀一番，才像个风月的美景罢了。这句话显然是处处暗喻了，半壁江山的南宋，就是雪景后的"剩水残山"，就是很不成样子、很不中看了；而"疏梅"显然是暗喻主战派，只有主战派才能收拾得了残局，才能让这个"剩水残山"有几分风月的美景和希望！但是，即便如此，残剩的败局也是很难挽回的，仅仅凭借为数不多的主战派，胜算的可能不会太乐观。所以，"两三雁，也萧瑟"，在这里，"雁"显然是指主战派了，他们势单力薄，划过天空时不成队列，看起来难免萧瑟。词人以比兴见意，抒发着不尽的忧国之情。

到此为止是上片，抒发了抗击金兵的理想和为国担忧的情怀，比拟、暗喻若隐若现，意味深厚。

下片进入对兄弟之情的叙述，"佳人"是指陈亮。古代也可以将男人说成"佳人"甚至"玉人"，表示赞许的意思，不惟女人堪称"佳人"、"玉人",比如杜牧的"二十四桥明月夜,玉人何处教吹箫",这个教吹箫的"玉人"实际是个乐师,是男子。辛弃疾说陈亮看重约会的友情,但是性格又过于疏放,所以又不把离别当回事,"轻别"是看轻离别的意思。而接下来极力渲染了自己后悔放走陈亮之后的追赶,"怅清江、天寒不渡,水深冰合。路断车轮生四角,此地行人销骨。"清江在江西信州的上游,辛弃疾不顾地冻天寒,前去追赶,无奈天寒、冰冻、路滑、水深,车轮如同长了四个角一样,陷在雪地里动弹不得,只得放弃。"车轮生四角"一句是反用典,原句是陆龟蒙的"愿得双车轮,一夜生四角"。写到这里,词人的感情再也无法抑制,借追寻好友而不得,喷薄而出,"问谁使,君来愁绝!"这个"君"可以翻译为"你",实际是作者称自己。当我们用"你"来称谓自己时,往往是感情极为激烈的时候,"谁让你这么没出息啊!"这时候的"你"实际是自己,是自责,是无助的自责。辛弃疾借对陈亮的极度怨怼,抒发自己在朝中的不行机遇,"究竟是谁,让你辛弃疾为了追赶陈亮而深陷大雪中?如此愁苦不堪?还不是不争气的朝廷,使得主战派如此之少,而一个陈亮便是自己唯一的挚友了!"明白这一层,就会理解下一句,就不会认为辛弃疾是小题大做了。

下一句是"铸就而今相思错,料当初、费尽人间铁!""错",最早是钱币,是刀形的钱币,所以也叫"刀币",是由铁来铸成,所以才有"铸成大错"的成语;后来"错"字的含义被引申为"错误的"、"不正确"的,成语"铸成大错"的含义也随之改变了。《资治通鉴》上记载,唐代末年魏州节度使罗绍威为了应付军内的矛盾,联合朱温(后改名叫朱全忠)消灭不听调遣的牙军,结果耗资无数,军力衰弱,而朱温借此篡夺了大唐的权位,罗绍威后悔的对别人说:"合六州四十三县之铁,不能为此错!"辛弃疾借用这个典故和"错"的双重含义,说自己放走陈亮,是耗尽了人间所有的铁而铸成的一个前所未有的"大错",引申为"巨大的错误",貌似小题大做,实际是抒发对国家危亡时自己不能出力效劳的愤懑。

夜深难行,于是留宿半路的四望楼,恰好半夜有笛声吹出,哀怨的笛声使辛弃疾感慨万千,想起来《太平广记》中的一个故事:一个叫李謩的高级琴师,无意中在宴会上遇到一个名字叫"独孤生"的人,李謩的笛声盖世无双,听者无不赞赏,唯有这个独孤生面无表情,一言不发,不肯赞美一句,骄傲的李謩觉得面上无光,向独孤生"挑战",请他也吹奏一曲。独孤生不仅点出了李謩吹奏时不为人察觉的错误,而且告诉李謩,优秀的吹笛人,在吹到"入破"这一最伤感的段落时,笛子会自动裂开。李謩不信,因为自己刚刚吹奏完这一段落,笛子没破;独孤生借用李謩的笛子吹奏,声音响遏行云,听者无不落泪,当吹到"入破"一节时,笛子果然开裂了。辛弃疾借用这个典故,暗指笛声凄惨。这笛声不知何人吹起,而在辛弃疾耳中,笛声如此凄惨,显然,为国担忧者也不止辛稼轩、陈同父等人了。

下片更多的是写兄弟二人的友情和怀念,之后陈辛二人一连唱和了五首,堪称词史上的佳话。

这首《贺新郎》,情感充沛,一气贯注,如飘风骤雨,跌宕起伏,词人哀切的心绪和绵长的相思,表现得回肠荡气,非常感人。

3、《摸鱼儿·更能消几番风雨》

> 淳熙己亥,自湖北漕移湖南,同官王正之置酒小山亭,为赋。

> 更能消几番风雨?匆匆春又归去。
> 惜春长怕花开早,何况落红无数。
> 春且住。见说道、天涯芳草无归路。
> 怨春不语。
> 算只有殷勤,画檐蛛网,尽日惹飞絮。
> 长门事,准拟佳期又误。
> 蛾眉曾有人妒。
> 千金纵买相如赋,脉脉此情谁诉?
> 君莫舞,君不见、玉环飞燕皆尘土!
> 闲愁最苦。
> 休去倚危栏,斜阳正在、烟柳断肠处。

辛弃疾的这首著名词作写于淳熙己亥年，就是1179年，同样，词有一个小序，从这个小序中我们可以看出三个问题：1、1179年时，辛弃疾已经是40岁的人了，人过三十天过午，年过而立却一事无成；2、1179年，距离辛弃疾南归已经过去了17年，17年间抗金大业前途渺茫，收复国土愈发的看不到希望；3、辛弃疾以前在湖北做漕运，但是现在却被调离湖北，更加的远离长江前线。在这种情况下，接替他的同道王正之在小山亭设宴，送别即将离任的好友，辛弃疾写下了这首《摸鱼儿》。

这部作品最大的特点是"通体比兴"，其比兴的运用不是局限于个别语句，而是通贯全篇。词作的主人公，或者说抒情的主角，是一个身居后宫失去宠爱的妃子，以她的语气来完成全篇的。上片写这个女子面对又一春天的逝去，伤怀感慨；下片写这个女子对与自己争宠的宫妃的幽愤。总体上寄托深远，有象征意义。

上片分为四层，第一层是一二句。"消"的含义是"经受"，一上来这位宫中失宠的美人说，还能经受得了几番风雨呢？匆匆之间又一个春天就要过去了，自己在孤寂和失宠中又老了一岁，这一层写的是"伤春"，伤感春天的离去。第二层是三四句，美人说，我因为太爱惜这个春天了，所以常常是害怕春花开得太早，因为花开得早就谢得早，春天逝去得就早，人也就衰老得更早，可是现在呢？不仅春花已经开过，而且是落花满地，此情何以堪？这一层写的是"惜春"，惋惜春天的逝去。写到这里，美人按捺不住心中的焦虑，大声喝道："春且住！"春天啊你站住，不能再往前走了，听说连天涯都长满的凄迷的花草，你走到天涯就会迷失了道路，再也回不来了！这一层是"留春"，挽留春天永驻人间。但是春天并不理睬这位美人的好意，依旧是悄悄地溜走了，留给美人的只有伤感和哀怨，"怨春不语"，表达了这位孤寂的美人与春天对话，却又得不到春天的回答的怅惘之情。这是最后一层，"怨春"，埋怨春天不解其好意。既然人已经无力挽留春天，那么只好将目光投向别处，看到画檐之下的蜘蛛，勤勤恳恳，一天到晚不停的吐丝结网，去粘住象征着春天的杨柳飞絮，权当是挽留出春天的一点点信息吧。

上半片以美人的伤春、惜春、留春、怨春，写物候变化给美人带来的春愁。

下半片以汉武帝时陈皇后的宫闱旧事自喻，写美人的失宠、见妒、相思和苦情。

"长门事"是历史著名的典故。汉武帝小的时候，到姑姑家，见过自己的表妹陈阿娇，发誓如果得娶阿娇，就造一间金屋将阿娇藏在里面，这就是"金屋藏娇"的故事。后来汉武帝果然娶了陈阿娇，是为陈皇后。但是陈皇后因为遭后妃嫉妒，被汉武帝误解，打入冷宫，后来陈皇后拿出自己的私房钱——千两黄金，买通了文臣司马相如，做《长门赋》一篇，终于打动了汉武帝，陈皇后重新得宠。在这里，辛弃疾反用典故，说美人最终也没有打动君王，而是一直被囚禁在冷宫中。"长门事"暗指美人向君王求助，"蛾眉"暗指自己的美貌。连起来的含义是：向君王求助这件事，我猜想准是把大好的时机都给耽误了，因为自己的美貌遭人嫉妒，即便自己像陈皇后那样"千金买来相如赋"，我这脉脉的深情又能向谁倾诉呢？写到此，美人又一次压抑不住自己的冲动，喝道："君莫舞!""君"是指那些邀宠妒忌的人，你们别高兴的太早了！你们没有看到么，历史上受宠最深的人如杨玉环、赵飞燕者，最后不也是落得一抔黄土，死于非命么？然而，愤怒归愤怒，无人理睬的孤寂是最难以忍受的，所以激动之后，回归于自艾自伤，"闲愁最苦"，闲下来的愁闷是最苦最苦的。美人最后说，不要去依靠那高处的栏杆，凭栏远望了，因为你看到的是落山的斜阳，是暮霭笼罩的杨柳，是青春逝去时销魂断肠的伤感。

这首词读到这里，应该说没有任何理解上的错误，但是结合前面的小序，辛弃疾绝对不会是这个意思。这首词是个整体上的"大比兴"，词中失宠的美人，显然是喻指不被朝廷重用的自己，而"春"暗喻风雨飘摇中的南宋王朝，"蜘蛛"是暗喻主战派。拆开这样的几层喻指，那么上半片的含义完全变了：风雨飘摇中的南宋王朝还能经得住几番折腾呢？匆匆之间这个王朝就要走向归路了，我是爱惜这个王朝的，所以害怕它走向末路，无奈现在是落花狼藉，生机不再了。想到此，此人不由大声疾呼，大宋王朝你站住，不能再这样下去了，如果再这样走下去可真的是"天涯芳草无归路",是死路一条了。可是宋王朝根本不理会我的好意,不给我任何的回答。算起来只有那些勤勉的主战派,每日勤勤恳恳的为这个国家操劳,算是挽住这个朝代的一点希望吧。

这样一解,上半片就不仅仅是美人伤春,而是借美人伤春,写自己对国运危迫、抗金形势衰微的焦虑和担忧。

而下半片也是如此,"长门事",借美人被打入冷宫暗指自己被调离前线,"佳期"是抗金的大好时机,"蛾眉"暗喻自己的才干,"千金纵买相如赋"是暗指自己多次上表却不被理睬。辛弃疾曾经上书《美芹十论》和《九议》,陈述抗金大计,均不被采纳。"君"和"玉环飞燕"都是指朝中主和派的那些小人,而最后的"斜阳"也是暗喻日落西山的大宋王朝。这样拆解,下半片的内容也产生了根本的变化:调离前线这件事,准是把抗金的大好时机给耽误了,因为自己的才干遭到了小人的嫉妒,即便自己像"千金买相如赋"那样多次上表,也无济于事,自己这一番苦心又向谁去倾诉呢?朝中得宠的小人们,你们不要高兴得太早了,你们难道没有看见,历史上所有的得宠小人最后都没有什么好下场么!但是说到底,不能上前线杀贼报国的"闲愁"是最苦的,不要去倚栏远望了,所看到的只有西下的落日,就像走向末路的宋王朝,这落日落在了烟柳之处,也落在报国无门的志士的心中⋯⋯据说宋孝宗看完此词后"颇不悦"。

下片是借美人的闺怨,抒发自己报国无门、有志难伸的郁闷和悲愤。上下片结合,整首词外在的形象和深层的寓意若即若离。

我们常认为辛词多以豪放为主,实际不是,辛词有许多首属于婉约与豪放的合并体,这首词就是。表面看,作品写美人、写伤春哀怨、写花园小径,完全是婉约派的特点;而深层上,写抗金、写报国无门、写英雄怀抱,又是典型的豪放派。所有后人称这首《摸鱼儿》是"肝肠似火,色貌如花",此言极是!

参考文献

[1] 吴小如等.《汉魏六朝诗鉴赏辞典》.上海辞书出版社，1992年9月

[2] 萧涤非等.《唐诗鉴赏辞典》.上海辞书出版社，1988年12月

[3] 周汝昌等.《唐宋词鉴赏辞典》（上、下）.上海辞书出版社，1988年4月

[4] 袁行霈等.《中国文学史》（1-4册）.高等教育出版社，1999年8月

[5] 罗宗强等.《中国文学史》（1-3册）.南开大学出版社，2003年8月

[6] 郑振铎.《中国文学史》（上、下）.团结出版社，2007年1月

[7] 陆侃如、冯沅君.《中国诗史》.百花出版社，2008年1月

[8] 聂石樵.《唐代文学史》.中华书局，2007年12月

[9] 骆玉明.《简明中国文学史》.复旦大学出版社，2004年11月

[10] 孙静、周先慎.《简明中国文学史》.北京大学出版社，2001年9月

[11] 马茂元.《古诗十九首初探》.陕西人民出版社，1981年6月

[12] 苏仲翔.《元白诗选》.中州书画社，1982年8月

[13] 萧涤非.《杜甫诗选注》.人民文学出版社，1979年8月

[14] 叶桂刚.《词作精品》（上、下）.北京广播学院出版社，1992年12月

[15] 王曙.《唐诗的故事》.北京工业大学出版社，2007年1月

[16] 张克平等.《诗经》（双色图文经典）.安徽人民出版社，2011年2月

[17] 康震.《康震评说诗圣杜甫》.中华书局，2010年1月

［18］徐中玉、齐森华.《大学语文》.华东师范大学出版社，2003年1月

［19］陈洪等.《大学语文》.高等教育出版社，2005年3月

作者介绍

韩秋月，1985年毕业于天津南开大学文学院，现任天津工业大学文法学院副教授，天津市市级优秀教师，讲课比赛一等奖获得者。著作有《中国传统文化概论》，论文有《谈中国古代诗歌对中国古代纺织文化的折射》、《试论中国传统文化中的儒家管理思想》、《试论李商隐"无题"诗中的爱情表达》、《〈大学语文〉的困境分析》等。